岁月的味道

SUIYUE DE WEIDAO

韦刚强 著

吉林文史出版社

图书在版编目（ＣＩＰ）数据

岁月的味道 / 韦刚强著 . -- 长春：吉林文史出版
社，2020.6（2022.2）
ISBN 978-7-5472-6927-5

Ⅰ．①岁… Ⅱ．①韦… Ⅲ．①散文集－中国－当代
Ⅳ．①I267

中国版本图书馆 CIP 数据核字（2020）第 091992 号

岁月的味道
SUIYUE DE WEIDAO

著　　者：韦刚强
责任编辑：钟　杉　王　新
封面设计：四川悟阅文化传播有限公司
出版发行：吉林文史出版社有限责任公司
地　　址：长春市净月区福祉大路 5788 号　　邮编：130118
电　　话：0431-81629363（总编室）　　0431-81629372（发行科）
网　　址：www.jlws.com.cn
印　　刷：三河市嵩川印刷有限公司
经　　销：全国新华书店
开　　本：210mm×145mm　1/32
印　　张：11.75
字　　数：208 千字
版　　次：2020 年 9 月第 1 版　2022 年 2 月第 2 次印刷
定　　价：49.80 元
书　　号：ISBN 978-7-5472-6927-5

印装错误可与印刷厂联系退换。

序

　　我和刚强是玉林高中814班的同学，我们1981年成为高中同学。

　　八十年代的成长，将在平庸里沉寂。我自己常下意识逃避怀旧，离席聚会，假装关注政治与科技，算是抗拒。可是，诸多的做作，遇到刚强同学，却让我久久不知如何面对：他的写作告诉我，家乡草长，凡人有梦，岁月的担负，可以变成平常的满足和快乐，何来恐惧？然后，我有突然的轻松，仿佛重新加入同龄人，再次真实起来。

　　最近读施本格勒和茨威格诸人的书，有一天，看到茨威格说"一个新的时代开始了，可是还要经历多少的地狱和炼狱啊"，那天，我桌上放着刚强的这本书稿，全书是南方小镇的乡土记，个人青葱岁月的叙事，还有一个勤勉中年人的社会禅，我无条件接受他与我几乎一样的岁月书写，它们不是茨威格的"昨日之世界"，却是我们这些普通人的平凡世界。然后，我被茨威格的敏感刺痛，刚强书里的一切，突然变得如此珍贵，让我因为担心平凡之好的失去而不禁泪流满面。

人类总是在一个又一个宏大叙事的谎言里耗费生命，大时代又如何？如桂南小镇罗秀，草民的喜怒哀乐在悠长又短暂的岁月里存在，悠长是因为再大的历史创痛都于无声处化作柴米油盐，短暂则是凡人的时间，来不及顾念缘起缘灭就蹉跎一生。人身难得今已得，不要今生要何生？刚强的故乡和岁月，可能也难免被视做布罗代尔说的那种"普通人的文艺复兴式"写作，可是，梵蒂冈教堂的壁画不是为我们作的，我们何时不是只在尘土的养护里，饮食男女，读书做事？

刚强同学不是作家，好在他不是！我们的学生时代，以为文学就是深邃人文所在，一切关于感情、神秘性、哲思、命运思考、超越……仿佛都由文学家来担任，所以，那时候的男生看文学，恐怕如同雄孔雀的美丽羽毛，想成为作家，恐怕犹如今天屌丝人人想成为马云罢。终于，岁月来去，一切人间真相，不过如此，写作越来越平常，这时候，平常如我，却因为少年时代对文学的崇敬而封笔，然后，看到作为金融家老同学，居然有这般的写作，除去蕙质兰心的解读，我仿佛在无声消逝的岁月荒原上，得见凡人的优昙婆罗花开放。

那一个时代，如果一去不复返，我们和刚强兄去寻找它的味道。如果它再回来，我们情愿逐梦回乡，所有的诗人都是回乡的，所有的回乡一定带着梦想。

深圳大学文学院　彭鹏

2020 年 5 月 30 日

第一章　故乡的足迹

第二章　人在旅途

第三章　历史的回音

第四章　茶藏故事

第五章　闲情话趣

第一章

「故乡的足迹

我的母校　我的家

　　我的母校是广西桂平县罗秀中心校，建成于民国十八年（1929年），为两层罗马风格半圆拱式建筑，坐南朝北。学校依山而建，拾级而上，呈三台阶式合院结构。建筑青砖碧瓦，圆木作梁，杉木地板，古朴大方，冬暖夏凉。学校由卢姓用祖上"蒸常钱"（宗族历代分家留下的养老钱款，相当于宗族基金）建造，图纸由中国同盟会首批成员之一、民国国会议员卢汝翼从国外带回。整个建筑将西欧罗马风格融入中国乡村文化气息中，中西合璧，是古典和现代的完美结合。

　　校园建筑分为前座、东座、西座和后园围墙，开有正门、东前门、东后门和西后门。正门口立有一对石狮子，为唐朝遗物，是罗秀最古之物。校门两旁对称种有两棵棕榈树。东前门外是学校饭堂，东后门外为一座碉堡，可架上土炮守卫学校，西后门外为公共厕所。校园外面还有一圈由当地产的带棘的杂木围成的勒墙，勒墙高两米多、厚一米多，外人一般情况不能逾越勒墙。勒墙正面开一扇木门，有浓浓的山野乡土气息。勒墙外低洼处水稻田旁挖有一口水井，为学校的饮用水源。校园正前方是广阔的稻田，一条河流在稻田间由东向西北蜿蜒而行。稻田周边环绕着村落，西面是罗秀圩，东面是孔村屯，正面是木村屯，东北是小阳屯，西北是贤塘屯，远眺为道家三十六洞天之一白石洞天的最高峰笔架峰。秋天的早晨，天朗气清，惠风和畅，稻浪翻滚，金色满地，极目远眺，白石洞天的笔架峰若隐若现。

前座分上、下两层，正门进去为前厅，每层左、右两边各有五个房间，前厅楼上为校务办公室。有外走廊和内走廊，走廊有一排半圆拱形窗台，是罗马式建筑，古朴中散发着强烈的立体感。东、西两边有上二层的木质楼梯。东座和西座只有内走廊，与前座内走廊相通，在走廊中行走，可观赏到校园的景色，让你感到仿佛行走在欧洲的贵族学校。从前座内走廊向东座走，先上三级台阶，为一间教室，再上三级台阶，为三间房间，紧连接另一间教室，接着到了东后门，后面就是围墙了。西座的格局与东座一样，为对称结构。东座和西座亦为双层，楼下均是房间。后座平台建有一长方形大礼堂，用于举办各项集体活动。东后门和西后门可通往大礼堂。从校门前厅往前走为一个长方形天井，天井里用花盆养着各种花草。通过天井，上三级台阶可到达校园，校园与东座和西座一层为同一平面，住在一层的人可方便出入校园。校园中后面建有一个正方形平台，两边有三级台阶，平台用于集会时上台讲话。平台后有九级台阶可到达大礼堂。九级台阶两边用石头砌成防护壁。校园内对称排列有两棵相思树、两棵荔枝树和两棵桂花树。相思树枝繁叶茂，树影婆娑，树荫处有石板乒乓球台。夏天，荔枝树叶绿果红，鲜艳夺目。秋天，清风送爽，丹桂飘香。

　　校门口那对石狮，它们不但见证着罗秀的历史，也见证着母校的沧桑。这对石狮原立在唐代城隍庙门口，建校时将它们放置在了校门口。古代只有县以上才有城隍庙，为阴间衙门。据记载，从唐武德四年（621年）至宋开宝五年（972年）共351年间罗秀为县，称"绣州"。唐代全国分10道，以五岭以南为岭南道，以广州、桂州（治所今桂林）、邕州（治所今南宁）、容州（治所今容县）和安南五州隶岭南五府经略使，称"岭南五管"，绣州为容州府管辖的一个县。

　　岁月沉浮，时过境迁。那对石狮首先不能忘记的应是民国十九年（1930年）五月九日，开校第二年那个春末夏初的傍晚，那天是罗秀圩日，也是周日回校上自修之时。

突然一声巨响，东前门被大锤砸开，一群土匪破门而入，将校长李劲夫先生及大部分教师学生用绳索捆住，连成一排排。顿时哭喊声震天，一些学生从西座教室门窗爬出，惊动土匪，被开枪打死。这就是民国时期震惊广西教育界的"五九匪祸"。土匪将师生捆绑成一排出校门，从校门前面的河岸往东走，春末河水较浅，土匪走河床，师生走河岸。当时周围村落的民团都在村中碉堡架起了枪炮，但由于担心伤及师生，始终不敢开枪发炮，村民含泪看着土匪将孩子亲人劫掳东去。我外婆家就在学校对面的木村屯，离学校仅1千米。后来听外婆村里人回忆，当时木村屯有三个人在学校，我母亲的堂伯为学校账房先生，土匪破校后他换上工人衣服，土匪抓他时，他说是挑柴来卖的，才幸免于难。我母亲的堂二哥和堂二十叔被土匪抓走。据说当时我外公及村中人到村口张望，这时我母亲的十四伯父上碉堡向学校方向对空放了一枪，占领制高点的土匪顿时枪声大作。我外公他们只好沿小河沟从村口爬回家。后来知道土匪把师生劫掳到梧州藤县深山，要求家属拿钱款来赎。有些不能及时筹足赎钱的，遭枪杀、强奸和腐刑。我母亲的堂二十叔家及时卖田赎人，堂二哥由于家里无法及时筹足赎款，遭腐刑，一生悲惨。"五九匪祸"是罗秀中心校的痛，却激励着后世莘莘学子更勤奋读书，近百年来罗秀中心校人文渊薮，人才辈出。

20世纪60年代初，我母亲从桂平师范学校毕业后在罗秀中心校教书，当时我父亲在容县容州中学教书，我在容县出生后未足月就回罗秀中心校，开始我的校园童年生活。那时候，早晨伴着琅琅书声，我在校园里玩耍，傍晚伴着夕阳，我和那对石狮一起，听外婆讲那个"山侬姥"的古老故事，有时候望着远处的白石洞天，也讲那些神仙故事。

小时候我长得不太像南方孩子，脸白白长长的，下巴长得比较尖，看着就好像北方的孩子，所以学校里的老师们都叫我"北佬儿"，而且我还很爱吃馒头，所以父亲周末从容县县城回来时，一般都买几个馒头带给我吃。那时候学校里有一个叫"大海"的女老师，不知道是她对父亲有意见，还是要整蛊父亲，有一段时间每当星期六傍晚，我父亲骑着那二十八寸的自行车准备回到罗秀中心校时，她就带着我走到后廊前面的空地上，教我大声地喊，"馒头兵回来啦！馒头兵回来啦！"，因为"馒头兵"指的是软弱无能的兵，借"馒头兵"来嘲笑我的父亲。稚气的童音在散学后空荡荡的校园里回响，这时候父亲总是加快脚步，把那二十八寸的自行车靠在家门口，快步地把馒头拿给我吃。也许那时候父亲，根本不知道我在喊什么，也不知道母亲的同事要借"馒头兵"来嘲笑他，只是知道儿子很想吃馒头了。听我母亲说，我两岁多的时候还是很机灵的，学校里面的老师有什么好吃的，在给我吃之前总要问我这是什么东西，说不出来就不给我吃。有一次要吃一个大西瓜，我不知道是什么瓜，只知道有一个"瓜"字，看到它又大又长，我就迅速地说是"大长瓜"。还有就是柿饼，我也不记得是什么东西，只记住了是什么"干"，而且是昨天吃过的，我就迅速地说"昨日干"，总是把老师们搞得啼笑皆非。那时候我岳母也是罗秀中心校的教师，那时候她还未结婚。她很喜欢我，也很爱带我去玩。我母亲也是很放手的，两岁多的孩子都可以让其他老师随便用自行车带着去玩。有一次我岳母带我到街上去玩，把我给弄丢了。她慌乱中焦急地到处去找我，最后在一个卖馒头的摊子前找到了我。直到现在，当我们每一次聚会的时候，我母亲总是和我岳母开玩笑："那一年你差点把女婿给弄丢了。"我岳母年轻的时候，也是一个很有趣的人。一般其他老师见到我吃东西的时候，总是开玩笑地说，"阿强，你吃什么啊？能给我吃吗？"我总是很大方地说可以，因为我知道老师们总是说说而已，是不会吃的。有一次我拿着一个锡碗正在走廊里吃蒸鸡蛋糕，我岳母见我就问："阿强，吃什么啊？给我吃点吧！"我也很大方地说可以，结果她真的吃了大大一勺，当时我瞪着大眼睛，惊诧而且委屈地说，"覃老师，你怎么真的吃呢？"直到现在，我母亲和岳母在一起的时候，总喜欢滔滔不绝地聊起罗秀中心校那些点点滴滴。可惜，随着公办小学下放到大队办学，学校里的老师都要分别回到各自大队去教书了。

20世纪60年代末，实行公办小学下放，我母亲回木村小学。我岳母回我岳父家的露棠学校，我妻子在那出生，四岁时随她父亲上南宁，在南宁上学长大。我大学毕业后分到我岳父单位工作，成全这段姻缘。

1977年恢复高考，政府重视基础教育工作，我母亲调回罗秀中心校担任主管小学工作的副校长。我随母读小学五年级，后来在初中部读初中，考上玉林高中，开启自己的人生里程。我母亲在罗秀中心校担任副校长至退休，我在念高中、大学、研究生到参加工作，假期都在母校居住，亲历母校的变迁。

20世纪60年代末，拆后座礼堂建一排教室，校园还是完整的。20世纪70年代初扩建初中部，小学部和初中部在西座和前座交汇处开一个门相通。对母校破坏最大的是1975年在罗秀举办"三县五社"（注：桂平的罗秀公社、容县的石头、松山公社和平南的六陈、平山公社）运动会，将校园开辟成灯光篮球场，拆掉西座，做成观众席，与初中部连成一片。由于原建筑为三台阶式合院结构，这样改建，校园顿时变得杂乱无章，高低不平。后来又在初中部开一个校门，将那对石狮搬到初中部校门。再后来又在原校门外建一幢三层钢筋水泥楼，为乡教育组办公室。据说建这栋楼时，还把那块"五九匪祸"纪念碑推倒埋在地基里。进入20世纪90年代，前座和东座相继拆除，建设新校舍，罗秀卢姓村干部坚持要求保持原校门面向白石洞天方位，石狮子也搬回了原来位置，教育组办公楼拆了一半。

去年重阳节，我回老家祭祖，特地去母校看看，那里已是时过境迁，只有儿时的伙伴——校门口那对石狮子，仿佛要和我诉说些什么，我再次摸摸它们，开车回南宁，一路潸然。

我的母校罗秀中心校建成于民国十八年（1929 年）

老屋翠兰庄

岁岁重阳，今又重阳。一年一度的重阳节又到了，翠兰庄的嗣孙们又回到老屋，组织拜祭祖先、缅怀祖德的"拜山"活动，沉默了一年的老屋又热闹起来。很多年以前，老屋就已无人居住，只有一年一度的拜祭活动，大家才聚集在老屋。

我家的老屋叫"翠兰庄"，坐落于广西壮族自治区桂平市罗秀镇东面的小阳村，坐北向南，与小阳村村向一致，门口朝东面开。老屋为三进式阶梯结构，面积约1500平方米。老屋翠兰庄为典型的清代单檐悬山顶式建筑，圆柱杉木作梁，莲花斗拱，青砖碧瓦。门窗为梳格式，硬木作料。

老屋东门前有五级台阶，每级台阶均由大理石凿成的长方形石块铺设（罗秀人称为"石线"），门口有"门肚"，大门为户枢式双开木门，门框和木门的材质为硬木，尽管历经岁月有些斑驳，但依旧保存古朴的风韵。门槛高度适中，门口不大，典型的山村耕读人家，有一种故意的低调和内敛。

老屋前座和中座、中座和后座均为阶梯回廊式结构，回廊中央各有一个天井，天井四边均用整块石线铺设，地面铺青砖。天井回廊两边有厢房，从前座到中座有三级台阶，从中座到后座也有三级台阶，可以从天井和两边厢房回廊走。中座有一个较大的户枢式双开木门，木门进去为中厅，从中厅穿过天井或从两边厢房回廊可到达正厅。正厅正面摆有案台，案台前摆有两张铁力木八仙桌，其中一张已遗失，换了一张杉木的，正厅两边摆有长条凳。正厅、中厅两边分别有大、小两间厢房，老家人称"大屋"和"二屋"，为典型的五间格局。

老屋由我爷爷的爷爷的父亲芳扬公所建，建于清代嘉庆二十年（1815年），已有200多年历史。据韦氏族谱记载，芳扬，号翠兰，生于乾隆五十九年（1794年），终于光绪三年（1878年），享寿84岁。生子掌邦、配邦、寿邦、钜邦、惠邦。受恩赐八品修职郎并恩嘉文林郎，钦命广西省学政郭怀仁题赠寿匾"寿膺耄耋"。由于芳扬公号翠兰，故老屋称"翠兰庄"。清代修职郎是文阶官名，为正八品散阶，散阶是授予官职时同时授予的虚衔，像今天的军衔。文林郎亦为文阶官名，清代正七品授文林郎。所以，翠兰公先是受恩赐为正八品文官，再受恩赐为正七品文官。

我家乡小阳村韦氏源于隋唐时期的京兆韦姓，为西魏至隋唐时期关中地区最显赫的二十大家族之一。至宋代，部分韦氏迁往河南开封府。北宋末年，宋徽宗一妃子即韦太妃，生南宋高宗赵构。韦太妃侄儿韦渊和侄孙韦承庆与金人战死于和州，韦渊被追赐为平乐王，韦承庆被追赐为融州观察使，韦太妃另一侄孙韦经被封承议郎雷州通判。韦经家眷于南宋中后期迁到广西平乐、融安和宜州一带，韦经公为我家祖上广西入乡祖。明朝初年，韦经公五世孙韦五嗣从宜山迁浔州府武陵郡（今平南武林）。明成化年间有韦经公十一世孙邦相公任福建省怀安县令和广东省乐会县令，后任海南省万州太守和贵州省麻哈州太守。明万历初年邦相公五世孙悦厚公从平南迁住罗秀，悦厚公第四代道朝公于万历四十四年（1616年）迁入小阳村，从此我家祖上开始在小阳村繁衍生息。

至清代康熙末年，国泰民安，社会富足。祖上济心公生有九个儿子，分为九房，老家人常称"九房头"，我家祖上为第二房温光公。温光公生于乾隆十三年（1748年）。温光公生有两个儿子誉扬和芳扬，由于温光公在邻乡（中和乡）有大量田地，让大儿子誉扬去管理。芳扬公留在本村看管家业，芳扬公生于乾隆五十九年（1794年），翠兰庄建于嘉庆二十年（1815年），大约是在芳扬公23岁时建成的。

1840年鸦片战争，中国沦为半殖民地半封建社会，内忧外患，民不聊生。1851年中国历史上规模最大的农民起义在广西桂平金田村爆发，太平军没有在广西停留太久，迅速北上，占领了武汉，沿江而下攻克安庆，定都南京，成立太平天国。太平军北上后，浔州府（今桂平）陷入无政府状态，匪患猖獗。1854年广东船工陈开和粤剧戏子李文茂领导的起义军占领桂平，成立大成国，任命罗秀乡新垌土匪姚新昌为北路元帅，这支武装为大成国主要军事力量，组织饥民打家劫舍，劫富济贫。小阳村韦姓经过康雍乾盛世，祖上勤耕巧种，苦心经营，到了晚清小阳村韦姓已是家业殷厚，人丁兴旺，富甲一方，声名显赫，因此自然成为大成国起义军劫富济贫的对象。

小阳村除翠兰庄外，还有两座清中后期建的庄园，分别是天保庄和阳春庄。在清末的农民起义中，这三座古老的建筑几乎被焚毁。大成国定都浔州府后，桂平知府张葆光、知县张鹏万设行署于麻垌白石山，指挥十个团练组织与大成军对抗。这十个团练绝大部分为罗秀、麻垌和罗播乡的乡绅组织的地方武装力量，罗秀乡就有四个团练，其中一支团练是由小阳村韦臣邦组织的卫良团。据县志记载，小阳村经受较重大的匪患主要有七次，咸丰九年（1859年）正月初十那次是最惨重的一次匪患。咸丰九年农历正月初十，春节刚过，姚新昌指挥的大成军一万多人围攻小阳村，村里老人和孩子被安置在远离村中的大石寨，壮年人在村中抵抗。当时小阳村设有坚固的围墙，四周建有碉堡，大成军不能攻破，便将火把投掷村中，除翠兰庄、天保庄和阳春庄三大庄园得以保存外，其他村中房屋包括世兴祠和遗经祠均被烧毁，卫良团人员损失惨重。我爷爷的爷爷惠邦公即翠兰公最小的儿子，在这次匪患中，派出来打探消息时被土匪抓住后惨遭杀害，年仅28岁。惠邦婆太杨氏含辛茹苦将独儿即我爷爷的父亲庆昌公养大成人，我爷爷有三个兄弟。

　　我小时候曾经在老屋居住过一小段时光，当时我父亲在容州（现容县）高中教书，我母亲在罗秀中心小学教书，我的童年是随母亲在罗秀中心小学度过。1968年国家实行公办学校下放到大队办学，我母亲回大队教书。母亲回来时，大队没有教室，没有教材，缺乏教师。大队将谷仓腾空出来用作教室，大家戏称为"谷仓大学"。教师只有母亲和另一名年轻民办教师，教材只有靠母亲刻蜡纸来印刷。公办小学下放后，教师不再发放工资，领大队的工分，大队还分了一块自留地用来种菜，教师们亦教亦农。夏天时的周末，我常光着屁股跟母亲去种菜，俨然一个"小泥人"。

　　母亲是要强的女性，正规中等师范学校毕业的她专业且负责。那些日子，忙碌的工作使母亲生病了。弟弟才两岁多，只有托外婆照顾。五岁多的我，只好随奶奶生活。母亲要边治病边上课，我白天在学校跟母亲，傍晚自己一个人回老屋跟奶奶吃晚饭，和她一起住。奶奶长期都是一个人生活，住在老屋前座西面的房子。那房子隔作了两间，外面一间为厨房，里面一间用木板搭出两层，用作居住。我以前和母亲在学校住，习惯了大灯芯的煤油灯，入夜后，陪着母亲在明亮的油灯下刻蜡纸，有一种明亮和温暖的感觉。我回老屋和奶奶居住，入夜后，屋子很大很黑，奶奶又常年穿深灰色土布服，一盏黄豆大小灯光的小油灯，似乎时刻都有被风吹灭的危险。每晚奶奶都睡得很早，说是怕浪费灯油。我却总睡不着，寂静的老屋和无边的黑夜，让我在床上翻来覆去，奶奶总要责骂。不过，那时奶奶做的瓦煲饭后来却总是让我记起。奶奶由于长期一个人生活，她每天都只用一个瓦煲来煮饭，用木柴烧火，待米饭水干后，将菜放到里面再慢火炆熟。那时候，腊肉饭最好吃，咸鱼饭也很香，不过我最想吃的还是瓦煲底部的饭焦。我在老屋生活的那段日子不太长，母亲身体恢复后，我又回到"谷仓大学"随母亲一起生活。

世事变迁，沧海桑田，这几年翠兰庄没有人居住了。经过大家出钱出力修缮，基本保住了原有的风貌。去年老屋修缮好后，嗣孙们第一次在老屋聚会组织祭祖。大家都非常珍惜和高兴，那天酒过三巡，我还即兴写了一首七律，《甲午九月九重回故乡老屋》，随此文记之以铭志。

先祖八品修职郎，营造老屋翠兰庄。

坐北向南开东门，青砖碧瓦揽朝阳。

晚清匪患免于难，惠邦捐躯狙击中。

穿越时光二百载，缅怀祖德岁月长。

尽管这几年我回故乡的次数越来越少了，但故乡的老屋，却在蹉跎岁月中留下了深深的印记。故乡的老屋翠兰庄，我总在闲暇时记起，让人魂牵梦绕。

2017 年春节作者摄于老屋翠兰庄门口

走过万年桥

初秋时节，我回老家罗秀办事。早上7点半从南宁出发，约10点在容县下高速，中午11点多回到罗秀。路过罗秀中心校时，特地停车回母校看看，去摸摸儿时的"伙伴"——罗秀最古老之物，立在校门口的一对石狮子。我在家办妥了事情，中午吃了一餐美味的家乡菜，休息些许时候，继续前往桂平市。

约下午4点，我继续前往桂平，车行不足半小时，到了万年桥。前些时候在微信朋友圈中听说万年桥被大货车压坏了，公路局已维修好了，遂决定停车下来看看万年桥现在的状况。

万年桥建于清道光二十五年（1845年），桥长十五丈，宽一丈四尺，高二丈七尺，二墩，三拱。每墩宽六尺，墩前另用石砖砌成三角形鱼嘴，以利切割河水，减少阻力，使水流入拱内。每个拱横跨河面二丈六尺，结构全部为花岗岩石雕成的长方体石砖，大小长短根据桥体而定。有的石砖长三尺九寸，宽一尺，高八寸许，结拱用的石砖平滑面要求严格，砖与砖间隙很小。每砖约重150斤以上。估计全桥用石砖4000多块。桥的中间拱正面上方，正中凿有"万年桥"三个横书大字，桥名左边竖书"大清道光乙巳年"七字。左边拱前面上方，正中横书"风恬"二字，右边拱横书"河清"二字。建桥之石砖原料，少部分为附近河道雕凿而成，大部分从容县运来。缝隙是用石灰与蔗糖填补的，整个桥用料不少，花人工之巨难以估量。桥的两头，原有不少乐捐芳名和桥序，可惜已毁大跃进时期。

主持修建万年桥者姚胜时，是清代副贡生，州司马修职郎。道光二十五年（1845年），姚胜时聘北流人朱肇润为建桥工程师。建桥资金先靠募捐，除罗秀乡民为此桥乐捐之外，还有麻垌、罗播等各乡绅士及民众。一年募捐所得，仅可以建成一拱。第三年，姚胜时鉴于募捐困难，卖田400余亩将银钱注入自建。万年桥在道光二十八年（1848年）已基本完工投入使用。至光绪年间，姚胜时之后裔姚旭升又增建桥之两翼，以固此桥。

新修复的万年桥主要是增加载重量，在原有的桥面上铺一块钢筋混凝土，由两岸作支撑，从而减轻原桥墩的承重，以保护原有的古桥。原桥中由石块砌成的桥墩缝隙重新填上水泥以加固，这样原有古桥风韵几乎荡然无存了。

万年桥是罗秀通往桂平的必经之道，我站在万年桥的桥头，看着一江东流的六陈河水，思绪万千，仿佛近一百多年来罗秀的英杰，正按历史的顺序通过万年桥，走向祖国的大江南北。他们就像滚滚东去的六陈河水，奋不顾身地涌入历史的长河中。

万年桥建成后，走过万年桥的第一批罗秀风云人物，当属罗秀一、二里组建的抗击大成国劫掠的四个团练的团总，他们分别是卫良团练团总韦臣邦、桂安团练团总姚大鸾、桂安分团练团总姚桂光、长安团练团总黎儒珣，还有大成国北路大元帅姚新昌。19世纪末的那场纷争，让万年桥上狼烟滚滚。

万年桥完工投入使用后的第三年即1851年（咸丰元年），洪秀全在桂平金田领导太平天国起义，太平军迅速出广西北上，桂平县进入完全的无政府状态。1854年6月，广东鹤山县船民陈开在佛山领导武装起义，会合粤剧艺人李文茂等，50多艘船沿珠江西上，围攻浔州府城（桂平县城）。1855年8月16日攻克浔州，在浔州建立大成国，年号洪德。成立大成国后，当时的浔州知府刘体舒、桂平知县李庆福被活捉。清政府重新任命张鹏万为浔州知府，张葆光为桂平知县，由于府城被大成军占领，知府和知县只好将行署设于麻垌白石山上，依靠地方团练的保护，指挥剩余清军和各地团练抗击大成军。在那个动荡的时代，桂平乡村大户、富族出钱出力，先后组建了十多个地方团练来对抗大成国及各地饥民匪祸。除罗秀创建了四个团练外，麻垌人创建了梁村团和白石团两个团练，还有城厢人创建了安平团练、平南人创建平桂团练和平桂分团练、军陵里人创建卫清团练、中都里罗播村人创建的惠村团练和罗旺人创建的罗旺团练。姚新昌原名姚大愈，罗秀一里人，素以赌博为业，"新昌"为其赌馆号。1851年春节，姚新昌与其弟姚大珧、姚大瑛等在中和之白石洞、中断之劈雷石拜天地会。大成国成立后，姚新昌被任命为大成国北路大元帅，以大容山之拳恋田为巢穴，以垌心墟为据点，抢劫罗秀、容县的石头、平南的平山、六陈等乡里。万年桥作为罗秀通往桂平的唯一通道，是兵家必争之地。直到咸丰十一年（1861年）大成国宣告灭亡，同治五年（1866年）大成国北路大元帅姚新昌被枪决，15年来万年桥上兵马驰骋，尘土飞扬，周边村落狼烟四起，生灵涂炭。

从同治五年（1866年）到光绪十五年（1889年），时光匆匆走过了23年，清代进入了同光中兴时期，经历太平天国动荡后，朝廷恢复了科举考试。这一年罗秀一里马塘堡道治山有一位少年叫姚钟璜，他背着简单的行囊，踏着晨光神色匆匆地走过了万年桥，上京参加光绪庚寅恩科殿试，登进士三甲178名。他是罗秀镇历史上唯一的进士，光绪十八年（1892年）五月，在吏部掣签时，任广东长乐县知县，后任广东河源县知县。

晚清时期，还有两位罗秀青年英杰先后走过万年桥，从浔州府再到日本留学。他们分别为卢天游和李应元。卢天游，字云村，罗秀圩地人，清末留学日本法政大学，回国后曾办广西省法政财政自治学校，后被选为广西咨议局议员，1912年任广西都督府法制局局长。1913年被选为南京参议院议员、宪法起草委员会委员。陆荣廷任两广巡阅使时，其任西南军务院秘书，护国军两广都司令部秘书。1916年第一次恢复国会时，仍任参议院议员，中国同盟会首批29名成员之一，可惜英年早逝。李应元，字啸岛，罗秀二里伟扬堡长塘表人，清末留学日本警察学校，1905年在日本东京加入同盟会。1911年回国后任桂平县立中学堂监督。此后，他一面教学，一面进行反清的宣传和组织工作。1911年10月10日武昌起义胜利的消息传到桂平，李应元即偕雷沛鸿等往南宁与刘崛等策动广西提督陆荣廷反正。1913年二次革命时，被陆荣廷诱杀。

最先将西方文明带回罗秀这个小村镇的，应是卢天游和李应元这两位同盟会成员。有一个有趣的故事，说是民国之后，首先是要剪掉清朝时的小辫子，罗秀许多遗老遗少不愿意剪辫子。当时罗秀圩是有围墙和圩门的，卢天游和李应元在圩日准备散圩时，让罗秀团局的团丁把圩门给关了，把不愿剪辫子的遗老遗少们抓起来排成一排，站在圩里的卖猪肉的肉台前，团丁扯着他们的辫子，一个个把他们的辫子用杀猪刀给砍掉了。

民国初期，有五位罗秀县长先后走过万年桥，到民国时期的广西各县从政。他们分别是：新垌村马平屯人姚之荣，历任广东电白县、吴川县、阳江县、海丰县和广西桂平县县长，是罗秀任县长职务时间最长的一个。塘应村人黄书亮，民国十八年任广西凌云县县长。独堆村人莫禹，民国十八年任宜山县县长。中断堡（今中东等村）人李学文，民国十五年任广西榴江县县长。中西村人梁国海先后任广西象县县长、平南县县长和贺县县长。

民国时期，有三位罗秀将军先后走过万年桥，投身到腥风血雨的时代洪流中。他们分别是：卢学英，罗秀圩地人，北伐战争时任营长、独立一团团长，血战汀泗桥，护卫白崇禧长官有功。抗日战争时，任安徽十六游击区司令，少将军衔。解放战争时在柳州当兵站站长，后复员。1949年拟武装自卫，被开明人士劝止，向政府交枪，1950年被杀。

卢士沐，罗秀圩地人，中央军校南宁分校、陆军大学特别班第五期毕业，抗日战争期间曾任中央步兵学校西北分校教官，1949年任第五十六军第一七三师师长、广西桂南军政区副司令兼参谋长。凌云上，罗秀耀鹰坡人，中央军校南宁分校第二期毕业，抗日战争期间先后任第四十八军第一〇三三团团长，第一七三师副师长、师长，参加徐州会战之蒙城抗击战，被国民政府授予"宝鼎勋章"。1947年毕业于陆军大学将官班乙级第二期，1948年任国民党第七军副军长。1949年10月8日在衡宝战役中被中国人民解放军俘虏，后任中国人民解放军第二十二步兵学校教员，1957年被遣返回乡务农。

民国时期，还有一大批罗秀文职精英走过万年桥，活跃在国民时期广西的政坛上。他们分别是：卢奕农，罗秀圩地人，国民党第一届立法院立法委员，广西省政府委员兼任省政府秘书长。李一尘，罗秀寻境冲人，曾任南京军分校中校政治教官兼第四集团军总政训处秘书、南宁军校政治教官、第五战区政治部上校主任秘书、安徽省民政厅主任秘书、"制宪"国民大会代表、梧州市市长、广西省政府委员兼任广西省田赋粮食管理处处长。韦方，罗秀小阳村人，毕业于厦门大学，历任广西边务委员、广西建设厅秘书、黄旭初主席办公室秘书。李志鹄，罗秀长塘表人，李应元之子，国民党第七军第二师政治训练处主任。李佩昭，罗秀植棠村人，光绪年间任浔洲府团练局局长。李锡熙，罗秀植棠村人，民国桂平县团务局局长。李昂鸣，罗秀植棠村人，民国财政部广西直接税局局长。韦碧新，罗秀镇小阳人，毕业于北京大学，曾任国民党第七军科长、广西省党部执行委员会委员，后任迁江县政府秘书。

20世纪30年代，有一位叫施益生的少年满怀激情地走过了万年桥，飘洋过海，走上了中国革命的道路。施益生，罗秀露棠村人，青年时赴法国勤工俭学，成为中共党员，曾任共产党旅欧支部副主席，周恩来的战友，在法国组织领导声援"五卅"运动时被捕，并被法国警察驱逐出境，之后到苏联学习。施益生作为一名共产党员，驱逐出境后长期留在苏联学习，党组织没有让他回国参加国内革命战争，是中国共产党对人才储备的一种长期安排，中华人民共和国成立后党组织安排其回国参加中华人民共和国建设。施益生精通五国语言，回国后任外文出版社主编译、人民画报主编译和北京外文图书馆馆长。20世纪50年代时，施益生再次走过万年桥回罗秀省亲，在罗秀中心校演讲，开场白即用罗秀倒语"益森"（肃静的意思），风趣健谈。电视连续剧《我们的法兰西岁月》有施益生这个人物。

民国中期，还有五位罗秀少年一起走过万年桥，去追求他们自己的人生理想。但时代却是如此的残酷，命运却是如此的不同，同样的起点却是不一样的终点。

1930年秋，韦树辉、韦克非、韦志、凌云章和李英五人一起毕业于罗秀龙兴寺小学（现露棠中心小学），相约到桂平再坐船到梧州，入读校址在梧州的广西第二中学初中部，他们一起意气风发地走过万年桥，心中怀着同样火热的理想。韦志是罗秀小阳村人，当时他哥哥韦方从厦门大学毕业后在广西二中做教师，后来他哥哥韦方又调到广西边务学校做教师，后任广西边务委员，可以说他的人生轨迹是跟着哥哥走的。由于这层关系，韦志初中毕业后到广西边务学校读书，毕业后在龙州督署办工作，任龙州督署办事员（办理赴越护照），后任龙州中学教师，据《左江风雷》记载，其在龙州中学任教期间曾为进步青年，地下党发展对象。但始终没有机会加入中国共产党，1949年后一直在龙州中学教书。凌云章和李英初中毕业后回桂平县工作，凌云章尚武，入桂平县警察局工作，李英文笔不错，进入桂平日报社工作。凌云章之后担任桂平警察局局长和玉林警察局局长，1949年后被枪决。李英之后担任桂平日报社社长，1949年后曾在麻垌二中担任教师。韦树辉和韦克非这两位同族兄弟走同一条路却有不同的结果。韦树辉为罗秀雅石村人，但他也是乾隆年间小阳村济心公韦振达的后代，济心公三子煌光成家立业后搬到雅石村定居。韦克非为罗秀小阳村人，与韦树辉为同族兄弟。韦树辉和韦克非初中毕业后考入校址在今桂林雁山园的广西师范专科学校乡村教师培训班，后考入广西民团干部训练班，接受军事训练。1937年韦树辉和韦克非经过组织上同意，奔赴延安。韦树辉从事党的组织工作，韦克非在前线部队打仗，从此两人的人生轨迹发生了很大的变化。韦树辉1938年1月进入延安陕北公学学习，曾任陕北公学中共党总支组织干事。1939年7月入中央党校学习，后任中央财经部人事科科长，中央直属机关党委组织干事。1945年11月任热冀辽军区热辽纵队政治部组织科长，1946年9月任中共热河省林在县县委会组织部部长。1949年4月随军南下，先后参加南昌、广州军管会的接管工作，10月随广西工作团回到广西。以后历任容县地委组织部长、副书记、第一书记，玉林地委书记。1976年6月调任钦州地区革命委员会副主任，1979年2月调任广西壮族自治区委员会组织部副部长，区人民代表大会常务委员会委员，直到1982去世。据村里族人说，韦克非曾在八路军担任营长职务，大约在1946年一次战斗中与部队失散，最后杳无音讯。

中华人民共和国成立后，更多的罗秀有志青年走过万年桥。继桂平一中之后，桂平在麻垌又成立一间中学，即桂平二中。当时罗秀的青年学生都是先在桂平二中读初中，再考入浔州高中、玉林高中或其他中等专业学校的。二十世纪五六十年代的罗秀青年学生都是走路去求学的，他们用双脚走过万年桥，从罗秀到麻垌一般要走半天，从罗秀到桂平一般要走一天。在这个时期，他们还是和1949年以前的罗秀英杰们一样，用他们的双脚去丈量他们的人生理想。这个时期在桂平二中读初中的学生中，涌现出了包括广西壮族自治区广播电视厅厅长、广西壮族自治区武警总队副政委、广西壮族自治区纪检副书记等一批厅级领导干部。这个时期走过万年桥的还有我的父亲和母亲，他们也是用双脚走过万年桥，完成初中和师范教育，再从万年桥回到家乡罗秀，一生从事教育事业。我母亲长期担任罗秀中心小学副校长，父亲在罗秀高中当物理教师，他们培养了一批又一批罗秀青年，走过万年桥，走向祖国的大江南北。

青山依旧在，英才代代出。进入了20世纪70年代后，罗秀到桂平已经可以坐班车了。罗秀的青年学生不用再走路通过万年桥，可以坐班车通过万年桥了。这一时期的罗秀青年依然朝气蓬勃、奋发向上，涌现出了玉林地区高考第一名和桂平县高考第一名，也涌现出一批批在政府部门、中央企业、自治区国有企业的厅级干部。特别是改革开放后，一批批罗秀籍的优秀企业家走过万年桥，活跃在改革开放的商场上，并取得卓越的商业成就。

　　站在万年桥的桥头，历史的片段一幕幕地呈现在我的脑海中。忽然想起一位初中时的同学说过，他家住在万年桥附近，说是以前万年桥的旁边有个古老的码头，码头有石块砌成的上下台阶，还说万年桥的两个桥墩下面，有两个大石龟在托着桥墩，小时候夏天时他常和伙伴们到河里去抓鱼，还经常坐到那两只大石龟上玩耍。我一眼看去，已经看不到上下的台阶，仔细找了一下，才发现台阶已被遮盖在杂草中了。我顺着台阶走向河床，河堤不高，约有20个台阶。一场大雨之后，河水刚刚退去，河床留下了崭新的泥沙淤积的痕迹。我近距离地望着两个桥墩的底座，试图找到那两只支撑着两个桥墩的大石龟，却一点儿踪迹都找不到，也许早就掩埋在泥沙中了。我仰起头看着刚修复的桥面，"万年桥""大清道光乙巳年""风恬""河清"等古字迹几乎被崭新的填修缝隙时的水泥覆盖住大部分了。桥墩是加固保护住了，看起来却像一座新桥，古风荡然无存，看得我心里有丝丝的无奈和惆怅。

　　我顺着台阶拾级而上，回到了桥面。司机请我上车，我执意要走路通过万年桥，几十年来，我来来回回经过万年桥，还没有真正用自己的脚步走过万年桥。我请司机先把车开过去，我用自己脚步真正地丈量一次这座一百多年的万年桥。尽管走过万年桥只需要几分钟，但我仿佛走过了一百多年的罗秀的沧桑历史。

走过了万年桥，我再回头看时，万年桥还是静静地矗立在六陈河上，万年桥承载着一代又一代罗秀人的梦想，而岁月就像那六陈河水，滚滚东流。

万年桥为罗秀至桂平的必经之路，建成于清道光二十五年
（1845 年）

罗秀米粉

　　1985年夏末秋初，中央电视台、深圳电视台的记者，曾不远千里，联袂到桂平县罗秀乡露棠村，以马岭角生产队欧尚球祖传技艺制作的米粉为主镜，拍摄成电视纪录片，名为《中国一绝——罗秀米粉》。其中有一张照片为将36根粉丝合成一股，吊在一棵荔枝树上，可吊起一个重量不小于60千克的壮年大汉，而粉丝一根不断。此后，《广西日报》等报纸均刊登这个消息，使得罗秀米粉更加闻名遐迩。罗秀米粉分为湿米粉和干米粉，湿米粉村民一般当天食用，吃不完时将多余部分挑到圩上去开米粉摊。干米粉，可以长期保存，村民食用时方便，也可送礼甚至曾为贡品。

　　据桂平县志记载，清朝光绪年间，罗秀米粉曾被定为贡品。民国年间，享誉于邕、柳、梧、穗、港、澳等地。相传罗秀干米粉的创制，始于清光绪十五年（1889年），由今罗秀乡露棠村马岭角生产队欧尚球的祖父欧建才首创。但我认为罗秀米粉的工艺，可能在唐宋时期已有萌芽。根据罗秀古迹探秘，唐宋时期，罗秀县已有成熟的冶铁、制陶手工业，所以在大米深加工——米粉的制作上想必已然起步，只不过是后来工艺逐步走向成熟。

罗秀传统工艺米粉具有"软、韧、滑、脆、香"等特点，煮之，丝条完整，汤水不混浊；食之，微韧而脆，软滑爽口。选用罗秀当地产大米，传统工艺加工，不添加任何其他材料。罗秀优质米粉主要生产于露棠马岭角、小阳屯等罗秀圩周边村屯。究其原因，首先是水质因素，这些村屯周围都是花岗岩地带，泉水清冽，有益矿物质丰富；其次是土质优良，气候温和，能生产出柔软质优的大米；再次是独特的加工工艺。

罗秀米粉的工艺流程如下（湿米粉只需工序一至五，干米粉需要工序一至八）：

一是选料。选用优质大米，早造最好选"花罗"细米作制粉原料，晚造最好选"晚黏"细米作制粉原料。

二是淘洗。大米要淘洗干净，用作制粉的米料，用干净山泉水，经三次淘洗，除清糠杂。

三是浸泡。米料浸泡合宜，一般需浸泡一个晚上（约12小时）。同时，要用大米煮熟一些米饭用于碾磨时添加配料，这是罗秀米粉工艺很关键的一环，至于米饭的生熟度和生熟米的比例应是生产工艺的秘密。

四是碾磨。传统手工工艺一般使用人力推磨。用大型石磨磨粉浆，转速慢而匀，每次喂一定比例的生、熟米料约一市两，每转磨五周投喂一次。第一轮磨得的粉浆，再磨第二轮，共重复碾磨五轮，保证粉浆腻滑，显现油光，还要严格掌握粉浆的黏稠度，以粉浆上簸箕能蠕蠕而动为最佳黏稠度，这些均需要很强的实操和丰富的经验。

五是蒸制。将碾磨好的粉浆用木勺舀到直径近1米的竹篾制成的圆形大簸箕上，尽量做到每簸箕浆层在1毫米左右。蒸制要十分注意火候，武火蒸至透熟即可，火候和时间也需要严格控制。

六是晾晒。将蒸得的粉皮脱簸箕放在疏竹屏上，每屏四皮，置于旷地的支架上晾晒，待粉皮晾晒至干度85%左右时，即收回折叠压贴，待切成粉丝。一年四季气候不同，晾晒的程度要根据气候的变化而灵活掌握。

七是轧切。如果粉皮晾晒程度合适，应是不干不湿状态，非常合适轧切。如果晾晒有些过度，一般粉皮要轻过一次水后再轧切。轧切用村民自己发明的脚踏轧切机，轧切成均匀细丝条，每条不超过1毫米，再置于密竹屏上，再次晾晒。

八是包装。待粉丝晾晒到干度95%左右时，即可收回分别扎成每扎一斤或两斤的成品。传统的罗秀米粉一定是使用当地产的叫"鸡公黄茅"的茅草进行捆扎。现在为了保证卫生条件，外面还包上一层食用塑料纸。

罗秀米粉的工艺，代代相传，经久不衰，曾到南宁和广州交易会上展出，获得好评。罗秀米粉制作技术，初时是保密的，后来，随着男婚女嫁的亲戚关系，逐渐外传。到民国时期，罗秀乡内许多村的农户相继制作米粉，产量日增。集体化后，罗秀米粉由个体户经营转为生产队集体经营，粮食部门供应米碎，并统销产品，各村都有几个生产队设厂制作干米粉，乡内干米粉的日产量，由初时不足200市斤一跃至超过25 000市斤。改革开放以后，罗秀乡不但输出罗秀米粉，还输出制作罗秀米粉的技术，不少的罗秀制粉人到区内外各地去当师傅，或承包工厂制作罗秀米粉。然而到各地做出的米粉，虽工艺上基本一致，但由于土壤、气候和水质的不同，品质上总是差一点儿"韵味"。

随着电动机械的普及，今日罗秀米粉的制作，已家家户户用电动机来旋磨制浆，用电动轧粉机来轧切粉丝，在生产米粉的方式上进行了改进，提高了工作效率。机械的使用可能让粉浆更精细，但粉浆过细不一定对品质更好，也许用那大石磨反复磨五次才是最好的。在我看来，生产技术和生产效率是提高了，但"口味"总是差着那么一点点。

罗秀人将罗秀米粉作为日常生活中的便食，来不及做饭时，烫点米粉，快捷美味。家里忽然来个客人时，加点青菜、瘦肉或鸡蛋，煮点罗秀米粉，好吃又体面。如喜欢干爽一些，可加些罗秀新村产的绿豆芽，再加些瘦肉，炒一盘罗秀米粉，鲜美爽口。圩上开米粉摊，来吃米粉的客人很多，为了保证效率，摊主会煲一锅猪头骨浓汤，用柴火一直加热，也会先将湿米粉分成一份份的，客人一来，将分好的米粉放到铁丝漏勺里，再往滚烫的浓汤里一烫，倒到碗中。将先前准备好的酥肉切成片，平铺在粉面上，加上细切的葱花，淋上花生油和酱油，再加上滚烫的浓汤，一碗鲜美可口的罗秀米粉就完成了，那味道让人终生难忘。小时候那简陋的米粉摊、美味的头骨汤、香脆的炸酥肉、爽滑脆韧的家乡米粉，总让人在加班肚子饿的时候想起，心中顿时弥漫起一股浓浓的家乡味，鲜美而温暖。罗秀米粉还有一种做法叫"酸米粉"，将水烧开，把干米粉煮熟，但别过火了。将煮熟的米粉晾开；腌好一盘酸黄瓜，用肥猪肉炸一盘油渣，猪油待用；做好一盘叉烧或炸酥肉，炒好一盘花生，细切一些紫苏丝；将酸醋、猪油、盐、酱油和晾好的米粉搅均匀，撒上一些紫苏丝和酸黄瓜。将搅拌均匀的米粉装到碗中，上面铺上油渣、叉烧、花生，再加上一些酸黄瓜和紫苏丝。如喜欢吃辣椒，可将罗秀产的指天椒切成小块，加进去更可口，但罗秀人不太吃辣椒。

平时吃到的罗秀米粉都是大人给煮过或炒过的。记得小学时，有一次与伙伴相邀，每人从家里"偷"点大米出来，到米粉厂去换米粉吃，那会儿米粉厂没有盐也没有油，米粉厂伙计就将刚刚蒸出来的散发着浓浓米香的湿米粉卷成一条条素面卷筒粉。那一次，罗秀米粉"软、韧、滑、脆、香"的特点表现得淋漓尽致，现在还记忆犹新。一群小伙伴围着看伙计卷米粉，不停地吞口水，看来也是饿了的。

大道至简。也许，简单的才是最美的。

藤县土匪与罗秀二里高小学堂

清宣统三年（1911年）10月10日，武昌起义推翻了统治中国长达268年的清朝，这一年也是辛亥年，因此称"辛亥革命"。

辛亥革命后，陆荣廷先后任广西副都督、都督。1913年又兼任民政长，将省会由桂林迁往南宁，打着"桂人治桂"的旗号，独揽广西军政大权。1916年3月乘护国战争之机，宣告广西独立，并向湖南进军。7月派兵入广东，继而任广东督军。次年陆荣廷被北洋政府任命为两广巡阅使，从此操纵两广军政大权，把桂军扩充到5万人，成为西南地区最大的一派军事势力。1917年7月，段祺瑞复任国务总理后，拒绝恢复国会与《中华民国临时约法》。孙中山举起护法旗帜时，陆荣廷等桂系军阀一面利用护法名义对抗段祺瑞的"武力统一"政策，派兵入湖南参加护法战争；一面又与吴佩孚等直系势力暗中谋和，并利用政学会分子等国会议员，改组广州护法军政府，排挤孙中山，把持了军政大权。1920年8月驻闽粤军在孙中山号召下，回师广东，到10月下旬，桂军战败退出广东。次年6月，孙中山动员粤、滇、黔、赣各军入桂讨陆。经过两个多月的交战，粤滇各军占领南宁和桂林，陆荣廷逃往上海。

民国九年（1920年）陆荣廷退出广东，民国十年（1921年）由粤、滇、黔、赣各军组成的援桂军和陆荣廷的退守军队在广西藤县打了一仗。此战之后，旧桂系军官为了扩充自己的势力，在藤县争相收编绿林股匪，导致藤县治安混乱，匪祸猖獗。一些恶棍无赖、地痞流氓趁机拉起队伍，占山立寨，称王称霸，自封"将军""司令"。他们有的勾结地方官府军阀，梦想被收编后捞个一官半职，有的打算发了横财后当寓公。这些土匪打家劫舍，杀人越货，为害乡里。各地匪祸不断出现，官府屡剿不息，匪祸长达10年之久。

山雨欲来风满楼。在藤县的山野村镇绿林蜂起之时，桂平罗秀的村落圩镇生活依然如故。辛亥革命前后，罗秀走出了一位著名的人物——罗秀圩地人卢汝翼，他把西方文明之风带回了这个小村镇。

卢汝翼（1878—1918年），又名卢云川，字壮魂，民国建立后改名卢天游，清末拔贡生。受名士庄蕴宽在浔阳书院倡导新学的影响，他于清光绪三十年（1904年）自费留学日本，入东京法政大学速成科学习，次年加入同盟会，为同盟会首批29名成员之一，并继刘崛之后担任同盟会广西分会会长兼主盟人。光绪三十四年（1908年）回国，在桂平组织秘密机关开展革命活动。宣统二年（1910年）到桂林广西自治讲习所任教员，是桂林同盟会支部的骨干。宣统三年（1911年）补选为广西咨议局议员，辛亥革命后参与促成广西独立。广西独立后，参与起草《广西临时约法》，任都督府法制局局长、国民党广西支部部长、国会参议员、宪法起草委员会候补委员，兼广西法制、财政两所学校校长。"二次革命"失败后，袁世凯驱逐"助逆"国会议员，卢汝翼返回桂平从事教育工作，先后创办光华小学和女子小学，开办专修班，带领民众毁庙建校，采用新课本教学。次年又把罗秀一里小学改为二里高等小学。1915年陆荣廷就任两广巡阅使，卢汝翼出任秘书长。次年讨袁之役，卢汝翼任护国军两广都司令部和军务院秘书。袁世凯死后，黎元洪恢复国会，其复任参议员，民国七年（1918年）因病去世。

卢汝翼倡导新学，努力争取在家乡罗秀创办一所新式学堂。在日本留学期间，专门请人设计了一套新式学堂的图纸，可惜其英年早逝。但卢姓乡绅族人为继承卢汝翼创办新式学堂的遗志，在卢汝翼逝世十年后，利用卢姓的"蒸常钱"（宗族基金）和罗秀圩的"公秤钱"（卢姓开罗秀圩，外姓来做买卖应交钱银），根据卢汝翼带回来的图纸，于民国十八年（1929年）建成了罗秀二里高小学堂，即现在的罗秀中心小学前身。

从民国十年（1921年）至民国十八年（1929年）这八年间，新学之风吹遍了罗秀这个山村小镇，但藤县及周边却是匪祸不断，狼烟四起，鸡犬不宁。民国十年（1921年）援桂军和陆荣廷的退守军队在藤县打了一仗之后，藤县形成了藤北和藤南两股土匪，藤北匪股以陈飞鼠、覃就桂、麦山塘、覃罗清、黄耀英、覃罗袍、黄老鸡、刘勾鼻、穿云线、江沙利等为匪首，主要以藤县与平南交界的大桂山山麓和太平岑山寨一带山区为巢穴，四出抢掠，出没往返于乡村与山野之间；藤南匪股以陈千头炮、吴亚龙、薯藤爽、牛角六、牛贩佬、黄祯、雷孟元、欧美、欧福、李甘草、李辣椒、龙振光、梁道、陈掘手、陈七、陈三婆等为匪首，主要以小娘山一带为落脚点，啸聚于西江和绣江两岸的山区，除了打家劫舍外，还在两条江边设岗设卡，勒索行人，劫掠路人财物。藤北匪股和藤南匪股自成帮派，各自为王，有时勾结合流，有时分股流窜。大的匪帮人数多达数百人，小的匪帮人数也有数十人。

　　藤县土匪的罪行罄竹难书，令人发指。据藤县县志记载，为害较为严重的匪祸主要有四起。

　　国民十年（1921年）农历七月二十一日，陈飞鼠率匪众数百人，在光天化日之下抢劫太平圩，太平圩民团局的两名团丁被打死，十多名团丁被迫缴械。土匪封锁了太平圩所有的街道，对商户逐家进行洗劫，就连暗道夹墙、粪坑、地窖也被搜查。土匪对店铺主拷打盘诘，喊打喊杀，手段毒辣，当时拷打声、惨叫声和冷枪声此起彼伏。此次抢劫自中午十二时开始，至下午五时止，被打死群众四人，被打伤群众数十人。天利号店铺被焚烧，被劫去布匹、蚕丝、金银细软等价值达25 000多银元，被掳去男女20多人，索要赎身钱两万多银元。民国十一年（1922年）春天，匪首牛角六及其弟陈七，勾结岑溪股匪李文桂，率领约700名匪众，在波塘盘踞三个多月，杀害村民70多人，劫去物资一大批。同年夏天，藤南的匪首欧美、欧福，纠集牛贩佬、李甘草等股匪，攻打劫掠三达乡所辖的新福、新庆、夏荣、高田、同古、同敏等村，与各村团练激战，杀害村民200多人，焚烧房屋1000多间，被洗劫的村庄尸横遍野，焦炭满地，臭气冲天，同时还有90多名村民被掳入小娘山匪巢，勒索赎身银钱。此次匪祸，为害之惨，损失之大，数十年来未曾见过。民国十五年（1926年）农历五月十四日，黄成坤勾结雷孟元股匪，共约200多人，从小娘山出发，企图到北流河劫持船只。北流地方团练及时发现了匪情，于是会合国民党驻藤县官兵一起围剿，将匪徒围困在地坡村。土匪竟然拿群众来出气，一夜之间杀害地坡村村民93人。经过激战，土匪伤亡过半，撤回小娘山。民国十八年（1929年）农历九月二十二日夜，藤北匪首金刚砂、刘勾鼻、黄老鸡聚匪众数百人，攻掠古龙村，焚烧胜山黄律斋的炮楼，烧死群众59人，各村群众相继外出逃命。土匪在古龙村盘踞半个多月，奸淫妇女，阉割男子生殖器，割人耳朵，残忍阴毒，令人发指，受害群众100多人。同时，烧毁民房70多间，被抢去的肉猪、耕牛500多头。从藤县县志记载的四起匪祸来看，土匪的手段非常残忍，大多时候采取劫掳人质来勒索赎身银钱。藤县匪股不仅在藤县本地烧杀抢掠，还将手伸向邻县乡里。

民国十八年（1929年），青砖碧瓦、具有浓浓欧洲贵族学校风格的罗秀二里高小学堂竣工开校，当时罗秀的富家子弟纷纷入读罗秀二里高小学堂，学校设高小四个班，共有学生120多个，教师30多人，学校人数150多人，教师和学生均在学校住宿。校长为李劲夫，罗秀东界人，民初教育家，倡导新学。罗秀二里高小学堂是一所男女生兼招的新式学堂，享誉桂东南。

罗秀乡是桂平县最南端的乡镇，东靠平南县的六陈镇和平山镇，南接容县的石头镇，为三县交界地带，自古以来这四个乡镇的圩日，群众都是相互赶圩的。罗秀离容县县城比桂平县城更近，绣江流经容县，容县毗邻藤县。民国十八年（1929年）罗秀二里学堂开校，这样的一所新式学堂自然引起了藤县土匪的注意。土匪勾结当地地痞无赖，经过多次的赶圩和侦察，于民国十九年（1930年）五月九日夜抢劫了罗秀二里高小学堂。抢劫罗秀二里高小学堂的土匪正是藤南大桥头的亚配四、哨水二、牛角六、林二、莫遁地和李辣椒等土匪。

开校第二年一个春末夏初的傍晚，那天是罗秀圩日，也是周日学生回校上自修之时，晚上8点校门已关闭，校园内书声琅琅。突然一声巨响，东前门被大锤砸开，一群土匪破门而入，将校长李劲夫先生等100多名教师和学生用绳索捆住，连成一排排。顿时哭喊声震天，一些学生从西座教室门窗爬出，惊动土匪开枪，打死学生2名，打伤学生4名，土匪将师生捆绑成一排排出校门，从校门前面的河岸往东走，春末河水较浅，土匪走河床，师生走河岸。罗秀民团迅速集结，但赶到学堂时，土匪已劫掳教师学生东去。当时周围村落的民团也在村中碉堡架起了枪炮，但由于担心伤及师生，始终不敢开枪发炮，含泪看着土匪将孩子亲人劫掳东去，这就是民国时期震惊广西教育界的"五九匪祸"。

我外婆家就在学校对面的木村屯，离学校1千米多。后来听外婆村里人回忆，当时木村屯有三个人在学校，我母亲的堂伯为学校账房先生，土匪破校后他换上工人衣服，土匪抓他时，他说是挑柴来卖的，才幸免于难。我母亲的堂二哥和堂二十叔被土匪抓走。据说当时我外公及村中人到村口张望，这时我母亲的十四伯父上碉堡向学校方向对空放了一枪，占领制高点的土匪顿时枪声大作，我外公他们只好沿小河沟从村口爬回家。

罗秀为三县交界，自古商业比较发达，罗秀有种苎麻树并刮出苎麻后捻成麻绳来卖的传统，圩日有很多卖麻绳的店铺和小摊。五月九日那天刚好也是罗秀圩日，后来有人回忆，当时圩日的麻绳全部被买完，原来是晚上用来绑缚罗秀二里高小学堂教师和学生的。小阳村有同族十三公夫妇，他们在罗秀圩有一个店铺，是专门捻麻绳来卖的，其两个儿子都在这次匪祸中被劫掳去，后两个儿子由于体弱多病，在劫掳途中因不堪饥寒而死亡。最可怜的是十三婆，当她高高兴兴地从买家手中接过钱款，庆幸今日生意多么好时，却不知道卖出的麻绳是晚上用来绑缚自己的儿子的。也有庆幸没被劫掳的，我小学时的图画老师叫莫祖荫，据他说他父亲当时在路凤村小学堂做教书先生，他家十九叔在家烧一窑青砖来卖，刚好没有柴草了，叫他到路凤村父亲那拿钱买柴草，当晚太晚了他回不来上晚自修，躲过了这次劫难。

土匪将师生劫掳到藤县小娘山，要求家属拿银钱来赎，但多有不从者，或无力去赎，或刚烈不愿去赎。土匪开始对师生逐日枪杀，对女生进行奸淫，对男生进行阉割，以杀一儆百，加快家属拿钱银来赎人。我母亲的堂二哥卢桂海性格倔强，是个刚烈之人，匪徒对被捉来的学生说，你们的家长还不拿钱来，就把你们阉了。卢桂海不信土匪会采取这样的手段，以为只是吓唬，他把裤子拉下，说："阉啊！"贼怒，第一个把他给阉了。后来卢桂海在国民党桂系第七军当排长，直到解放军解放海南岛时国民党军被击败，他散落到越南后再辗转回到家乡。后来他也曾结婚，但由于被阉割，无法生育，后来老婆也离开了他。20世纪80年代末，我读大学时回外婆家看望我外婆，还去看望过这位堂二舅舅，当时他眼睛基本已经瞎了，但经历过人生风风雨雨的他，依然精神矍铄，谈笑风生，岁月洗礼过的慈祥的脸上依旧透着一股倔强。另外，蒙山的某生也被阉，哭喊至极，一只睾丸缩入腹中，只阉掉了一只。后来某生回来还结了婚，生有子女。某生因此常被人讥笑，村中有些妇女也讥笑他，谓既被阉，何能有子？当是野种。某生对曰：汝之B敢俾我一试乎？讥声遂绝。这次匪祸共有三人被阉割后放回，另一人是谁不得而知。

这次土匪劫掳的人数比较多，一时家属拿银钱来赎的也不多，要养活这么多人，土匪开销也很大。到第二年夏收时，土匪驱赶教师和学生到周边村落抢当地老百姓的稻谷，被当地老百姓追打，部分教师和学生趁机逃了出来，先后有78人逃了出来。逃出来的教师和学生也各奔西东，历尽千辛万苦才回到家乡。我初中班主任李朝宣老师的小姨也被掳去，她就是在一次抢稻谷中被打散，后来在沿途老乡的帮助下，一路乞讨而回到家的。还有路棠坡顶山的一秦姓女生，逃出后一个人往回走。一天罗秀圩地卢纪明先生到藤县一个中学做教师，其妻坐轿同去，打算到武林搭船去藤县。行至六陈时，见到去年被藤县土匪掳去之秦姓女生，这位秦姓女生刚好是卢纪明妻秦氏同村之妹，于是请车夫用单车将秦姓女生送回。后来，这位秦姓女生在玉林的医院当护士，她应是罗秀镇第一个护士。

这次匪祸共有145人被劫掳，其中有31人由家属罄资赎回，78人脱危逃回，三人被阉割后放回，二人仍囚禁匪窟不知下落，31人先后死于匪徒的毒手。但土匪也反复无常，于第二年将李劲夫校长放回，并供出本地勾结藤县土匪的名单，由李劲夫校长带回，交给了罗秀团练局，方知是小阳村及周边村落地痞无赖勾结藤县土匪干的。于是罗秀二里召开师生家长大会，要求严惩帮凶。当时罗秀团练局局长为小阳村韦碧珊八公，从清中期韦振达济心公开始，小阳村韦氏为罗秀的大户富族，从晚清到民国罗秀团练局局长均是小阳村人担任。当时师生家长大会由植棠村李锡熙八爷主持，问："如何处置这些土匪帮凶？"全场人都不敢出声发言。后来韦碧珊八公流着眼泪，举手高呼："有罪当诛，杀杀杀！"连喊几声，大家才敢同声高呼，赞同韦碧珊八公意见，结束这场惨案。但由于这次土匪抢罗秀二里高小学堂性质极其恶劣，影响极坏，群众义愤填膺，在处理土匪帮凶时，没有深入取证调查，也有滥杀无辜的，造成了新的冤屈。但这就是历史，这就是宿命。

"五九匪祸"是罗秀二里高小学堂的痛，却激励着后世莘莘学子更加勤奋读书，近百年来罗秀人文渊薮，人才辈出。

据藤县志记载，直到民国二十年（1931年），广西政局稍定，新桂系统治集团为了稳定后方治安，饬令韦云淞、马汉西等派出正规部队，协助各地剿匪。他们采取剿抚兼施的办法，将各匪股逐个解决。陈飞鼠被先抚后捉，从广东解押回藤县，在藤县中学门口左侧的球场边被枪决。陈三婆为匪十年，发了横财，在潭东购买田地，建房置产，最终被枪决，财产充公。金刚砂原名李尚武，被招抚收编后，在陈济棠部任旅长，在广东肇庆缴出长短枪支400多支，机枪十多挺。他血债累累，天怒人怨，广西当局不得不下达逮捕金刚砂的命令。但他获信后，携带20多万大洋，逃到澳门过上寓公生活，后被党羽梁大英刺死。亚配四、哨水二、牛角六、林二、莫遁地和李辣椒等土匪下场如何，没有记载。但多数是在官兵的围剿中，有的被俘后枪决，有些在反抗中被击毙。至民国二十一年（1932年）藤县乃至广西的治安开始好转。

听老人们说，"五九匪祸"之后在学校门口立有一块纪念碑，碑文由校长李劲夫先生撰写，现在这块纪念碑已不知所终。

卫良团练

清朝道光二十年（1840 年），英国以"虎门禁烟"等为借口，发动侵华战争，史称"鸦片战争"。战争以中国失败并赔款割地告终。由此签署的《南京条约》是中国近代史上第一个不平等条约，除赔款外，将香港岛永久让予英国，并使英国得到领事裁判权。鸦片战争后，中国开始沦为半殖民地半封建社会。

"兴衰两亲王，成败两女人"，有人戏称满清王朝是两个王爷和两个太后的王朝。皇太极死后，由于权力的博弈，皇权落到了一个叫"福临"的六岁孩童手上，因为他有一个聪慧能干的母亲孝庄太后。在叔父多尔衮的摄政下，顺治皇帝福临入主紫禁城，却无心皇权，一心向佛。孝庄太后硬是将八岁的孙子玄烨培养成了康熙大帝，康熙、雍正和乾隆祖孙仨就做了 130 多年皇帝，占清朝享国一半时间。

乾隆做了60年时间的皇帝就不敢做了，因为他祖父康熙大帝才做了60年皇帝，将皇位象征性地交给儿子颙琰即嘉庆皇帝，自己还当了四年太上皇。嘉庆做了21年皇帝，将皇位交给旻宁即道光皇帝，道光皇帝做到第20年时，鸦片战争就发生了。道光皇帝做到第30年时就死了，将皇位交给他儿子咸丰皇帝。咸丰皇帝叫奕詝，脚有点跛，本来道光皇帝是想将皇位传给六皇子奕訢（恭亲王）的，但木兰围场打猎时奕詝怜悯小兔子会装仁慈，道光皇帝认为他有治国之仁，于是将皇位传给了他。咸丰皇帝在位11年，只活了31岁。慈禧太后给他生了同治皇帝。咸丰皇帝骄奢淫逸，后喝鹿血而暴亡。之后慈禧太后垂帘听政，在咸丰皇帝的弟弟恭亲王奕訢的摄政下，同治、光绪两朝就由这个女人话事了。

皇位更替是爱新觉罗家族的事，国家兴衰就是广大民众之事了。1840年鸦片战争11年后即咸丰元年（1851年），洪秀全在广西桂平金田村揭竿起义，领导了中国历史上规模最大的农民起义，在天京（今南京）建立太平天国，中国真正是外忧内患，民不聊生了。

历史走到了19世纪中叶，我们将视野定格到广西桂平罗秀二里小阳村。小阳村开村于万历四十四年（1616年），据韦氏族谱记载，韦道朝于万历四十四年（1616年）携妻杨氏和两个儿子韦懿德和韦秉德迁入小阳村。长子韦懿德在小阳村住下来繁衍生息,次子韦秉德举家迁往北流。韦道朝迁入小阳村正是农历十月小阳春时节,故名小阳村。后来小阳村也入住少量樊姓、郑姓、罗姓、肖姓、黎姓和关姓等姓人家,但绝大部分是韦姓氏族。

小阳村韦氏源于隋唐时期的京兆韦姓,为西魏至隋唐时期关中地区最显赫的二十大家族之一。魏孝武帝西迁入关,定都长安,韦姓再度迫近帝都,宇文泰广募关陇豪右以增军旅,京兆韦瑱以望族兼领乡兵,从而成为关陇集团的一部分。京兆韦孝宽是关陇集团最主要的战将之一,杨坚代周,韦孝宽总领大军为其平定各股反对势力。韦孝宽侄儿韦世康在开皇末年拜荆州大总管,当时的并州、益州、荆州、扬州四大总管府有三个由亲王统领。韦氏在隋及唐初多与皇室联姻,这更提高了他的政治地位。"城南韦杜,去天尺五"是唐代一句流传甚广的俚语,唐代韦姓涌现18位宰相,还有1位皇后、1位贵妃。至宋代,部分韦氏迁往河南开封府。北宋末年,宋徽宗一妃子即韦太后,生南宋高宗赵构。

韦经是广西韦氏入乡祖,为南宋高宗母后韦太后的侄孙。绍兴三十二年(1162年),韦经的叔父韦渊(韦太后之弟)和堂兄韦承庆与金人战于和州,父子阵亡。宰相张浚上书高宗赵构追赐韦渊为平乐王，追赐韦承庆为融州（今融安、宜州一带）观察使，封韦经为丞议郎雷州通判。韦氏家眷于南宋末年迁入广西，居融安、宜山一带。明朝初年，为避战乱，韦经五世孙韦五嗣从宜山迁浔州武陵郡（今平南县武林）。明成化、弘治期间，有韦经的十一世孙韦邦相，号二峰（葬于平南黄金山），弘治乙卯科举人，曾任福建怀安县令和广东乐会（今海南琼海）县令，后任万州（今海南万宁）太守和贵州麻哈州（今贵州麻江）太守。明万历初年韦邦相的五世孙韦悦厚从平南迁往罗秀，先迁到露棠村，暂住后又迁入旺安村，再迁入竹鸪塘，安居乐业，繁衍生息至第四代韦道朝再迁入小阳村。至2016年，这一支韦族在小阳村已繁衍生息整整400年了。

有国才有家，国兴家才盛，小阳村韦族的兴衰始终离不开国家兴衰的脉搏。明朝天启五年（1625年）十月初五日，韦懿德生独子韦文明。韦文明历经明代天启朝、崇祯朝和清代顺治朝、康熙朝四朝，育有五个儿子，长子韦世英、次子韦世开、三子韦世昌、四子韦世泰、五子韦世隆，韦文明中年时正值清康熙年间，国泰民安，家道兴旺，钱粮丰于三县。韦文明终于清康熙二十一年（1682年）五月初十日，时值家业兴旺，为追念先祖，缅怀祖德，其五个儿子组织兴建了祠堂，即现在的高村宗祠，时称"世兴祠"。

祠堂约于1685年建成，至2019年已有334年历史。直到现在，"世兴祠"门口那副对联还写着"世传京兆，兴自绣州"。韦世开生有三个儿子韦国安、韦国宁和韦国凤，韦国安生独子韦济心。经过数代的勤耕巧种，苦心经营，到清朝乾隆年间小阳村韦济心一支已是人丁兴旺，家业殷厚。

韦济心，清代罗秀二里莫村堡人，为广西韦氏入乡祖韦经二十四代孙，罗秀入乡祖韦悦厚第九代孙，生于康熙六十年（1721年），终于嘉庆七年（1803年），享年83岁。当时正值乾隆盛世，国运兴昌，人丁兴旺，富甲一方，声名显赫。韦济心历经康熙、雍正、乾隆、嘉庆四朝，为当时罗秀里首富，其一年的地租为九千九百九十九石（石计老秤为一百二十斤），生有九个儿子（族人常称"九房头"），二十六个孙子，七十二个曾孙，文经武略，恩受八品修职郎并敕封武略佐骑尉。济心公创业有术，教子有方。在第二代九个儿子中，二子韦温光为八品修职郎，三子韦煌光为太学生登仕郎（注：清代为正九品文官），七子韦观光为太学生徵仕郎（注：清代为从七品文官），八子韦祖光为武官职卫千总。第三代韦芳扬为八品修职郎并恩嘉文林郎（注：清代为正七品文官），韦燨扬、韦徽扬、韦元扬、韦日扬为太学生，韦廷扬为侍郎。当时韦济心拥有的田地遍布罗秀一、二里周边，于是将三子、五子、六子和七子搬出小阳村，定居并看管周边的田地。三子韦煌光搬到雅石，五子韦辉光搬到独堆，六子韦焞光搬到新隆，七子韦观光搬到凤鸾。至2016年，韦济心已繁衍十一代，有3500多名后代。韦济心娶二位夫人，大夫人生长子、次子、四子和六子，二夫人生三子、五子、七子、八子和九子。后世称韦济心一支为"文武世家"，有趣的是，大夫人生的后代从文的居多，二夫人生的后代从武的居多。

从咸丰元年（1851年）洪秀全起兵于广西桂平金田村发动太平天国起义后，桂平浔州府陷入了长期的无政府状态，桂平南区包括罗秀一、二里饥民遍地，抢劫不断，社会动荡不安。咸丰元年（1851年）苏十九带会党洗劫木根、马平和罗秀，后苏十九联合客家人依附洪秀全北上。咸丰元年贵县贼莫十五洗劫罗秀和马平村。咸丰三年，贵县贼谢土养洗劫罗秀，率七八千人盘踞罗秀。咸丰三年（1853年），贵县贼傅三妹、黄阿得三次洗劫罗秀和平南六陈。咸丰四年，武宣贼莫八由象州潜入罗秀，洗劫一空。咸丰四年（1854年），姚新昌倡乱于垌心墟，姚新昌原名姚大愈，罗秀一里人，素以赌博为业，"新昌"为其赌馆号也。之前苏十九、莫十五、谢土养、傅三妹、黄阿得、莫八诸贼之乱，村民已疑新昌勾结。是年春节，姚新昌与其弟姚大珧、姚大瑛等在中和之白石洞、中断之劈雷石拜天地会，七月与各贼分踞垌心、罗秀与容县的石头圩，将各村洗劫一空。

咸丰四年（1854年）六月，广东鹤山县船民陈开在佛山领导武装起义，会合粤剧艺人李文茂等，率50多艘船沿珠江西上，会合梁培友、伍百、吴县等，占据大湟江口，围攻浔州府城（桂平县城）。八月十六日攻克浔州，活捉浔州知府刘体舒、桂平知县李庆福等，在浔州建立大成国，年号洪德，以旧浔州府衙门为大成国王府（现桂平镇中心校），改浔州为秀京、桂平县为永秀县。陈开称镇南王后改称平浔王，又称洪德王，李文茂称平靖王，梁培友称平东王，区润称平西王，梁大昌称定北王，姚新昌被任命为北路大元帅。大成国征赋税，铸钱"洪德通宝"和"平靖胜宝"。

桂平南区包括罗秀、麻垌、罗播等乡里，历史悠久，重文兴商，文人渊薮，富户望族遍布乡里。在那个动荡的时代，这些大户富族出钱出力，先后组建了十多个地方团练来对抗大成国及各地饥民匪祸。罗秀创建了四个团练：卫良团练，团总为小阳村韦臣邦，创建于咸丰五年（1855年）；桂安团练，团总为善田（乐雅村的一个屯）人姚大鸾，创建于咸丰五年（1855年）；桂安分团练，团总为善田人姚桂光，也是创建于咸丰五年（1855年）；长安团练，团总为罗秀一里新伟村的黎儒珣，创建于咸丰三年（1853年）。麻垌创建了两个团练：梁村团练，团总为下都里麻峒梁村人梁珇，创建于咸丰五年（1855年）春；白石团练，团总为下都里人莫若荣，创建于咸丰初年。桂平城厢创建有两个团：安平团练，团总为城厢人谭希龄，创建于咸丰十一年（1861年）；平桂团练，团总为平南人张鹏摇，团局设于下秀里韩冲角，另设分局于平南会一里谷边村，以梁世挽为团总，创建于咸丰四年（1854年）。卫清团练，团总为中都里罗播村李彬贤，创建于道光末年（1850年）；惠村团练，团总为军陵里惠村富户蒙献锦，创建于咸丰元年（1851年）；罗旺团练，团总为宣二里罗旺村人温容，创建于咸丰元年（1851年）。

陈开、李文茂等占领浔州府成立大成国后，当时的浔州知府刘体舒、桂平知县李庆福被活捉。清政府重新任命张鹏万为浔州知府，张葆光为桂平知县，由于府城被大成军占领，知府和知县只好将行署设于麻峒白石山上，依靠麻峒白石团练和梁村团练的保护，指挥县东南部各乡里团练，与大成军相抗衡。姚新昌倡乱于峒心墟和陈开、李文茂等成立大成国均为咸丰四年（1854年），大成国成立后，这两路匪贼串通一气，姚新昌被任命为大成国北路大元帅。姚新昌的指挥部设在峒心圩，抢劫罗秀、容县的石头、平南的平山、六陈等地各乡里，同时将大本营设在大容山之拳恋田，这是康熙年间土匪易天章的旧巢穴，此地山势险要，易守难攻。姚新昌的队伍为大成国最主要的军事力量，人数最多时达到1万多人。为了对付姚新昌的大成军，罗秀一、二里就先后创建了四个团练与之抗衡。

咸丰五年（1855年），桂平知县张葆光命罗秀二里小阳村韦臣邦，组织小阳、凤鸾等18个村庄创建卫良团练。咸丰元年（1851年）太平天国起义时，韦济心26个孙辈中仅有韦芳扬（当时58岁）、韦显扬（当时58岁）、韦奉扬（当时50岁）、韦廷扬（当时43岁）、韦纬扬（当时37岁）还在世，且只有韦廷扬和韦纬扬还较年轻，于是韦廷扬挺身而出，组织村民抗击土匪侵扰。韦廷扬，号汝翼，为七房韦观光之子，韦观光时七房已搬到罗秀二里凤鸾村生活。在咸丰四年（1854年）姚新昌在峒心圩倡乱并依附大成国之前，罗秀一、二里每年都遭受一两次匪乱之祸，韦廷扬在罗秀二里组织村民抵抗。咸丰五年（1855年）六月十九日夜，姚新昌的党羽麻峒贼陈成焕将韦廷扬劫掳去，后族人用银钱将其赎回，可惜在匪窝时受尽迫害，身患重病。韦廷扬临死前将儿子韦臣邦叫到床前说，你自幼熟读经书，我信得过你，也没有什么更多嘱咐的，按照我平时所教你的做就行了，我是被贼迫害死的，切记我族与贼有不共戴天之仇。不久就仙逝了。

　　韦臣邦有知县之命令，有父死不共戴天之仇，于咸丰五年（1855年）冬，搬回小阳村，树起义旗，创建卫良团练。当时小阳村建有坚固的围墙，围墙上有碉堡，在离村庄不远的山上还建有一个寨子，因有三块巨大的石头而叫大石寨，寨子建有高高的灰沙筑起的围墙。那些动荡的时代，每当有土匪来袭时，老人和孩子就到大石寨去躲避，青壮年在村中依附围墙和碉堡抵抗。当时卫良团练的主要骨干有韦臣邦、韦培邦、韦建邦、韦在邦、韦惠邦和韦重熙，韦培邦和韦建邦为八房韦祖光的长子韦日扬的两个儿子，韦在邦是六房韦焞光的长子韦恒扬的次子，韦惠邦为二房韦温光次子韦芳扬最小的儿子，韦重熙是韦培邦的儿子，团丁由小阳、凤鸾等18个村庄的青壮年组成。卫良团练除了主要保卫罗秀二里的村庄外，还在行署设于白石山上的清政府知州和知县的指挥下，配合其他团练解救被抢村庄或进攻大成军巢穴。为了抗击大成军，六房的韦在邦、七房的韦臣邦和其弟弟韦吏邦搬回小阳村居住，领导村民抗击大成军土匪。匪乱之后，韦臣邦搬回凤鸾村，韦在邦和韦吏邦留在小阳村。

　　卫良团练除了保卫罗秀二里外，还与善田的桂安团练和桂安分团练相互配合，共同抗击姚新昌的大成军，每当大成军抢劫罗秀一、二里村庄时，两个团练就相互派兵支援，共同抗敌。卫良团练从咸丰五年（1855年）创立，走过了三四年的艰难岁月，时间不知不觉走到了咸丰八年（1858年）春天。

咸丰八年（1858年）三月十七日，姚新昌指挥大成军突然袭击小阳村，卫良团练团丁奋不顾身，内外夹击，小阳村未被大成军攻破，大成军随后散去。至二十日，大成军迅速转袭并攻破庞村，将桂安团练局团团围住。大成军戴着用松枝编成的草帽从山下进攻善田堡，桂安团练局团丁点燃火药包投向大成军。韦臣邦接到桂安团练局被围的消息，迅速从小阳村带领卫良团练团丁赶赴善田支援桂安团练，内外夹攻，大成军围困善田堡数月未能攻破。大成军于是转而攻破周边的风柜堡、木栏堡和算盘堡，大成军人多乱窜，卫良团练难以顾及，形势相当严峻。是年十月，清朝官兵攻克北流，在北流的土匪曾五率数千人逃到罗秀，依附姚新昌加入大成军，盘踞罗秀圩。十月二十日，曾五派党羽杨阿文攻破竹鸪塘，接着转攻下寨村，卫良团练紧急去搭救，但竹鸪塘和下寨这两个村还是被大成军攻破。大成军盘踞在这两个村作为巢穴，拆运凤鸾村的木头和石头来建后山的炮楼。卫良团练四处出击救援惹急了姚新昌，姚新昌决定集大成军主力给小阳村致命一击。

咸丰九年（1859年）正月初十夜，姚新昌亲自率领大成军1万多人袭击小阳村。卫良团练接到报警，老人和孩子由韦惠邦等团丁带领，迅速撤退到小阳村附近的大石寨，韦臣邦、韦培邦、韦建邦等带领团丁奋力抵抗。当时小阳村建有村门，有高高的围墙，围墙上建有碉堡。但由于人口的增长，围墙外围也建起了房屋。大成军迅速攻破外围，卫良团练团丁退守到围墙内依靠高墙和碉堡抵抗，战斗从正月初十夜持续到正月十五夜。大成军攻不破村门，改将火球投掷村中，村中房屋烈火熊熊，卫良团练弹尽粮绝，仰天呼祷。也许天不绝小阳村，突然天降骤雨，将村中熊熊烈火熄灭。大成军的火球和火枪也被淋湿，只好撤退。烈火将村中的两个祠堂"世兴祠"和"遗经祠"烧毁，清中期建的翠兰庄、阳春庄和天保庄也被部分烧毁，匪祸之后才重建保存至今。除了围攻小阳村，有大成军还进攻大石寨，但由于大石寨地势险要，大成军不敢往山上进攻，守在山下的孔塘坳。由于天寒地冻，饥寒交迫，在大石寨躲避的老人和孩子无法耗下去了，于是韦惠邦独自一人走出寨门下山来打探消息，其实山下孔塘坳的大成军并没有退去，于是韦惠邦被掳去，押到峒心圩，被斩首，示众三日，英勇就义，壮怀激烈。由于这一次重创，卫良团练被彻底打散，韦臣邦携家眷至平南团地岭村隐居，闭门自修，其他卫良团练骨干也逃到别处居住。

咸丰六年（1856年）太平天国发生了天京内讧，韦昌辉、秦日纲杀杨秀清，还欲杀石达开，石达开逃出城外起兵靖难，后洪秀全杀韦昌辉、秦日纲，这场杀戮，至少使2万多太平天国将士惨死在战友的屠刀之下。之后，石达开愤然西走入蜀，兵败大渡河，被四川总督骆秉章凌迟。镇守战略重镇武汉的右军主将韦昌辉之弟韦志俊投降了曾国藩和胡林翼，后期的太平天国由李秀成苦撑残局。同治三年（1864年）洪秀全彻底疯了，由于吃甘露太多死掉了，太平天国彻底失败。说起韦昌辉和韦志俊两兄弟，其祖上也是平南韦邦相公的后嗣，大约在明朝万历年间从平南迁到广西桂平金田村的。韦志俊投降了曾国藩和胡林翼后，为清朝消灭太平天国立下赫赫战功，其后代现居住在安徽省宣城市洪林镇，祠堂称为"千尺堂"。

随着南京的太平天国江河日下，桂平的大成国也遭到清军和地方团练的不断围剿。咸丰八年（1858年）五月，李文茂被梧州知府派兵围剿，战败死于梧州怀远山中。咸丰十一年（1862年）清军克复浔州府城后，陈开被杀，大成国宣告灭亡，短命王朝大成国仅存活了七年，大成国北元帅姚新昌逃回了罗秀一、二里继续做土匪。

同治三年（1864年）随着太平天国灭亡，清政府命令全国范围清乡，将徐延旭从容县调桂平任知县，主要负责清剿罗秀一、二里匪寇。

　　咸丰九年（1859年）小阳村那次劫难后，韦臣邦携家眷至平南团地岭村隐居，边做小生意边读书，第二年妻子亡故，家庭艰难困苦。咸丰十一年（1862年）清军克复县城，同治元年（1862年）朝廷恢复科举考试，韦臣邦科考名列前茅。同治二年（1863年），韦臣邦被任命为浔州府随员，督办军务，兼理粮饷。同治四年（1865年），北流土匪曾五再次盘踞罗秀圩，与姚新昌暗中勾结。容县督师吴光春带兵围剿，生擒曾五，姚新昌逃回了其在大容山的拳恋田，增筑工事，负隅顽抗，派其子姚亚木在石寮村为掎角接应，再以中和村匪寇韦十九、张亚金作为门户屏障，同时联系中和圩其他各路土匪，势力控制在峒心圩周边九十余里范围。同治四年（1865年）十一月姚新昌与其弟姚大珖洗劫马平村，盘踞在峒心圩，多路清军会同麻峒白石团练、罗播卫清团练、罗秀桂安团练和由小阳村韦重熙重新组织起来的原卫良团练旧部群而攻之。同治五年（1866年）正月十四日，徐延旭带领的清军和团练驻扎在罗秀二里下驿峒村，距峒心圩七里，大兵压境，姚新昌逃回拳恋田，命其子盘踞在峒心圩。当时白石团练驻扎中村，卫清团练驻扎浦塘，清军李光垣部刚到庞村，夜里有一只巨豹来袭击营地，团丁开枪，子弹穿过豹嘴将豹打死，团丁皆喜预示可以灭贼也。二月初二日，清军和团练趁贼不备进兵抵达长塘表，姚大珧率大股土匪迎战，姚大珧号称"十大王"，凶猛异常，激战中姚大珧中炮，炮弹由口穿过脑袋而亡，如前期打死的巨豹无异。至四月中旬，其他土匪也纷纷落网。四月二十一日，徐延旭带领各路清兵和团练攻破拳恋田，姚新昌逃掉未被抓获。抓获其长子亚木、次子亚声和四个妻妾，缴获大量金银财宝。姚新昌逃出拳恋田后想逃往广东，行至兴业时，当地人不识他是谁，没收了他的财物后刚要把他给放了，这时清兵将其儿子和妻妾押至，妻妾叫了他的名字，他掉头就跑，逃到元洞村，又逃到观田村，清兵追到甘村后将其抓获，解押到浦塘将其交给玉林州牧，就地枪决。

同治六年（1867年）五月初九日，年仅34岁的韦臣邦因功得到广西巡抚张凯嵩会同督会堂遵旨保奏，五月二十四日韦臣邦因功升为监生，候补巡检司，为此韦臣邦写了一篇履历以记之，这是罗秀二里目前找到的最古老的一篇文章。

卫良团练之后，小阳村韦氏出了两位罗秀二里团局局长，韦振堂（韦重熙子）光绪年间任罗秀二里团局局长，韦碧珊（韦臣邦弟弟韦吏邦子），民国期间任罗秀二里团局局长。

卫良团练走过的那段蹉跎岁月是中国近代史的一个缩

影，从这个缩影中可以窥见一个家族在历史的长河中生生不息和家国情仇的铮铮铁骨。文武世家常在，书香门第重辉，历经400年沧桑的小阳村韦氏，将不忘初心，永怀祖德，砥砺前行。

城南韦杜　去天尺五

近年来我在读史过程中，常常看到一句谚语即"城南韦杜，去天尺五"，这句谚语自西汉以来就广泛地流传于关中地区士庶阶层，它是对世居长安城南之韦、杜两姓与汉、唐皇室有千丝万缕的密切联系，并且亲近皇权之政治社会地位的形象描述。

韦氏也是中华民族的姓氏之一。记得2013年10月，我们到黄帝陵寻根溯源，黄帝陵的工作人员告诉我们，韦姓的始祖叫彭祖。我翻看了一些历史资料，彭祖约生于帝尧初年，应该属于上古时代神话传说人物，彭祖亦称大彭，擅长调养，做的肉汤特别好吃也特别有营养，经常做山鸡汤献给帝尧喝，得到赏识，被封于彭城（今徐州），相传彭祖是历史上寿命最长的人，享寿800岁。

韦孟是第一个在我国历史上出人头地的韦姓杰出人物。

据史书记载，他精于鲁诗，其子孙传到韦贤，五世都是邹、鲁的大儒，韦孟代表作《讽谏诗》被誉为"四言长篇之祖"。韦孟先祖早期居于彭城，到韦孟时大约是彭祖的几十代孙了，汉景帝七国之乱时韦孟举家迁至邹鲁（今山东邹县），尊经重义，耕读获仕，家族好礼向学之风形成。

韦孟五代孙韦贤自幼好学，诚实少言，专心读书，不讲究衣食。成年后，精通《诗》，兼通《礼》《尚书》，朴实无华，待人忠厚，甚得家族及乡里称颂爱戴，之后又在家乡收徒讲学，名声大振，号称"邹鲁大儒"。地方官员向朝廷举荐韦贤，汉武帝派使者赴邹县，以"公车"征聘他入长安做官。韦贤遂告别乡亲父老，留下第三子韦舜在家奉祀祖坟守业，携妻子及另三个儿子韦方山、韦弘、韦玄成入长安（今陕西西安）。韦贤到达长安后，汉武帝授他为《诗》博士，并任命为给事中。汉武帝去世后，皇太子刘弗陵即位，称汉昭帝，韦贤负责为汉昭帝讲授诗义，当了汉昭帝的老师。汉昭帝晋升韦贤为光禄大夫詹事，又任命为大鸿胪。汉昭帝营建平陵，韦贤即以昭帝之朝臣把家族迁到平陵。汉宣帝即位以后，韦贤被任命为丞相。成书于北宋的《三字经》有四句"人遗子，金满籝。我教子，惟一经"，讲的就是西汉宣帝时丞相韦贤的故事。公元前69年韦贤老病辞官，获赏黄金百斤。当时正值汉宣帝营建杜陵，于是诏敕高官、富户迁入，于是韦贤之子韦玄成把家族迁到杜陵，韦玄成在汉元帝时又担任丞相，所以民间有谚语"遗子黄金满籝，不如教子一经"。从此，韦氏开始居住在长安城南一带，开枝发叶，繁衍生息，成为汉、唐时期长安城南杜陵一带的名门望族。

西安是十三朝的古都，汉唐盛世享誉中国历史和世界文明史，尤其是7世纪的长安城，那是世界上第一个文化中心。长安城的城南为韦氏的贵胄故地，随着读史的深入，这些年来我想到长安城南去看一看的愿望越来越强烈。我之前到西安去的机会也不少，今年3月份还到西安去开会，但那时候春雨绵绵，也没有成行。今年的金秋9月，大学同学在西安聚会，这是十年前沈阳聚会时的约定，但全班33个同学只来了9个，我在忙碌中抽出了时间参加，但多少有些惆怅，干脆顺便抽时间到城南杜陵去看看，去实现一个牵挂已久的愿望吧。

这次聚会定在中秋小长假，我订了9月22日上午11点从南宁到西安的航班，中午1点20分飞机准时降落在西安咸阳机场，西安天朗气清，惠风和畅，一出机场，订好的滴滴车已等在了机场出口，我们直奔杜陵遗址公园，车行约一个小时，爬上一段陡坡，就到了公园门口，杜陵坐落在西安城南最高的土坡上，滴滴司机告诉我，在西安他们把土山包叫"塬"，把石山包才叫"山"。

现在公园的大名是"大汉上林苑"，别名才是杜陵文化生态公园。我买了一张35元的门票，开始进去游览。公园里游人稀少，树木荫翳，清爽而又温暖。这个地方由于是西安市近郊的最高处，汉代时就被开辟为皇家苑囿，称为"上林苑"，是皇家贵族踏青游玩的地方。自汉代到晋代再到唐代，都是风雅隐士向往的地方。陶渊明《归去来兮辞》有"三径就荒，松菊犹存"，这"三径"就是杜陵的三条小路，说的是三条小路荒芜了，但松树、菊花还在生长。汉代的杜陵，不光指汉宣帝的陵墓，更是一个地域概念，相当于今天西安市的雁塔区和曲江新区。

汉宣帝刘询，是汉武帝刘彻的曾孙，婴儿时因"巫蛊之祸"全家被处死，尚在襁褓的刘询流落民间，之后大将霍光迎之为帝，称"宣帝"。汉宣帝雄才大略，他在位期间政治清明，社会和谐，经济繁荣，他对外联络西域36国，使匈奴称臣归附，设置"西域都护府"，史称"宣帝中兴"。宣帝年轻时，非常喜欢上林苑这个地方，经常来这里游玩，他对大臣们说，他归天以后要安葬在这里。西汉的皇家陵墓，大多在咸阳，只有文帝的霸陵和宣帝的杜陵在西安市的郊区。

杜陵遗址公园占地1000多亩，汉宣帝的杜陵为核心区域。进了公园向左走，我根据公园指示牌直接向杜陵走，走过一条约300米的林荫小道，是一个三岔路口，爬上一条约500米的小陡坡，又是一个三岔路口，走过一片茂密的小树林，终于到了杜陵。

我站在杜陵公园这个"塬"的最高峰，向北望去，西安城高楼林立，雨后春笋般的高楼大厦，几乎建到"塬"的脚下了。在东南的一角，还能看见一小片比较低矮的房子，估计应该是原居民的一些房子吧！向南望去，充满着神秘的终南山若隐若现。

我站在这个"塬"的最高处，向北眺望，尽量从史书的描述中寻找几乎不可有的唐代长安城的蛛丝马迹。

古代长安城是全国最富庶的地区之一，由于东有函谷关，南有武关，西有散关，北有萧关，故自古以来称长安为关中之地，地势险要，可攻可守。唐代的长安城，东西长9.7千米，南北宽8.6千米，全城面积约84平方千米。从宫城的南门承天门出发，中经皇城南门朱雀门，再到长安南门明德门，是一条笔直的大道，叫朱雀大街，也叫作天街。天街宽150米，两边是人行道和排水沟，还有整齐漂亮的柳树。以此为中轴线，长安城表现出东西对称的格局，东边万年县，西边长安县，都属于京兆府。天街两边各有五条南北走向的道路，与14条东西走向的街道纵横交错，将宫城和皇城以外的地区，分割为111个格子。除东市和西市外，其余方格子都是居民区，东边54个，西边55个，叫作"坊"，每个坊都有自己的名字。坊的独立性和封闭性很强，它们都有围墙和坊门，大坊有四个门，小坊有两个门，由坊正负责，清晨开门，傍晚关门。各坊之间南北距离均在40米左右，坊内有街道和小巷通往各家各户。长安城晚上充满诗情画意，为了保证管理秩序，晚上是宵禁的，人们只能在坊里活动，坊里有很多酒吧和旅馆，住着来自世界各国的游客，每个坊有每个坊的玩法，人们在各个坊里尽情地欢畅和娱乐。

古代长安城到杜陵塬应该有二三十千米，这方圆二三十千米范围内，名门望族拱卫着长安城，其中城南的韦姓和杜姓是最有名望的家族。

韦姓在唐代的繁荣，可以直接追溯至北魏时期，魏孝武帝西迁入关，定都长安，韦姓再度迫近帝都。宇文泰广泛招募关陇地区豪强建立军队，京兆府韦瑱为长安城南韦姓望族首领，他带领韦姓乡兵加入宇文泰的军队，从而成为关陇集团的一部分。京兆韦孝宽是关陇集团最主要的战将之一，杨坚代替北周建立隋朝，韦孝宽总领大军为其平定各股反对势力。韦孝宽侄儿韦世康在开皇末年被任命为荆州大总管，当时的并州、益州、荆州和扬州四大总管府有三大总管府由亲王统领，韦世康获此殊荣实在是功勋卓著。

唐朝时，京兆府韦姓与李唐皇室有着千丝万缕的联系。

首先韦氏在隋及唐初多与皇室联姻，这更提高了韦姓的政治地位。韦贵妃，名珪，韦孝宽的曾孙女，祖父为北周骠骑大将军韦总，父亲为隋朝郧国公韦圆成，生十皇子李慎（纪王），立纪国太妃，死后陪葬昭陵。韦珪为唐太宗李世民"四夫人"之首，仅次于长孙皇后。她长得比长孙皇后漂亮，家世亦渊厚，可惜当时她少了个能干的弟弟，而长孙皇后有个能干的弟弟宰相长孙无忌。九皇子李治和十皇子李慎同岁，公元643年，唐太宗李世民废太子李承乾后，长孙无忌推动立九皇子李治为太子。但唐高宗李治的身体不好，他有严重的偏头痛病，唐高宗时期后期的很多奏章，只能交给武则天来处理。但李治的母亲是长孙皇后，舅舅是宰相长孙无忌，有病也一样能做太子。要是唐太宗真正从皇朝命运的角度考虑，应选十皇子李慎为太子，如果是这样，可能就没有后来的武周皇朝了，但这就是历史的宿命，历史没有假设。

在武则天做皇帝的武周朝，京兆府韦姓出了一位宰相叫韦待价。弘道元年（683年）十二月，唐高宗驾崩，武则天任命吏部尚书韦待价担任司空，同时任命为山陵使，全面负责高宗山陵——乾陵的营建工作。同时，任命户部郎中、朝散大夫韦泰真为建陵总工程师，协助管理工程事宜。在韦待价的指挥下，经过几个月的紧张施工，到文明元年（684年）八月陵园主要工程基本结束，高宗顺利入葬。光宅元年（684年）九月，韦待价由于营建乾陵有功，被加封为金紫光禄大夫，改为天官尚书。垂拱元年（685年）六月，同凤阁鸾台三品，正式参加政事堂会议，成了宰相班子的一员。韦待价担任宰相，行政管理能力是不足的，他长于武事，所以多次向武则天上疏要求带兵打仗。当时，突厥经常进犯唐北部边境，垂拱元年（685年）十一月，武则天任命韦待价为燕然道行军大总管，领兵以讨伐突厥。第二年春天，韦待价取得胜利领兵还朝，成功阻止了突厥对边疆的侵犯。垂拱三年（687年）十一月，吐蕃（今藏族）又进犯武周朝边境，武则天又派遣韦待价领兵讨击吐蕃，取得了多次胜利。之后，吐蕃又几次改攻西域，攻陷西域龟兹（今新疆库车）、于阗（今新疆和田）、焉耆（今新疆焉耆）、疏勒（今新疆喀什）等安西四镇，并不断侵扰唐西北边境，"丝绸之路"也曾一度中断。为了巩固唐西北边境，打通"丝绸之路"，永昌元年（689年）五月丙辰，武则天又任命韦待价担任安息道行军大总管，并封韦待价为扶阳郡公（正二品），以安西大都护阎温古为副大总管，督三十六总管讨伐吐蕃。

七月，韦待价军队停止在寅识迦河（今新疆伊宁西南），与吐蕃奋战，双方胜负略相当，而副大总管阎温古不听指挥，逗留不进，又恰逢炎热的七月突然天降大雪，粮草运送不继，士兵不习惯新疆气候，大多数又冻又饿，死者甚众。于是韦待价自作主张移师到弓月，屯军于高昌（新疆吐鲁番）。武则天闻之大怒，七月丙子，距离大军出发仅仅80天，武则天命斩副大总管阎温古，韦待价坐除名，发配绣州（治所罗绣，在今广西桂平县南），不久，韦待价病死于绣州。

韦待价乐于武事不擅行政管理，但他的后代却出了唐代的两名著名诗人，让韦姓在伟大的唐诗星河中有了两颗璀璨耀眼的明星。唐代诗人韦应物有诗云"作官不了却来归，还是杜陵一男子"，韦应物就是韦待价的曾孙子，唐代田园派诗人，唐玄宗时曾任宫中三卫郎，后应举中进士，历任滁州、江州、苏州等地刺史。他在担任滁州刺史时，曾写了一首脍炙人口的诗《滁州西涧》："独怜幽草涧边生，上有黄鹂深树鸣。春潮带雨晚来急，野渡无人舟自横。"到了晚唐，韦姓又出现了一个著名的诗人韦庄。韦庄为晚唐花间派诗人，五代时曾任前蜀宰相，韦庄就是韦应物的玄孙子。

武周有8位韦姓宰相，除了韦待价外，还有韦巨源、韦嗣立、韦安石、韦思谦、韦宏敏、韦方质、韦承庆，其中韦嗣立、韦思谦、韦承庆为父子三人。唐代的宰相不是一人，也不是两人，是一群人，即宰相班子。宰相班子成员不一定是一品，也不一定是二品，官阶较低的官员，如果加授"同中书门下三品"，就可以参加政事堂会议，也就是宰相班子成员之一了。

武则天死后，天命回归李唐。武则天第三子李显为唐中宗，李显的皇后为京兆韦氏士族人氏，生懿德太子李重润，安乐公主李裹儿。武则天共生有四个儿子：长子李弘，24岁时死了，据说是被武则天毒死的。次子就是李贤，三子李显为中宗，四子李旦，就是睿宗。李显的人生可谓大起大落，在位七年，两次登基。李显和他的父亲李治比起来，更为庸柔无能，即位后，尊武则天为皇太后，重用韦皇后亲戚，试图组成自己的政治集团。结果武则天对中宗的举动大为恼火，公元684年2月，继位才两个月的中宗被武则天废为庐陵王，贬出长安，软禁于均州，只有妃子韦氏陪伴，两人相依为命，尝尽了人世的艰难。每当听说武则天派使臣前来，中宗就吓得想自杀。公元699年，中宗被武则天召回京城，重立为太子。公元705年，82岁的武则天病重。正月丙午日，宰相张柬之、右羽林大将军李多祚等人突率羽林军500余人，冲入玄武门，杀张易之、张昌宗，迫使武则天皇帝传位于李显。二月，复国号为唐。安乐公主李裹儿，唐中宗李显幼女，出生时正值李显被武则天贬于庐陵，与韦氏赴房州时韦氏在途中分娩，因当时情况窘迫，匆忙中解下衣服做褓裸，所以取名为裹儿。她先嫁给武三思之子武崇训，后又嫁给武承嗣之子武延秀。史称安乐公主为唐朝第一美人，比她的堂弟唐玄宗李隆基后来看上的杨贵妃要美得多，但安乐公主权力欲望特别强，生活非常奢侈，为做皇太女，与母亲韦皇后合谋毒杀中宗，后堂弟李隆基发动政变，诛杀安乐公主。在中宗朝，韦巨源、韦嗣立、韦承庆继续担任宰相，另外韦温、韦宏纂也担任宰相，韦温为韦皇后的哥哥。

唐玄宗李隆基杀死了伯母韦皇后和堂姐安乐公主之后做了皇帝，但唐玄宗时期，继续重用京兆韦氏，韦安石和韦见素相继担任宰相。重用司隶校尉韦锷，司隶校尉是监督京师和京城周边地方的秘密监察官，权势非常大。史料记载，"安史之乱"时，唐玄宗逃往四川，因走得匆忙，只带走杨贵妃、韩国、虢国、秦国三夫人及杨国忠、韦见素、高力士和韦锷等人，还有皇太子李亨。当逃到离长安100多里的兴平县马嵬坡时，在太子李亨授意下，禁军首领陈玄礼杀死杨国忠，逼唐玄宗赐死杨贵妃，唐玄宗很是不舍。京兆司隶校尉韦锷见状，忙跪奏道："乞陛下割恩忍断，以宁国家。"唐玄宗才忍痛割爱，保住了性命。

唐玄宗朝之后，在唐肃宗朝有韦执谊和韦贯之担任宰相，在唐文宗朝有韦处厚担任宰相，在唐宣宗朝有韦琮担任宰相，在唐懿宗朝有韦保衡担任宰相，在唐僖宗朝有韦保衡和韦昭度担任宰相，在唐昭宗朝有韦贻范和韦昭度担任宰相。

我站在西安城南部最高点杜陵塬上，看着迷雾中高楼林立的西安城，唐代古长安城的轮廓，只能根据我读史中积累的片段，在我的脑海中浮现，唐代长安城南的韦氏贵胄曾经的辉煌岁月，像电影胶片一样在我的脑海里跳跃。唐代末年，伴随长安城之残破与韦姓家族文化的没落，京兆韦氏子弟大量南迁，辗转河南，再漂泊于两广与福建等岭南地区。时移世易，如今京兆韦氏的祖居地杜陵周遭已被大规模开发建设，并日渐被高楼大厦所遮蔽，韦姓家族也随之隐遁于历史的绚烂无声处，唯有塬上不断出土的方方碑志还在不断撩拨历史的音弦，诉说家族千年的辉煌与光荣历史，留给后世无尽的追思与遐想。

到了宋代，宋高宗生母韦太妃，祖上为京兆韦氏，父韦安道，宋徽宗妃子，生宋高宗赵构。韦太妃侄韦渊和侄孙韦承庆与金人战死于和州，韦渊被追赐为平乐郡王，韦承庆被追赐为融州观察使，另一侄孙韦经被封为丞议郎雷州通判。南宋末年，韦氏家眷族人迁入广西，居融安、宜山一带，韦经是我家韦氏一支的广西入乡祖。明朝初年，为避战乱，韦经五世孙韦五嗣从宜山迁浔州武陵郡（即今平南县武林）。明朝成化、弘治期间，有韦经十一世孙韦邦相，号二峰（葬于平南黄金山），弘治乙卯科举人，曾任福建怀安县令和广东乐会（今海南琼海）县令，后任万州（今海南万宁）太守和贵州麻哈州（今贵州麻江）太守。韦悦厚是韦邦相五世孙、韦经十六世孙，大约于明朝万历初年从今平南县六陈镇大庙村迁入今桂平县罗秀镇，繁衍生息至第四代韦道朝时，于万历四十四年（1616年）迁入小阳村。建于清中期的我家祖上祠堂称"遗经祠"，我以前总纳闷，为何称此名，读史后恍然。一是出自《三字经》那四句话"人遗子，金满籝。我遗子，惟一经"；二是在南宋入桂的祖上叫"韦经"，我们是韦经公传下的一支，故祠堂称"遗经祠"。

在我老家广西桂平罗秀镇，还有一支韦姓不知道是什么时候从哪里来的。据我了解，我家乡大部分韦姓是南宋末年入桂的韦经一支，明万历初年才从平南县迁入罗秀。但目前居住在罗秀镇奕垌村（古称驿垌）这一支，据我读史分析，很有可能是唐武则天时期被贬绣州的韦待价眷族人后裔。史料只有韦待价被贬并病死绣州的记载，当时绣州有三个县，即常林县、罗绣县和阿林县，治所在罗绣县。

　　我良久地站在这个高高的杜陵塬上，夕阳已快西斜了，我不得不停下我那如脱缰野马般的思绪。我从塬的另一面下去，塬下立着一些各年代的石碑，大多都已经是字迹斑斑，这些石碑用铁栏杆把它们围住。最前面的一块是新立的，写着"全国重点文物保护单位杜陵"的字样。在塬下我还碰到了两个休闲的老人，并和他们攀谈了一下，老人说杜陵是曾经被盗过的，至于被破坏到什么程度，就不得而知了，好在现在已经保护起来了。

　　我在杜陵遗址公园里再溜达了一下，顺便粗略地参观了秦砖汉瓦博物馆。约下午5点，我订了个车赴同学的聚会去了，在赶往酒店的路上，我的心情是怅然的。

徐霞客与罗秀古井

1637年（明崇祯十年）农历八月初七日中午，明代大旅行家徐霞客抵达罗秀圩。

现在罗秀圩由卢氏云彪公开圩，卢氏迁入罗秀约在明代万历初年，最先落户在木村，之后迁到圩地、贤堂和学垌，云彪公是卢氏迁入罗秀第三代。所以在徐霞客抵达罗秀时，已经有罗秀圩了，最先圩场就是在现在圩地塘这个地方。

徐霞客是在罗秀圩吃的中午饭，吃什么没有记载。如果当时已经有罗秀米粉，想必他和挑夫吃的一定是罗秀米粉。据记载，中国北方在宋朝之后就已经懂得面条加工工艺了，我想在小商品经济高度发展的明朝末年，罗秀圩是一定有罗秀米粉卖了。

我们先不去说罗秀古井，我们先来说说明代大旅行家徐霞客。

也许大家都看过当年明月写的《明朝那些事儿》，这本小说写了明朝的第一皇帝朱元璋、第一宰相张居正、第一硬汉杨涟、第一廉吏海瑞、第一忠臣于谦、第一才子杨慎、第一名将戚继光、第一大哲王阳明等等，可是你可能万万没想到的是，作者当年明月却让徐霞客这个不务正业而好玩乐的浪荡子，作为了整部小说的压轴人物。

徐霞客的父亲叫徐有勉，徐有勉的曾祖父叫徐经，在明代弘治年间，徐经和才子唐伯虎上京考进士时，由于"泄题事件"，弘治皇帝昭告天下：削除唐伯虎和徐经仕籍，终生不得参加科举。从此徐家对科举万念俱灰。

徐霞客之前不叫徐霞客，叫徐宏祖，整天就喜欢游玩，见山就爬，见洞就钻，见险就探。有一天徐有勉对儿子说：你眉宇间有烟霞之气，我看啊，你是烟霞之客，应当云游四方，从此徐宏祖便改名叫徐霞客。

徐霞客19岁时，父亲去世了。但他放心不下母亲，母亲了解他的心思，支持和鼓励他远行。于是在1609年，徐霞客22岁时开启了游历之旅。他先后游历了江苏、安徽、浙江、山东、河北、河南、山西、陕西、福建、江西、湖北、湖南、广东等省。游玩了人生最美好的28年，到1636年已经51岁的徐霞客又启动了人生最后一次壮行，这一次壮行增加了一个人，这个人就是南京迎福寺的僧人静闻和尚。

静闻和尚终生研读《法华经》，刺了自己的血，抄了一本《法华经》，并立志将血抄的《法华经》送到云南鸡足山的悉檀寺。徐霞客的这次壮行路线刚好就是广西、贵州和云南，于是他们结伴而行。

徐霞客一行两人还没有进入广西境内，在湖南时就遭到了抢劫。那天晚上，月高风清，徐霞客和静闻和尚两人立在船头，正观赏着湘江的月色，突然劫匪驾船而来，见船就烧，见人就杀。徐霞客跳入江中，躲过一劫，静闻和尚不愿《法华经》掉到水里，因为经文是用他的鲜血写的，结果身中数刀受伤。

1637年农历四月初八，徐霞客一行坐船抵达广西，从湘江南岸登陆，开启粤西之行。从全州到灵川，再到桂林、阳朔和永福，用了两个多月的时间在桂林这一带游历。农历六月十二日，徐霞客一行从永福苏桥洛清江坐船下柳州。至农历七月十四日，徐霞客一行结束在柳州一带的游历，想坐船下浔州府，结果由于中元节客船不开，直到农历七月十七日，徐霞客和静闻和尚才坐船下浔州府。

农历七月十九日，徐霞客和静闻和尚抵达浔州府时，静闻和尚由于刀伤，加上一路奔波，走不动了。于是徐霞客只好留静闻和尚在浔州府南门的客栈休息，雇一个仆人来照顾他。农历七月二十二日，徐霞客觅得一个挑夫，开启麻峒白石山、北流勾漏洞和容县都峤山这三座道家名山之行。徐霞客在浔州府停留了数日，但《徐霞客游记》中并没有游历桂平西山的相关记载，说明那时候桂平西山还是没有名气的。

徐霞客和挑夫渡过郁江，一路向南。农历七月二十三日，游麻峒白石洞天，在白石山上住了一个晚上，之后继续向南，经过现兴业县的小平山，于农历七月二十七日到达玉林府。之后游北流的勾漏洞，再游容县的都峤山。至农历八月初五日，徐霞客已经游完了白石山、勾漏洞和都峤山这三座道教名山，他并没有急着赶回浔州府，还专程经石头铺，赶到罗秀探访一口古井。

徐霞客和挑夫在罗秀圩吃完中午饭后，即前往探访那口罗秀的古井。徐霞客游记是这样记载的："北三里，将至卢塘，道旁空树一围，出地一尺五寸，围大五尺，中贮水一泓，水面上不盈围者五六寸，下浮出平地几及尺，澄碧涵莹，杖抵之深不可测，珠泡沸沸上发，屡斟出之，轧齐旧痕，不与地平，尤为可异。"游记记载得非常清晰和准确，徐霞客和挑夫大概就是在现在圩地这个地方，往北走三里路，在路旁就看到了这口古井，井围是一棵空心的枯树根，井围高出地面一尺五寸，直径五尺，想来这棵树也是够大的。在徐霞客看来，这口古井奇特之处有：一是深不见底；

二是水非常清澈；三是水位高出地面，而低过井围；四是斟出后水位迅速升回原位置。根据《徐霞客游记》的描述，他认为罗秀这口古井非常奇特。也许徐霞客并不知道，罗秀这一带地下是有一条地下河的，由于这棵古树长得非常高大，根部延伸得很深，穿透到了地下河，古树枯萎后根部形成了一个出口的缘故。

徐霞客的游历不同于我们的旅游，他的游历是为了探究和求证大自然的奥秘。徐霞客年轻的时候，喜欢看各种地方志方面的书籍，如《水经注》《百粤风土记》等。他的粤西之行都是有目的和有计划的，罗秀这个古井，在《百粤风土记》里面，肯定是有记载的。徐霞客在游麻峒白石洞天时，就做了一次更正，《百粤风土记》中有记载，说白石山上寺庙旁的圆珠池，当寺庙中的暮鼓敲响的时候，圆珠池中的水就会翻滚溢出，鼓停时池水又会恢复平静，徐霞客感到非常诧异。但当徐霞客游白石洞天时，发现《百粤风土记》中的记载是荒唐的，最后发现这个记载如果不是寺庙僧人的愚蠢，就是《百粤风土记》的作者故意的无稽之谈。徐霞客一生的旅行，就是这样一路走一路考证，不过罗秀古井的记载，徐霞客认为是准确的，应该也不虚此行。

去年重阳节，我回老家祭祖，还专门抽空去探访了这口古井。现在这口井的旁边都建上了房子，沿着弯曲的水泥道，汽车可以开到古井的旁边。近几十年来，罗秀人都称这口古井为"井坡井"。这口古井现在还在使用，但井口已被砖石封堵，有水管将水送到各家使用。在古井旁边，我碰到了两个上年纪的妇女，她们说这口井有多老她们不知道，反正她们嫁到这来，就一直挑这口井的水使用。她们说，大约在20世纪70年代，有一年罗秀大旱，绝大部分的井和河流都干枯了，只有这口井还有水，那段时间，周边的村民全吃这口井的水。看着这口古井，古风早已荡然无存，只有那一缕斜照的夕阳，也许还和几百年前那样温暖和煦。

当天徐霞客并没有在罗秀圩住下，而是向北又走了二十里，夜宿陈屯，我没有去考证陈屯是现在哪个村。八月初九，徐霞客回到浔州府，静闻和尚休养了一段时间，身体稍有好转，第二天徐霞客和静闻和尚即坐船前往横县，继续粤西之行。

当徐霞客和静闻和尚到邕州府（现南宁）时，静闻和尚实在是走不动了，农历九月二十二日，徐霞客把他留在南宁的崇善寺里，自己继续游历天等、马山等地。农历十月初八，有僧人从南宁崇善寺传话说，静闻和尚已于农历九月二十八日在南宁崇善寺圆寂了。农历十一月十日，徐霞客回到南宁崇善寺，僧人说静闻和尚临终前的遗愿就是将其骨灰和《法华经》送到云南大理的鸡足山悉檀寺。当时徐霞客已经患上了足疾，走路都比较艰难，但为了实现自己的理想和静闻和尚的夙愿，他继续前行。农历十一月十一日，徐霞客取道庆远府（现宜州），再入贵州，终于在明崇祯十二年（1639年）抵达云南大理鸡足山。

1639年除夕徐霞客抵达云南大理的鸡足山悉檀寺，他把静闻和尚的骨灰与《法华经》经文交与寺院，心中之巨石，才安然放下。除夕之夜，徐霞客于僧房之中，听见诵经之声飘然传来，万千经历，于经声中尽涌脑海。

读完《徐霞客游记之粤西游》，我终于明白《明朝那些事儿》的作者当年明月为何让徐霞客作为了整部小说的压轴人物了，粤西游不仅仅是一次壮丽的游历和考证，那分明是一个伟大的旅行家和一个虔诚的僧人"活出自我"的一次征途和"无心而为"的一种境界。

多少次我总是在想象，如果静闻和尚在湖南湘江不受抢劫，崇祯十年农历八月初七那天中午，坐在罗秀圩吃罗秀米粉的，除了徐霞客外还应该有静闻和尚，静闻和尚的布包中一定有他用鲜血写成的《法华经》。

第二章

人在旅途

游寿佛塔记

端午节小长假，我和桂林南越民俗民居文化研究院的几位"老牛鬼"白塔道长、馒头他爹、老蒙一行四人游览了桂林市区塔山上的寿佛塔。

如果我没有记错，这次踏青活动已计划很久了。我每年来桂林的次数也不少，但终究不能成行。今天我是下决心了，但因馒头他爹另有紧要事，直到中午11点半才成行。人似乎常常对自己拥有的或可唾手可得的东西不在乎，却去追寻那些遥远的和不可及的美，也许这就是想得多做得少的原因吧。

初夏时节，桂林城艳阳高照，风和日丽。从桂林舍利塔（白塔）开车出发，沿象山路十多分钟车程就到了塔山脚下的刘家里村。

小东江是桂林市内从北向南流的一条清澈的小江，塔山在小东江的西面，与塔山隔江相望的是穿山。听这几位桂林"老牛鬼"介绍，几十年前塔山和穿山都属穿山公园，以前穿山公园是桂林市内少有的不收门票的公园。这些年刘家里村的村民在塔山山脚沿小东江建起了一排排桂林风味小吃店，这里江水清清，环境幽静，美食飘香。在塔山正山脚下是一家叫"塔山小院"的餐馆，名字和环境一样幽雅。

我们本计划吃完午饭再爬山，但看到不高的塔山，还是决定先登山，下来后再吃中午饭。在山脚登山处立有一块"寿佛塔"字样的石碑，背面是塔山和寿佛塔的简介，此石碑是桂林市人民委员会1966年立的。

正午时分，我们一行四人拾级而上。上山路由不宽的青石板铺成，山路很陡峭，两边杂草丛生，基本遮盖住了青石板，显然平时来的游客很少。由于山不高但陡峭，台阶呈紧密的螺旋形，拾级而上，我们感受到一种古朴而宁静。

行至山路约1/3处，有一溶洞，洞口较窄，入内较宽，溶洞顶有一束微弱的亮光从山顶射下，洞内有村民烧香和拜祭的痕迹。在这晌午时分，洞内还是比较清爽舒适的。我们打开手机内置手电筒看了一下，就出洞继续前行了。

在接近山顶的不远处的石壁上，有一处洞口的痕迹，现已用青砖封了起来。据说在2008年，这座寿佛塔曾经被盗过，盗贼在塔底打开一个盗洞，但塔内是否有文物被盗当时没有披露，盗贼也始终没有被抓到。在此之前，寿佛塔一直被认为是"实心"的，但实际上是"空心"的，所以后来将此塔重新描述为楼阁式七级六角形佛塔。由此可见，古人留下的很多文物还有待后人进一步探索和发现。

用不了多久，我们一行四人就登上山顶。塔山海拔高度194米，山顶面积很小，只有61.1平方米，且边缘是陡峭的石壁，十分险峻，塔西最窄处不过1米有余。2007年8月，上海大世界吉尼斯总部曾授予桂林塔山寿佛塔"坐落在最小面积石山顶上的古塔"和"单柱钟乳石上连体石盾数量之最"两项大世界吉尼斯之最证书。寿佛塔建于明代，为一座七级六角形的密檐楼阁式砖塔，塔身呈梯形，塔底六边每边长3米，向上逐层收进，每级高度亦减，通高13.3米。塔顶为覆钵形，上承葫芦形珠刹顶，塔身用素面砖砌成，正北面塔壁嵌有青石线刻"无量寿佛"像一尊，塔因此得名。寿佛即阿弥陀佛，又名无量佛。

至于为何要建造这个寿佛塔，据说主要是为了镇住蝗虫（蚂蚱）灾害的。其实中国历史发展进程与中国历史上四个小冰期和四个温暖期更迭密切相关，在小冰期，中国北方游牧民族南侵，民族冲突，战争频发。在温暖期，战乱少了，但自然灾害频发。从13世纪即宋末元初，是第四个温暖期开始，直至16世纪即明末清初，中国进入第四个小冰期。在自然灾害中，中国又是一个蝗灾频繁发生的国家，有记载的蝗灾发生达842次。从气候变化的侧面也可推测，元代、明代曾经蝗灾频繁。徐光启（1562—1633年）是我国晚明时期杰出的农业科学家，其代表作《农政全书》中有重要篇目《除蝗疏》，首次划出了中国蝗虫宜蝗区范围，并提出了很多正确有效的治蝗办法，如挖掘蝗卵法、收买蝗虫法、开沟埋蝗法等。在此之前，更多的只是采用驱赶、扑打焚烧、挖沟土埋等多种办法消灭了蝗虫。另外就是造塔镇灾了，所以，将寿佛塔建于陡峭的孤山上，自然是祈求镇住蝗灾，广度众生。

　　站在塔山狭窄的山顶上，向北望去，清澈的小东江水缓缓地向南流，在晌午的阳光下熠熠发光，不远处江中有一座小岛，有汉白玉石桥通过小岛将两岸相连。小岛位置江面较宽，从山上往下看，一片碧绿的田园风光，这小岛是"穿山塔影"最佳的拍摄点。向东望去是穿山，相传穿山是伏波将军马援在伏波山上"一箭穿三山"时射穿的第一座山。穿山有一洞，穿透南北，故有穿洞之名，穿山也由此得名。向南望去，山下是刘家里村，大部分建起了楼房，但还是有城中村的感觉，远处是隐约的石山和城楼。向西望去，漓江水在阳光下闪烁，雉山（龟山）昂头相对。徐霞客《粤西日记》对塔山的记述，"若岐若合，亭亭夹立，盖以脆薄飞扬见奇。"明代按察使孔镛有诗云："巧石如鸡欲斗时，昂冠相距水东西。红罗缠颈何曾见，老杀青山不敢啼。"

塔下石壁上保留的有1960年12月桂林市人民委员会所立的"斗鸡山塔"摩崖石刻。关于"斗鸡山"有两种说法，一种说法是斗鸡山并不是一座山，它是小东江东西两岸的两座山（穿山与雉山），立于小东江东岸的睁大着眼睛的"鸡"是穿山，站在西岸的、耸起了高高的"鸡冠"的是雉山（龟山）。峰是头，月岩是鸡的眼睛，东峰是尾，南北是两翼，中峰是鸡背，龟山像一只昂冠振翅的欲斗雄鸡。游漓江时，船过净瓶山，到漓江铁桥附近200米处往回看其形状就像是正在打斗的场面，这是目前桂林导游普遍的说法，是源于孔镛写的那句"巧石如鸡欲斗时，昂冠相距水东西"。另一说，斗鸡山其实就是塔山，有塔山上的"斗鸡山"三字石刻为证。塔山西面有两块从地面高耸独立的石头山，像两只争斗的公鸡。估计以前漓江水位高，可看到塔山（斗鸡山）上争斗的两只鸡。现在漓江水位低了，只能看到穿山与雉山隔岸相斗了。

广西历史上第一个状元赵观文的故事，也可以佐证后一种说法。说是状元赵观文十几岁时进城考秀才，考完试和几位同考人游山玩水，轻舟从流，任意飘荡。才子李生猛一回头，看到斗鸡山恰似雄鸡搏斗，灵感顿生，不禁脱口而出："斗鸡山上山鸡斗，观文贤弟，下联如何？"赵观文绞尽脑汁，仍无联以对。尽管考上了状元，此对仍不解，成了一块心病。赵观文所处的晚唐时代，唐王朝王室衰微，宦官专权，藩镇割据，社会矛盾激化。赵观文辞官后从京城到广州，看望了与他同甲登第、被贬边城的同乡，那位出"斗鸡山上山鸡斗"上联的李生，而后乘船经西江取道梧州回桂林。船行江面，秋光如画，船停阳朔兴坪盘龙村。一老尼请状元稍息于盘龙庵，同游盘龙洞。洞顶有一根巨大钟乳石笔直垂下，不停地滴着水到下面的一块巨石上，两石相距仅尺余。老尼介绍："状元公，这就是有名的盘龙石。这个洞、这个村以及小庵，都是因它而得名的。"赵观文想起李生的上联，忽有下联灵感："盘龙石下石龙盘""妙哉！状元公。"老尼称道。现在盘龙洞盘龙石也为桂林一处胜景。

　　从这则故事可以推测，公鸡相斗是在"斗鸡山"的，自古这座山就叫"斗鸡山"，只是到了明代建造了这座寿佛塔后，才改叫为"塔山"。

　　横看成岭侧成峰。斗鸡山也好，塔山也好；在山上斗也好，隔江相斗也好，都是人们对山水甲天下的桂林风光的美好想象。中国山水画对景物的审美本身就是写意的，其实人生对万事万物的认识也是写意的和多维度的。佛家讲究入世与出世，于尘世间领会佛理之真谛。人之一生，从垂髫小儿至垂垂老者，匆匆的人生旅途中，我们经历着人生的三重境界。人生第一重境界，看山是山，看水是水。涉世之初，还怀着对这个世界的好奇与新鲜，对一切事物都用一种童真的眼光来看待，万事万物在我们的眼里都还原成本原。人生第二重境界，看山不是山，看水不是水。红尘之中有太多的诱惑，在虚伪的面具后隐藏着太多的潜规则，看到的并不一定是真实的，一切如雾里看花，似真似幻，似真还假，山不是山，水不是水。人生第三重境界，看山是山，看水是水。这是一种洞察世事后的返璞归真，人生的经历积累到一定程度，不断地反省，对世事、对自己的追求有了一个清晰的认识，认识到"世事一场大梦，人生几度秋凉"，知道自己追求的是什么，要放弃的是什么，这时，看山还是山，水还是水，只是这山这水，看在眼里，已有另一种内涵了。

我们在山顶游览了约20分钟，一行四人开始下山。山路没有防护栏，并有杂草丛生路旁，稍不留心就有踏空的危险。我们相互提醒，很快就走到了山脚下。

其实人生之路中的某一段，也像这段下山路，布满荆棘，险象环生，但只要把住定力，砥砺前行，就一定能走过人生之路的山山水水。

寻石刻记

前期查阅了小阳村同族叔公韦若松先生于民国三十五年撰写的，发表在《广西石刻展览特刊》上的《东亚最初民主总统唐景崧及奎光楼石刻》一文，记载了奎光楼、奎光楼石刻及唐景崧其人其事，甚有兴趣。三月就桂林公干之余，寻访了现存于桂林中学内之奎光楼。

春分时节，下雨且冷。友人曾先生相陪，晌午私访桂林中学内之奎光楼，曾先生自小在此长大，但校警已认不得他了。

我们假托校长之老相识，校警半信半疑，我们直入内观看。一会儿校警即将我们请出，说是让我们入内领导已经骂人了。未遇东亚首任民选总统唐景崧之"奎光楼记"石刻。待被请出校门，果见一"领导"对我们怒目而视，我的心很是不甘，但嘴上硬是说表示理解。

曾先生未能完成此小小任务，想必心也很是不甘。傍晚时分，曾先生约熟人周老师引入，我们堂而皇之地参观。

进得校门左侧，有一座二层砖瓦木质小楼，即为奎光楼，打开漆红的大门，内已辟为学校接待室，中间一低矮长方形茶几，回形摆一圈矮南官帽椅，几、椅材质为红木，却显然有些粗制滥造。奎光楼旁有从别处搬来的牌坊和七八块石刻，仔细查阅亦未找到那块奎光楼记石刻。周老师甚是热诚，还打电话去询问，却是对方关机。周老师请我们参观这所百年名校，桂林中学除了有清光绪年间翰林编修曹驯建的奎光楼和唐景崧之奎光楼记石刻外，这里曾是抗战时期广西学生军训练营，这里还曾培养了包括作家和院士的六位杰出校友，著名武侠小说作家梁羽生是20世纪40年代高三班学生。临别，热忱的周老师还送我一本《桂中记忆》，有点意外的小收获。

周老师把我们送到校门，雨下得更大了，天也似乎更冷了。我始终没看见那块奎光楼记石刻。

象鼻山游记

深秋的周末，天气不算晴朗，但凉风习习，舒适宜人。我在桂林刚好有半天的空闲时间，想再去游一次象鼻山。象鼻山之前不知道去过多少次了，但都是陪客人在岸边看一看，照个相，象鼻子里那些摩崖石刻，还有山上的普贤塔都没有去过，所以今天决定去走走看看。

起床后，我打电话约老同学蒋先生一起去，他说刚好有空，于是我和他相约上午10点半在象鼻山景区门口碰面。

老同学蒋先生替我买了一张100元门票，他出示本地身份证就行了。他还说之前连身份证都不用出，会讲几句桂林话就可以了。想想南宁的青秀山，对南宁市民还收这么高的门票费，我都有点汗颜。

象鼻山位于漓江和桃花江交汇处，我们进了景区门口，很快就走到了岸边，远距离观看象鼻山。象鼻山前面是一个沙洲，深秋时节水浅，沙洲露出了水面。2017年的《春节联欢晚会》桂林分会场舞台就搭在这个岸边沙洲上，以象鼻山和漓江为自然山水背景，在灯光的映照下，一派湖光山色的唯美夜景，令人难以忘怀。也许旅游旺季已过吧，今天的游客不算多。漓江上的游船也不算多，另外就是从桃花江漂过来的有鸬鹚站在船头的竹排船。

我们沿桃花江岸边逆流方向走了约300米有一个堤坝，怀抱般大的圆石块凌乱地堆在堤坝下面，清澈的桃花江水在乱石堆中流出，水声潺潺。我们走过堤坝上了几级台阶，就到了象鼻山的山脚。

象鼻山这一面的山脚下，有一个桂林三花酒的酒窖，用象鼻山的一个石洞做酒窖，常年恒温恒湿，非常适合酒的醇化，创造了桂林三花酒典型的米香型特点。桂林三花酒是"桂林三宝"之一，另两宝是桂林腐乳和桂林辣椒酱。桂林三花酒是中国米香型白酒的代表，被誉为米酒之王。

在桂林三花酒酒窖左边有一条上山道，花岗岩石条砌成的台阶，我们拾级而上，象鼻山不算高，但台阶还是比较陡峭。我们走了大概100多米，穿过一个山门，就爬到了山顶。放眼望去，桂林市区和桃花江尽收眼底，山顶靠象鼻子的一侧，建有一座古塔，这就是普贤塔。

普贤塔是一座喇嘛式实心砖塔，从山下远处看，既像插在象背上的剑柄，又像一个古雅的宝瓶，故称"剑柄塔"或"宝瓶塔"。普贤塔建于明代，高13.6米，塔基为双层八角须弥座。在第二层基座正北面，原嵌有青石浅刻的南天普贤菩萨像，现在青石浅刻菩萨像已被人盗走了，佛龛中只有粗糙涂抹的水泥。普贤塔由于位于象鼻山之巅，与桂林山水的传说相吻合，更印证了普贤菩萨乘大象之说。大象驮宝瓶寄托着和平、美好和幸福的愿望，此塔造型与周围山水相映成趣，颇为和谐壮观。

参观完普贤塔，我们沿漓江的这一面下山，下山的台阶依然陡峭，不一会儿我们就走到了这一面的山门，山门前有一个长长的大石洞，与桃花江的一面连通。石洞中有一些石凳，我们坐在石凳上稍作休息。秋天的凉风从洞的另一端徐徐吹来，还夹杂着阵阵的米酒香，在这个深秋时节，让人心旷神怡。下得山来，我们发现桂林三花酒的酒窖还有一个洞口靠着漓江的一面，只有铁栏栅的门，原来刚才闻到的酒香是从这里飘出来的。

在靠漓江的一面的山脚下，有一条仿佛刀削出来的长廊，长廊高2米左右，靠岸边宽3—5米，长约20米，长廊里有一些石台和石凳，供客人休息，长廊靠山的一面还有一些摩崖石刻。穿过长廊，再穿过一个约5米长的石洞，就到了水月洞的观景台。象鼻子那个位置，也叫水月洞。上面有很多摩崖石刻。老同学蒋先生是桂林市长大的，他说小时候是可以爬过去，近距离地观看那些摩崖石刻的，但现在只能远距离观看了。

在水月洞的摩崖石刻中，最著名的当数范成大的《复水月洞铭》。范成大为江苏吴郡（今苏州）人，绍兴二十四年（1154年）中进士，乾道九年（1173年）来任静江知府兼广西经略安抚使，范成大在桂四年，改革盐法马政，倡导文教，修复朝宗渠。他酷爱桂林山水，称赞"桂山之奇宜为天下第一"，并在伏波山、龙隐岩、七星岩等处建癸水亭、骖鸾亭、碧虚亭、正夏堂等游观建筑。他钟爱水月洞的景色，水月洞洞口朝阳，在范成大来桂任职之前，不知是哪位驻桂长官审美情趣偏低，将水月洞改名为朝阳洞。站在水月洞中，当圆月升空时，此时的象鼻山水底有明月，水上明月浮，水流月不去，月去水还流。范成大认为水月洞这个名字非常形象贴切，而且桂林隐山中已有朝阳洞，不应重名，于是将水月洞恢复旧称，并刻《复水月洞铭》，希望"百世之后尚无改也"。现在还称水月洞，看来范成大梦想成真了。范成大的《复水月洞铭》摩崖石刻玉润珠辉，方流圆折，清腴而丽雅。

范成大任职桂林480多年后的1637年初夏的一个傍晚，明朝大旅行家徐霞客风尘仆仆地到达桂林城，他首先抵水月洞，预约请人拓范成大的《复水月洞铭》，并到王城预约登独秀峰，因为独秀峰在静江王府内。当徐霞客在桂林及周边游历一个多月后回到桂林时，让静闻和尚去了解《复水月洞铭》拓本和登独秀峰情况时，均未得到落实，俩人心中闷闷不乐。之后有传闻张献忠的起义军即将攻陷全州，不久徐霞客和静闻和尚即离开桂林前往苏桥，《复水月洞铭》拓本和登独秀峰这两个愿望徐霞客均没能实现。不过想必当年的徐霞客应是像蒋先生小时候那样，爬过去近距离地观看了那些摩崖石刻的，也算是无憾了。

看完水月洞的摩崖石刻，我们再往回走一小段路，就到达了云峰寺。云峰寺是明清时代的建筑风格，门口立着一对石狮子，位于象鼻山西南麓，初建于唐代，后屡有修葺，清光绪十七年（1891年）重建后为女尼居所。现存的云峰寺是近年改建的，弧形式的山墙，碧绿色的琉璃瓦，朱红色的柱梁和窗棂，颇有中国民族风格。

云峰寺曾为太平天国攻占桂林城时的指挥部，据记载1852年太平天国从永安突围之后，向桂林进发，并从东、南、西三面包围桂林，抢占象鼻山，云峰寺为指挥部。象鼻山顶成了太平军的前沿阵地，进行了为期一个月的攻城战。太平军在山上架起了大炮，猛烈轰击城内的清军，府台衙门堂檐被打塌，旗杆被炸断，吓得广西巡抚周鸣鹤四处躲藏。在状元龙启瑞组织的团练的抵抗和坚固的城墙保护下，桂林城坚守了一个多月。后来太平军出于战略上的需要，决定全面撤围，挥师北上。当时撤退时太平军在象鼻山上扎了好多草人，同时用长长的药线连接很多鞭炮燃放，掩护太平军转移。正因为云峰寺曾经为太平军的指挥部，现在就将云峰寺开辟为"太平天国在桂林"的陈列馆，太平天国是反中国传统文化的，所经之处见寺庙就要捣毁，如果当年云峰寺不是用作指挥部，是否还会存在呢？综观中国历史，太平天国这段历史还是值得国人回味和深思的。

看完云峰寺，我们再从桃花江的堤坝往回走，通过一个拱桥就到达了爱情岛。爱情岛是象鼻山公园最佳的观景点，江那头的远方是相守望的穿山和塔山，近处的象鼻山像一头可爱的大象将鼻子伸到漓江里去吸水，桃花江从这里汇入漓江，回望是历尽沧桑的解放桥。从爱情岛下几级台阶，踩着石块可以到对面的沙洲。我们到对面的沙洲走了一下，从这个角度来观看象鼻山，圆圆的象鼻山显得更加调皮和可爱。

从沙洲上来，已是中午12点半。蒋先生是我研究生时的同学，这些年来大家各忙各的，尽管离得不远，见面的次数也不多。这次见面离上一次也有很久的时间了。这次携手象鼻山游，我们一边游玩，一边谈一些社会的热点和人生的感悟，除了感激伟大的时代对我们这一代人的厚爱之外，更多的是对知天命的感慨。

我们出了象鼻山公园，到对面的维也纳酒店的天台上吃午饭，我们各要了一份西餐，坐在这个酒店的天台，杉湖和湖中的日月双塔和象鼻山公园的全景尽收眼底。

会仙湿地寻访记

深秋时节，桂林南越民俗民居文化研究院再次组织了一次古村探访活动，我们这次探访了桂林市临桂区会仙镇的会仙湿地。

上午10点从桂林市区出发，我们一行五人，白塔道长、馒头他爹、炮哥和我，还有开车的小徐，小徐是会仙镇人。今天天气不错，风清气爽，暖暖的阳光从越野车的天窗透射进来，车里依然洋溢着调侃而又和谐的氛围。

我们往雁山园方向走，车刚驶出市区，远还未到雁山园时，我们就右拐进入了一段乡间泥道，驶过一段泥路，前面豁然开朗，崭新的水泥道在金黄的稻田和绿油油的农作物间蜿蜒穿行。打开车窗，一股青草的芳香扑面而来，最引人注目的是冬瓜棚，棚下是满目的大冬瓜，小徐说大的有20—30斤。约半小时车程，我们就到了会仙镇新民村的冯家屯，有几个当地人接待我们，小徐说是他的亲戚和朋友，我们把车停在冯家屯卫生院的停车坪。

从停车场转过一个弯，是一条小石块铺成的道路，道路的右边是石山，左边是一大片湿地，湿地中有一座小山，像一头小象骑在山头上，也有人戏称为"小象鼻山"。但当地人称它为九头山，周边的湿地和村落，都围绕着九头山展开。往前走了约1千米，即到了会仙湿地的核心地带，在一块大石头旁赫然立着"中国地质科学院岩溶地质研究所岩溶生态基地""联合国教科文组织国际岩溶研究中心研究基地""广西壮族自治区水利厅会仙水土保持科技示范园""广西壮族自治区科技厅会仙科技创新示范基地"字样的大牌子。

会仙湿地内岛屿星罗棋布，山水相得益彰，集"山、水、田、园、林、沼、运"等景观要素于一体，该湿地风貌及其周边环境不仅在广西是独一无二的，在全国乃至全球峰林岩溶平原风貌中也极为罕见，会仙湿地是我国低纬度、低海拔地区面积最大保存最完整的岩溶湿地，是世界塔状岩溶经典模式。

唐朝武则天时期开凿了一条运河叫桂柳古运河，又名相思埭，经过湿地，宋朝以前会仙湿地的范围还有包括现临桂区四塘镇大湾村、会仙镇睦洞、四益、新民、山尾、文全、马面村及雁山区雁山镇竹园村等大部分地区，面积约65平方千米。但近半个世纪以来，随着周边人口的急剧增加，开荒造田、围湖造塘，使原有湿地不断受到破坏与蚕食，水面面积逐渐萎缩，至今仅留下的较大湖塘主要分布在桂柳古运河以北的九头山、凤凰山、龙山、狮子岩、钟鼓山之间，湿地面积不足6平方千米。中国科学院在这里设立一个生态基地，目的就是对会仙湿地核心区域的岩溶石漠化和生物状态变化进行动态监控。

我们参观了两个溶洞，爬到一块岩溶石块上，远距离地观察湿地的状况，由于秋季水偏少，湿地的许多地方都已经干枯旱裂。我们爬上的那个小石头山周边长满了金樱子树，随行的人和我说，用金樱子泡酒是健腰补肾的。

中午，我们在冯家屯小徐的朋友冯先生家吃了一顿猪头骨做锅底的桂北风味的火锅，浓浓的桂北味道，满嘴的香辣爽口。冯先生的父亲是冯家村卫生所的医生，小徐说他有祖传秘方，可以治疗一些疑难杂症。

午饭后，我独自到冯家屯村里走走，村子不大，但也有几幢明清时代的老房子，均已破旧不堪，似乎还有一幢老房子仍住着人。我在路上碰到当地的一位妇女，她说前年夏季下了一场暴雨，村子前面的水库泄洪，村里的房子全淹没了，洪水退后这几幢老房子也就倒了。

　　我们继续前往会仙镇山尾村，参观白崇禧将军的故居。山尾村的村后是一座因酷似鲤鱼而称鲤鱼山的山峰，白崇禧故居就建在鲤鱼尾的前面。村里人告诉我们，白崇禧属鲤鱼精，他指挥的仗在下雨天就没有败过。

　　白崇禧故居不大，但建得很高，地基是石条，外墙是青砖，门口是典型的伊斯兰风格。白崇禧是回族，这座故居之前主要是她母亲居住。房子正面高高的墙壁上两边各嵌有一条石刻的鲤鱼，不过鲤鱼的须已经不见了，村里人说之前两条鲤鱼的须是用金子做的，不知道什么时候已经被人盗走了。村里人还说，抗战时日本人占领桂林后，有一个小队日本兵在这里住了八个多月，解放初也有一个排的解放军住在这个房子，墙壁上有两处补过的地方，说是以前住的解放军太多，为通风而开的两个窗，现在已经补上了。

　　故居是锁着的，小徐叫人到村委会去拿钥匙，打开门口的一个铁锁，浓浓的伊斯兰风格的故居展现在我们面前，房子只有两层，左右两边都有上下的楼梯，内饰基本都是木质结构，圆木和木板均漆上了一层回青颜色。由于房子很高，空气流通非常好，在这个深秋的时节，让人感觉到特别舒适和惬意。门厅的二层是个小型的戏台，可以坐在大堂的二层，隔着天井看戏。小徐说她的一个好朋友的奶奶，也是回族姓白的，曾是白崇禧母亲的丫鬟，这位白姓奶奶告诉他的孙子说，有一次蒋介石来看望白崇禧的母亲，坐在大堂的二层看戏，蒋介石坐中间，白老太太坐左边，白崇禧坐右边，当时她负责沏茶。蒋介石对中国传统笼络人心的一套玩得很娴熟，蒋介石也去看望了李宗仁的母亲，而且要和李宗仁结拜兄弟，其实李宗仁没有这个意思，不过蒋介石硬是把庚帖塞给了李宗仁，李宗仁硬着头皮接了，就这样"义结金兰"了。蒋介石和桂系就是这样和和打打的，最后还是分道扬镳。

参观完白崇禧故居，我们去探访桂柳古运河。从山尾村到桂柳古运河不到半小时车程，车停在一个水塘的路边，小徐说再走一段就可以看到乾隆桥了。乾隆桥是清代乾隆年间建在桂柳古运河上的一座桥，保存得比较完整。我站在乾隆桥上，只见水墨般的远山，金黄的稻田，清澈的古运河水在稻田间蜿蜒流淌。100多年来，古运河已经荒废，河道两边长满了水草，这只是古运河的一段，很多流域已经断流了。

自古以来，桂林和柳州陆地相邻，但水系却是不通的。桂江的主干流一直流到梧州的下游才汇流入西江，柳江和红水河在象州汇合，下游称黔江，黔江和郁江在桂平市汇合，下游称西江。所以古代从桂林到柳州走水路很不便，恰恰古代主要的交通运输还是依靠水路，而自古会仙湿地内有许多纵横交错的小河流，于是唐代武则天长寿元年（692年），就从桂江开凿一条运河，通过会仙湿地，与永福苏桥的洛青河相连，洛青河是流入柳江的，这条运河就叫桂柳古运河，也叫相思埭或南陡河，全长不足20千米。

据《临桂县志》记载："北有灵渠，南有陡河""临桂陡河与兴安陡河（灵渠）并称为桂林府东西二陡河。兴安陡河居桂林之东，又称东渠；临桂陡河位于桂林府西南，称西渠，亦称南渠"。运河周边湖光山色，芦塘毗连，鹭鸟成群，河道四通八达，是广西独一无二的"江南水乡"，运河所经地段为岩溶峰林地带，峰环水绕，风光明媚，一派田园风光。为了减少落差，便于通航，运河设泥湖陡、磨盘陡等22处陡门。为便于行人往来，在渠上建良丰桥、乾隆桥等10余座桥。

由于桂柳古运河大大缩短了桂江和柳江的距离，直到清代朝廷还很重视这段运河的保护和维修，清代进行过3次大修，陡闸达到20座，每陡设陡夫2人共40名，从分水塘的东西两边又各设渠目1人管理陡夫。陡夫每年薪饷为银六两，当时临桂县各江河义渡的渡夫每年薪饷为银三两五钱，官府的兵丁每年薪饷为银十二两。另外，陡夫之职可以世袭，可免差役徭赋，家属还可以就近种地养殖。

桂柳古运河是历史上朝廷通过西南重镇桂林联系少数民族地区的纽带和军需通道，在桂林市小东江边龙隐洞石壁上有《平蛮三将题名》碑刻。那是宋代时期，广西有个叫侬智高的首领自立"大南国"，占领了广西与广东的大部分土地。宋朝派出了枢密副使狄青带领军队进行平叛。大宋的军队当时就是通过桂柳古运河运输到柳州以南，运河为宋军提供了便捷的补给通道，最终平叛成功。狄青班师回到桂林后，为了纪实威服蛮贼的功绩，特在龙隐洞口刻石永志。清代雍正年间，桂柳古运河又一次为朝廷大批量运送军需，雍正十三年（1735年），贵州榕江九股河地区苗民反抗征粮发动起义。苗民起义军40余万，围攻厅城，捣毁营汛，攻克凯里、黄平、余庆等县。六月，清政府调集两湖、两广、云贵川七省兵力数万人，对苗民进行镇压。清政府军几万人马从桂林经桂柳古运河开赴贵州。当时任广西巡抚的金鉷在《临桂陡河碑记》中记载："乙卯岁（1735年），王师赴黔征苗，粮饷戈甲，飞输挽运，起桂林经柳州者，胥是河通焉。"西陡门村的老人回忆其前辈曾说过，官兵过陡河时正值六月丰水期，但是官兵人马众多，兵器、粮饷沉重，尽管所有陡夫全部到位，所有商船、民船全部停靠在分水塘和港汊里，官兵还是走了三天三夜，有不少陡夫累病了。

可惜的是，中国历史上途经广西桂林的两位赫赫有名的大人物都未能到过桂柳古运河。一个是大唐高僧鉴真和尚，第五次东渡失败后船被水流冲到海南三亚，鉴真和尚在海南停留一年后，决定北返，经过海南万宁、海口、雷州，到达广西梧州，接着前往桂林（桂州）。在桂林开元寺中休养一年后经广州回扬州，终于第六次东渡成功。鉴真和尚是从梧州沿桂江干流坐船直达桂林的。一个是明代大旅行家徐霞客，在桂林及周边游历一个多月后，带着未登独秀峰和未得范成大的《复水月洞铭》拓本的遗憾，加上张献忠的起义军即将攻陷全州的传闻，骑马走陆路从桂林到永福的苏桥，再从洛青河坐船下柳州的，所以在徐霞客的游记中，也没有桂柳古运河的记载。

参观完桂柳古运河，我们继续在附近的一个村庄参观了一个农家乐的项目。这里有一个荷叶塘，但荷花已干枯，荷塘旁边种着成片的各种颜色的格桑花，风中摇摆的格桑花，与远处水墨般的石山相呼应，一派乡村美丽动人的景象。

一方水土养一方人，这方水土注定是物产丰盈，人文渊薮。会仙湿地及其周边延伸区域，养育了广西历代十个状元中的七个，养育了民国代总统李宗仁，养育了民国参谋总长白崇禧，历代三品以上的官员数不胜数。古代四塘镇也在会仙湿地范围内，清代四塘镇出了一位一品大儒陈宏谋，之后其曾孙子陈继昌"三元及第"中状元，是广西两个"三元及第"的状元之一，也是中国1300年科举制度600位状元中最后一位"三元及第"的状元。

在一片群山环抱的柑橘林旁，我们和小徐的朋友道别，感谢他们一整天对我们的陪同和款待。

果农正在果林里收获柑橘，小徐的朋友还买了一些送给我们，尝上一口刚刚摘下的新鲜柑橘，一股清甜弥漫在嘴里，一股温暖涌动在心头。

寻访龙角天池记

　　2017年秋天，我终于有了一次到广西省崇左市天等县的机会。在我的印象中，这是一个贫困县，我只记得有一个名人其祖籍在天等县，那就是唱《我很丑，但是我很温柔》的台湾歌手赵传。我进入天等县城时，"天等不等天，苦干不苦憋"的公益宣传口号显赫地映入了我的眼帘。

　　天等县原来是南宁市的一个县，之后广西将与越南交界的边境五个县划分出来成立崇左市，天等县为崇左市区划。天等县古代叫向武州，但州治所不在现在这个地方，是在今县域区划西北的向都镇的东面。向武州始置于北宋，属邕州羁縻，辖境相当今天等县大部分地区，直隶广西承宣布政使司。

　　我所住酒店的前面是一条清澈的小河，流水潺潺，远看是丽川独秀峰高耸的古塔，酒店大堂挂着一张天等县旅游导览图。大家可能只知道天等县是一个贫困县，却不知道这里的旅游资源非常丰富，当年徐霞客在这里盘桓了一个多月。

飘岩山和百感岩是当年徐霞客最为称道的两个景点，徐霞客的粤西之行，在广西境内共逗留了七个多月，从全州湘江上岸到离开桂林共花了一个多月；从离开南宁到回到南宁，花了70多天时间，这70多天时间里有近一个月是在向武州，即现在的天等县。徐霞客对飘岩山和百感岩都做了详尽的描写和记录，徐霞客在游飘岩山时有记录："余西游所登岩，当以此岩冠。"徐霞客在游百感岩时也在感叹："余胜犹摄目不得合，西来第一，无以易之也。"

我站在酒店大堂天等县旅游导览图前做攻略，明天回程兼游览，只有一天时间，百感岩由于在向都镇，离得比较远，也就作罢了。飘岩山就在回南宁的路边上，可以顺路去看一看。另外还有一个地方叫龙角天池，当年徐霞客在粤西游记中也没有提到这个地方，而且离天等县城只有几千米，也在回南宁路上。经过一番取舍和攻略，决定先去寻访龙角天池，再顺路游一游飘岩山。

秋天的山城，天朗气清，惠风和畅，早晨的太阳像个未出嫁的大姑娘，不知什么时候已经在山坳间露出了通红通红的脸，温柔地俯视着这一山一水和一草一木，给山城带来了清新和朝气。吃过早餐我们就出发了，我们是通过汽车导航来寻路的，汽车刚驶出天等县城就往左拐，行驶了十多分钟，看到前面有一个龙角屯右拐的牌子，我们按照指示右拐，进入了一条弯弯曲曲的不大的水泥路，路两边是半金黄的稻田。我们在田间的水泥路行驶了约20分钟，就到龙角屯了。龙角屯村子不大，建在一座山脚下，非常安静，看不到人。我们把车停在了一个水泥平地上，旁边是一座挂着"天等县天等镇仕民村龙角公益事业协会"牌子的二层楼房，不用问人，前面的一座房子墙壁上显著地标注着龙角天池的路标。

我们按照箭头方向往村子的后山上爬，上下的台阶是新修好的，相对还是比较平整和宽阔。我们爬了大概300多米，到了一个山门，山门由不锈钢管和铁皮焊成，弧形的门头上，显著地写着"龙角天池"四个大字，门头上还插着几面彩旗，两边有一对联，上联是：青龙盘福地地利人和艳阳天，下联是：金角点甘泉泉清峰碧护瑶池。上联倒是和今天的天气非常应景，非常期待一会儿看到的天池也像下联写的一样美妙。

进入山门，走了不一会儿一座大石山就挡在我们面前，要尽量地仰起头才可看到山顶，石山"毛发稀松"，仿佛一个百岁老人。远处同样的石山群峰叠嶂，一条山路在山间穿行，弯弯曲曲，山路右方在峰峦下是一片金黄的水稻田，像一个聚宝盆。

沿着弯弯曲曲的山路走了约300米，一泓碧水展现在我们面前，像一块碧玉镶嵌在青黛色的群山中，这就是龙角天池。天池四周群山环绕，高低错落，石山静静地倒立在池水中，湛蓝的天空与碧绿的池水相映成趣，水天相连，看着这一方天池，朱熹"天光云影共徘徊"的诗句是此时此景最好的写照。

龙角天池四面石山环绕，只有一条山路沿着天池在山间穿行而过，伸向远方的群山中，其他三面是陡峭的石山，湖边的山脚下长满了郁郁葱葱的各种杂树，把池水点缀得更加翠绿。我们一边沿山间小路慢慢地走，一边静静地欣赏着这一片湖光山色。

在山路的这一面的池边，有一个小绿洲，上面长满了绿草，在绿洲上建有一个简易的小房子，池边有一些小游船。山路的那一头，有上下的台阶可以走到绿洲上去，我们沿着台阶走到绿洲上，绿洲上空无一人，连经营游船的老板也不知所踪。站在绿洲上，更近距离地看着群山倒立在静静的池水中，只有湛蓝的天空、碧绿的池水和水墨般的石山和石山倒影，恍惚中你不知道身置何处，恍如隔世。我甚至在想，我是否真的来到瑶池了，王母娘娘也许就在前方的不远处。

　　有几只色彩斑斓的游船静静地停靠在天池边，更增添了天池的宁静，白云在天池的上空飘过，倒映在碧绿的池水中，这是天池唯一的灵动。我们在天池的绿洲上流连忘返，贪婪地享受着这一片秀色和宁静，这是天、地和人完全的融合，山风徐徐地吹来，使人仿佛增添了几分道骨仙风，让你禁不住飘飘欲仙。我们时而在绿洲上沿着池边慢慢地走、慢慢地感受，时而走到游船上去坐坐，晒晒太阳，此时此刻我们完全地拥有着这一片山水世界。

　　我们从绿洲上沿着台阶回到山路上，刚好遇到一位老人家，挑着一担毛豆从山里走回来，我们热情地打招呼，老人家见到有客人来，也把担子放下来休息，和我们热烈地攀谈起来。

　　老人家告诉我们，龙角天池水面面积303亩，最深处有37米，平均水深约15米。老人家还骄傲地说，龙角天池有"三奇"：一奇是"石山悬水"，天等县属石灰岩地区，而天池在石灰岩地区是罕见的，龙角天池比龙角屯高出50多米，高高地"悬挂"在龙角屯的头上，在广西是独一无二的"天然湖泊"。二奇是"天上来水"，龙角天池四周环山，没有水源，也不像天山天池、长白山天池那样有积雪可化，然而，它却是久旱不涸，大雨不溢，水位上下浮动保持在1

米左右。湖水从哪里来，又到哪里去，至今仍是一个不解之谜。三奇是"纯净仙水"，这座天然湖泊，水质十分洁净，站在岸边一看，蓝湛湛，清悠悠。沿岸水浅处，清可见底，捧起来喝一口，清凉中带一丝甜味，沁人肺腑。纵有大雨、山洪暴发，湖水丝毫不浑，清澈如故。平时水面静如明镜，清风徐来，泛起丝丝涟漪，美丽而动人。

老人家还绘声绘色地给我们讲述了一个关于龙角天池的神话故事，说是古时候有一年天旱无雨，居住在山脚下面的赵、黄两姓人家，为了争夺后山唯一的一个小泉眼而大动干戈。正当他们争到最激烈的时候，突然天空中金光灿灿，一青衣仙女手执金簪飘然而至，口中念道："赵黄一家亲，应有兄弟情，若有相和，池水自清。"说完，仙女化为一条青龙飞走，金簪变成了一个龙角，只见龙角往泉眼一点儿，瞬间泉水冒涌奔腾，一下子漫过了半山腰。人们惊呆了，于是赵、黄百姓人家和好如初，为纪念仙女的恩德，大家一致同意把这个村取名为"龙角屯"，泉眼就变成了"龙角天池"。

哪里有美丽的风景，哪里就有动人的故事。实际上，龙角天池是什么时候形成，确实值得考证和研究。新疆的天山天池是古冰川运动创造的冰碛湖，年代非常久远，水源来自天山积雪的融化。吉林长白山天池是火山喷射后形成的火山湖，大约在明朝中期才形成今天的天池，长白山天池的年代就比较近了，水源也是来自长白山的雪水融化。龙角天池周边的地貌为喀斯特地貌，喀斯特地貌的形成是一个漫长的过程，大约在 10 000 多年前地球第四纪冰期时形成的，喀斯特形成后也没有大的地壳变动，所以龙角天池应该是随着喀斯特地貌的形成而存在了，年代也应当非常久远。

我们和热情的老人家告别，往山下的龙角屯走。当年徐霞客在向武州盘桓了一个月，龙角天池这美妙的湖光山色却无缘探访。徐霞客的粤西行，大多是根据《水经注》和《百粤风土记》来做旅行攻略的，他在龙英州游完了漂岩山之后，本打算前往归顺州（今百色靖西）的，但由于听到归顺州有交趾边民战乱，加上不久前有僧人传话静闻和尚于上月已经在南宁崇善寺圆寂，要回南宁处理静闻和尚的后事，才临时决定取道向武州返回南宁府的。龙角天池或者在《百粤风土记》中没有记载，或者是徐霞客急着赶回南宁府，总之徐霞客和龙角天池失去了机缘。

我一边往山下走，一边在想，如果当年徐霞客能够游览龙角天池，《徐霞客游记》中可能会多一段这样的描述：宛如碧玉，玲珑剔透，胜瑶池也。

我们在回南宁的路上，还把车停到了路边，游览了飘岩山。当年徐霞客在脚夫的带领下，还爬上了飘岩山的石洞中去探险。现在飘岩山的山脚下住着几户人家，我们找不到上山的路，只在山脚下转悠了一圈就回程了。

天等县龙角天池风光

游迪塘古村记

桂林人常说"先有寿崴村，后有桂林城"，本来这次桂林南越民俗民居文化研究院计划探访寿崴村的，但有朋友在微信圈上说，进村的道路正在维修，无法通行。张董说以前他去过迪塘村图画写生，那是一个古村，风景也很不错。于是我们临时决定去探访迪塘古村。

上午10点多，白塔道长、馒头他爹、张董和我一行四人，正式开启迪塘古村探访之旅，今天是馒头他爹开车，张董坐前排，我和白塔道长坐后排。尽管已是白露时节，南方的天气还是非常闷热。我们驶出市区，往尧山方向走，不到半小时就到了桂林电子科技大学新校区，继续往前走，过了一座小桥，是一个三岔路口，由于这次探访是临时决定，没有做好攻略，我们问了一下路人，路人告诉我们右边是西岸村，左边是东岸村，迪塘村为直走方向。

　　我们继续往前驶，路边是山间的稻田，尧山始终在我们视野范围之内，驶过一座桥，是一个丁字路口，我们不知道是往右拐还是往左拐，停下车来问路边一位老人家迪塘村怎么走，老人家说他们这里只有"叠塘村"，没有"迪塘村"哦。"难道是我们走错路了吗？"我们又去问路边的一个年轻人，年轻人说，左边拐往前走，看到一座古桥，过了古桥就到迪塘村了，不过我们这里都叫"叠塘村"。好吧，出来走动还得懂点方言呢。

　　车辆再直行十多分钟，一条清澈的小河横在我们的面前，周遭群山环绕，山下稻田葱茏，小河边水草茂盛，一群小鸭子在河边"操练"，跳到河里游泳后，又爬到岸边，排成一排又跳到河里。河面上有两条桥，一条是新桥，有车辆通行，一条是古桥，只能行人通过，这条古桥显然是保护起来了。

　　我们停下车来，走到河边，近距离地欣赏这座古桥。这是一座三孔的石拱桥，古朴的桥体倒映在清澈幽深的河面上，有一种岁月沧桑的感觉。从河边上来，我们碰到了一个路人，问这是什么桥，路人说他也不知道，反正是个很古老的桥了。我在网上查了一下，现存迪塘古村有六座古石桥，分别是大姑桥、象鼻桥、连宅桥、塞源桥、司马桥、搭板桥。这些桥原先都有勒石，可惜的是，这些石碑在20

世纪70年代被毁，导致现今的观桥者无法考证到建桥的准确年份，只知道这些桥都是建于明清时期。

我们过了桥继续往前驶，前面是一片群山环绕的开阔地，种着水稻和瓜果等农作物，不远处炊烟袅袅，车辆驶过这一片开阔地，就到达了一个村落，这就是迪塘古村。公路从村子的中央穿过，村子里有一部分房屋建在山坡上，有一部分房屋建在山脚下。由于刚才一路问路，到达迪塘村时，已经是中午12点半了，我们没有马上参观古村，而是先找吃中午饭的地方。我们驶过村子往前走，见前面有竹林美食城的指示牌，就把车停在路边的开阔地，按箭头方向往山上走，穿过一片竹林，终于找到了竹林美食城。饭店里空无一人，我们大声叫喊老板，老板不知从什么地方钻了出来，我们问有没有吃的，老板说只有桂林黄焖鸡，于是我们要了一锅桂林黄焖鸡。中午天空阴沉，非常闷热，即使在竹林里，也没有凉爽之感，有一种山雨欲来风满楼的氛围，等黄焖鸡做好端上来我们刚开始吃时，突然天空电闪雷鸣，大雨倾盆，老天爷安排的这一场雷雨，冥冥之中是否在告知着，今天我们要参观的这个迪塘古村，近400年前曾发生过的悲壮的故事。

我们吃完中午饭不久，天空开始放晴，我们从山坡上的竹林美食城走下来，开车回到迪塘古村。迪塘村不大，

140多户、600多人，均为李姓，山坡上的房子多为明代建造的房子，山脚下的房子多为清代建造的房子，我们决定先参观山坡上的村子。

山坡上的房子建有一个村门，也是迪塘村的老村门，村门为青砖拱形门，上有"毓水培风"四个鎏金大字，门前立有简要记载门楼历史的石碑。门楼用青砖修筑，墙头上雕刻有龙、凤、龟及花草，上层正面有四个并列的拱形木窗，右面墙上也有两个类似的窗户。门楼上层可住人，想必为当年值守人的"值班室"。门楼上层还可用于观景，立于门楼窗前，大半个迪塘村尽收眼底，远可看逶迤起伏的叠翠群山，近可看鳞次栉比的迪塘村景。原村门楼于1994年失火，大半被烧毁，后经村民和本村在外工作的李氏子孙捐资献工，于2004年参照原样，精心修复，基本保持了原来风貌。

我们拾级而上，穿过村门一路往上走，经历几百年历史沧桑的青石板显得光亮而有灵性，马头墙早已斑驳陆离，有植物生长在墙壁上。村子里的人很少，有公鸡和母鸡在墙根里觅食，是一种寂静和清冷的景致。我们沿着弯曲不平的石板路往上走，回头看时，远处群山环绕，山脚下的古村落尽收眼底，后山村尾有两棵古老的板栗树，从后山转回来，我们找到了一座老房子，房子门口前有"落马石"，是供骑马上下的石头，这就是所谓的五叠堂，明代兵部侍郎李膺品的老宅子，目前五叠堂已经分给好几户人家分开居住了，但保存基本完好。据说目前正房还挂着"皇恩旌表"的牌匾，但由于现在的主人不在家，我们没有能够进去参观。

据记载，明清两朝迪塘村中计有子弟仕宦（做官）24人，进士1人，举人5人，邑庠生、贡生39人，武庠生8人，吏员19人，其中最为乡民称道的是明代崇祯十六年（1643年）进士、官至兵部左侍郎兼左都御使的李膺品，为正三品，相当于现在国防部第一副部长兼监察部第一副部长。可惜李膺品生不逢时，作为一名"辛苦遭逢起一经"的耕读弟子，出生在明末清初的时代，注定是一生的艰辛和悲壮。

李膺品在明朝天启三年（1623年）考中举人，崇祯十六年（1643年）考中进士。明代一般是皇榜公布以后，第二年由吏部进行掣签，是留在翰林院或者分配到各地做官。李膺品考中进士以后，吏部还没有来得及掣签任职，明崇祯十七年（1644年）三月，李自成就攻破了北京紫禁城，崇祯皇帝在煤山上吊自杀。之后，李自成只在紫禁城做了41天的皇帝，山海关守将吴三桂冲冠一怒为红颜，放多尔衮的清兵入关，明朝灭亡。

1644年五月，朱由崧在南京被拥立为皇帝，建立南明第一个政权弘光王朝，1645年五月，多铎率领的清军血洗扬州，占领南京，弘光皇帝逃往芜湖被俘，之后被押至北京砍头，南明第一朝灭亡。

1645年六月，唐王朱聿键在郑成功的父亲海盗郑芝龙的辅佐下，在福建登帝位，建元隆武，建立南明第二朝。于是赋闲在家乡广西灵川县灵田乡迪塘村的李膺品到福州向唐王陈述兵要，并把家财和历年的薪俸全充军需，朝野震动，唐王立封他为监军御使。他立即赶到长沙与何腾蛟策划收复江浙，后计划失败，福州失守，唐王朱聿键被杀，南明第二朝灭亡。

1646年十月，两广总督丁魁楚联合广西巡抚瞿式耜议立桂王朱由榔，十一月，朱由榔在肇庆称帝，建元永历，颁诏何腾蛟为武英殿大学士，李膺品为兵部左侍郎、左金都御使。两天后清军来攻，丁魁楚护卫朱由榔跑到广西梧州。1647年正月，李膺品奉命勤王，保护桂王由梧州、平乐并辗转到全州、武岗、柳州，再回到桂林。

崇祯十七年（1644年）这一年，有两个陕西汉子几乎都摸到了天。一个是李自成，攻占了北京紫禁城，在北京做了41天的皇帝。一个是张献忠，在成都建立了大西国。清兵入关后豪格部一路追赶张献忠，并在战场上把他杀掉，之后大西国的军务由四位将军代理，这四位将军分别是孙可望、李定国、刘文秀和艾能奇，孙可望居首位。一路颠沛流离的永历帝，开始与大西军暗送秋波，若即若离。永历帝和大西军的合作，尽管取得了短暂的胜利，特别是李定国在领兵驻守桂林灵川的李膺品的报信和配合下，统兵奇袭广西，使镇守广西的清定南王孔有德猝不及防，在桂林战役中自杀，广西全境恢复。但由于明朝党争这个"毒瘤"在南明政权中不断地发作，加上大西军孙可望和李定国将永历帝当作一面旗子抢来抢去，李定国最后还是没能保护住永历帝，永历帝最后被吴三桂用弓弦勒死。

由于党争和抗清军队的内部倾轧，李膺品提出辞官，瞿式耜和总督兵部侍郎张同敞亲自去说服他，希望他以国事为重。于是李膺品再次和灵川阳旭头村的兵部职方主事陈经猷联合灵田、三街一带乡民，设立牛岭、薄岭、乌岭三隘，均田立约，习武修备，与桂林瞿式耜、全州张同敞组成掎角。清将军钱国安、巡抚陈维新深为惶恐："李膺品、陈经猷雄居省东一隅，实为肘腋之患。"1652年11月，遂派重兵围剿，清兵分三路进攻乌岭、桥亭、涧上，层层包围，李膺品、陈经猷和当地民众奋力抵抗，终因寡不敌众而败，李膺品退至五指山自刎身亡，陈经猷也全家殉难。

清朝一统天下后，特别是到了康雍乾盛世，为了进一步笼络人心，朝廷采取了怀柔政策，清朝皇帝给一些明末的抗清名将写牌匾以表彰忠烈，五叠堂那块"皇恩旌表"

的牌匾应该是清朝皇帝恩赐的。

我站在五叠堂门口的落马石前，思绪像脱缰的野马穿越300多年的时空，在这个幽深的古村落里回荡。家国情仇，一个人永远走不出你所处的那个时代，看着宁静的群山、葱茏的田野和生活在宁静的古村里的人们，我对今天我们所处的这个伟大的时代只有更多的感动和感恩。

从"毓水培风"村门出来，我们继续到山脚下的老房子去参观，山脚下的房子多为清代建造，保存得更加完好一些。一条清澈的小河来自山的那一头，弯弯曲曲地从村子中穿行而过，小河上建有几座古石桥，供村民穿行。河里有成群结队游玩的鸭子，村头屋尾是翠绿的瓜棚，果实累累。有老人家坐在家门口，正聚精会神地做着针线活，见我们走过来，抬起头露出了慈祥的微笑。我们参观了几座有规模的老房子，保存得比较好，还基本住着人。可惜的是，古村中的古桥不知道是什么名称，老房子也不知道是谁家的，出过什么样的人物。

我们参观了山脚下的村子，坐在一座古石桥上休息。天还是那样蓝，水还是那样清，古村依旧静悄悄，看着青黛色的远山，你仿佛置身在一个失落的古村中，岁月被尘封了，时光被锁住了，只有乡愁在清风中阵阵袭来，无声无息。

登莲花山

《西洲曲》中有句子："采莲南塘秋，莲花过人头，低头弄莲子，莲子清如水。"朱自清先生的《荷塘月色》中也有引用。这里没有清华园静夜的小资，也没有如水般的荷塘月色。我们要攀登的是桂北石头山——莲花山，要用我们的脚步去丈量我们的虔诚，要用我们的心去体会石山人民的本色。莲花山位于河池市大化县都阳镇双福村，属喀斯特地貌，因周围有四座山峰好像四瓣莲花，故名莲花山。莲花山前还有两座山，左边山像一条青龙，右边山像一只白虎，又称"左青龙右白虎"在守望山门。青龙山前还有一块酷似青蛙的大石山，大石山后面是村庄，一条乡道从村前经过，蜿蜒曲折地在群山中盘旋。

2006年11月11日"光棍节"这天，我和阿辉、阿伟、五仁等11人，乘着暖暖的秋日去登莲花山，随行的还有两位小姑娘小何和小覃。上午10时45分，我们一行11人从青龙山脚开始登山。我们才爬了不足500级，队伍就一分为三了，几个年轻的小伙子窜到了前面，我、阿辉、小何和小覃在中间，五仁和阿伟拖在了后面。山路前部分的台阶笔直，但比较陡峭，坡度约在75度以上，开始我们有说有笑地往上爬，但一会儿我就感到汗流浃背了，我们爬爬停停，回头欣赏山下的风光。只见村子里炊烟缭绕，村子周围是层层的小梯田，尽管稻田已收割完，但从堆放在田间的禾秆，依稀可以看到淡淡的层层金色，那是石山农民祖祖辈辈希望的田野啊！小覃和阿辉已往小伙子队伍赶，只留下我和小何，小何是个刚进公司不久的文静小姑娘，此时脸也变得红扑扑了。本来我也算是经常登山的，但爬这样坡度的石山，也是气喘吁吁。别看小何文文静静，看样子不是常运动，但对爬山却很内行，她一步一步地、不紧不慢地往上爬，放松脚步，均匀呼吸，很少停下来休息。她告诉我这样就不容易累，我按照她的做法，爬了一段，明显感觉脚步变轻松了。经过约1个小时，我们终于登上了山腰的一个凉亭，与先头的队伍在此会合，一边休息，一边等五仁和阿伟，我们可不能让任何一个人掉队啊！看着胖圆圆的五仁一步一步地往上爬，全身都已湿透了，突然有一种成功者居高临下的感觉。一个人成功与否，可能不仅仅取决于他聪明与否，学识多高，有时候只是他先走了一步。突然想起读过的一句话：人生就好像乘坐公共汽车，有些人一上车就得到了位置，但有些人可能直到终点都没有位置，但不管怎样，我们都要到达终点。就好像我们登山，走得快也好慢也好，我们最终都可以登上峰顶，并且只要你能留心，依然可以欣赏到山下美丽的风光。从凉亭极目远眺，只见群山起伏，绵延不断，蔚为壮观，好像一幅幅石山人民的雕塑展现在我的眼前。突然间，我对那些祖祖辈辈与大自然顽强斗争的石山人民肃然起敬。队伍会合稍事休息后，我们继续前行。前面的路更加崎岖，只见绝壁中一条羊肠小道弯弯曲曲往山顶延伸，路边长着各种各样不知名的野花，在石缝中顽强地生长着。想到来的路上，见到一所由香港青年联合会捐建的希望小学，一座两层的楼房，上下共四间教室，教室里只有木板搭起的桌椅。尽管十分简陋，但终于可以让这些未来的小花朵有了避风所。看着长在羊肠小道旁的小花，我心中有了一丝丝的欣慰。再经过1个小时的努力，我们终于登上了山顶。全身都已湿透了，徐徐山风扑面而来，一种征服大自然的喜悦在心头涌动。更换衣服后，数了数上来时记下的石阶数，共2 860级。

从青龙山顶往前看去，一个莲花座呈现在我们眼前。四个山峰位于东南、西南、西北、东北四个方位，就像四瓣莲花，每瓣莲花之间建有一个凉亭，莲花座中间还有一个大凉亭，是莲花山的一个穴位，东南和西北方向各有一口泉眼。在西南方的山峰上，有建成的庙宇，在东南方的山峰上有正在建的庙宇。我们先到庙宇里上了香，管理庙宇的是一位年近七旬的老人，他说住持刚好外出化缘了，老人每天的工作是给庙宇搞清洁，一般每天从早上8点做到中午1点才能完成，每天如此，周而复始。他说他已经好几年没有下过山了，一般每天吃两餐饭，全为素食。但看起来他却是黑发银须，脸色红润。看来人还是要尽量过简单的生活，正所谓："腹中食少，自然病少，心中欲少，自然忧少。"中午，老人安排我们吃斋饭。午饭只有芥蓝、白菜和萝卜粉丝三个素菜，有米饭和粥。尽管只有素食，我们却吃得很香，小何姑娘要我吃三片辣椒，说不吃辣椒不是河池人，我算河池人吗？只好入乡随俗吧！闲谈中我们了解到，目前莲花山上共有六七十人，均为周边村民或慕名而来的信男善女，他们承担这里的基本建设。庙宇属河池市佛教协会，正常运转由住持化缘和捐助而来，由于此处风顺水灵，河池本地名贾偶有捐赠，据说几年前河池某一著名的矿老板曾捐助了400多万元。餐中见一妇女背一小孩，我正诧异之时，妇女说这个女孩，是一年前有人丢在亭子里的，于是他们把她养了起来。女孩见到我们围着她看，露出了害羞和略带惊恐的神色。小何和小覃看到小孩，围着小孩转，饭也不吃了。小孩看到两个漂亮的大姐姐围着她逗，脸上露出了笑容。午饭后，我们到莲花心亭去上香和放鞭炮，凉亭里有一口洪钟，称为"荡魔钟"，相传古时莲花山恶魔猖獗，有一圆通大师率十八弟子驱魔，建有荡魔钟，钟响魔遁。后人重修莲花山庙宇时，重建此钟，造福周围山民。站在亭中小憩，山风从莲花瓣间徐徐吹来，乘着午饭后的满足，感到十分宁静和安详。我们向老人和妇女告别准备下山，老人依依不舍，特意还从供奉的果品中挑了上好的苹果，送我们每人一个，祝我们顺顺利利、平平安安。接过老人送来的苹果，我再次被山中老人的朴实所感动。

下午3点多，我们开始从白虎山下山，从这里下山稍近，但山路更加陡峭。刚开始大家都觉得下山比上山容易，但走了一段，开始感觉两腿不断地发颤，特别停下来休息的时候，腿颤得更加厉害。下到白虎山山腰，有一个小亭子，我们休息片刻后，继续下山。走过了一片玉米地，我们终于回到了起点，一看时间，已是下午4点半了。

韩经理没上山，说是给看车。他在这里等了6个多小时，中午饭也没有吃，看着他，还可以依稀感觉到他向山上张望的期盼目光。等待不知道是痛苦还是幸福，可能要看每个人的心境。

二游都峤山

都峤山总面积约38平方千米，它的奇特之处，首先在于它是罕见的丹霞地貌，其众多孤立的山峰和陡峭的奇岩怪石是6500万年以前，由紫红色砂岩、砾岩、泥质粉砂岩经过长期风化剥离和流水侵蚀而形成的。因其在容县县城的南面，所以又称之为南山，是全国道家所称三十六洞天的第二十洞天。山中有胜景"二洞、八峰、二十岩"。历代以寺观众多，风光绮丽而闻名于世。古时山上有九寺十三观，有著名的讲学所太极岩等，宋代著名诗人苏东坡、名相李纲、明朝旅行家徐霞客等名人曾慕名游览题咏，是集宗教、文化、风光于一体的名山。

容县可谓我的第一故乡，父亲从20世纪50年代到70年代，曾在此教书，我20世纪60年代年出生在这里。尽管近年很少来，但对此有着浓厚的故土乡情。2005年12月31日，经过在玉林20天的业务工作后，终于和同事们共同努力，完成了一项艰巨而重要的业务工作。但长时间的工作和等待，身心疲惫，抽空游览了向往已久的容县都峤山。去年10月中旬，从梧州公干回来途经都峤山，曾有过一次游览。上次游览的是都峤山庆寿岩景区，主要有据说是供当年佛、道、儒三家弟子们修行的"七十二房井"、莲花岩长寿的尼姑和赵朴初先生书写的高达108米的"佛"字。这次游览另一面，是都峤山森林公园。

　　都峤山森林公园可谓是一个原生态的森林公园，下午3点，我和东哥、怀哥和炳哥，还有李先生从公园门口拾级而上。只见曲折通幽的石板小路盘山绕行，紫红色奇异的丹霞地貌林立左右，树木茂盛，藤草繁杂，有小溪从山顶流下的痕迹，只可惜时已秋天，水已枯竭，听不到那潺潺水声，但依然可以感觉到山色空灵，鸟飞草香。行得约20分钟，来到一山涧平地，有些简易排档，供游人休息、饮食。我们稍事小憩，饮用山上种植的鸡骨草（中药名）煮成的茶，据说此茶有清凉解毒、清肝明目之功。小憩约10分钟后，我们继续往上爬，石板路突然变陡，年久的枯树无所顾忌地倒在路旁，丹霞地形愈加明显，由于路峻山险，路边用绳子作护栏。山路被名曰好汉路、将军道和通天梯，特别是通天梯，坡度大概达到75度以上，几乎是攀爬而上。此梯用简易的水泥铺设而成，级数不多，但十分险要，可谓是"一夫当关，万夫莫开"的险要之地。我、荣哥和怀哥已爬到梯顶，炳哥的声音还在梯底。我们在梯顶旁的草亭中一边休息，一边等炳哥。从草亭极目远眺，只见容溪一级公路如同一条白龙在崇山峻岭中奔腾，山底下有一小片农田，由于已是秋收时节，给葱茏的山野涂上片片金色，起到了画龙点睛的作用。草亭的旁边是一座尖尖的巨峰，山峰全身光秃，只有峰顶长着些杂树，仿佛一艘待发的宇宙飞船。从草亭继续上行，经过十几分钟土路，终于登上了都峤山顶峰。

　　山风徐徐吹拂，丹霞地貌尽收眼底。但我全身都已湿透，好在细心的荣哥为我准备了一条毛巾，赶快拭干汗水，整理衣装。向右望去，前面的山峰就是都峤山精华——贵妃峰。只见有一山峰酷似女人的乳房，加上相传杨贵妃是容州府人氏，故名曰贵妃峰。峰旁还有一山峰酷似嗷嗷待哺的小骆驼，又名骆驼吃奶。据说新近都峤山森林公园已承包给广东商人，承包方正准备加大投入，将景区开辟到贵妃峰，相信不久的将来游人可以更近距离地欣赏贵妃峰和骆驼吃奶，可能还会开发出更加迷人的景点。在顶峰逗留了约半小时，我们开始下山，由于山路陡峭，终于体会到了上山时荣哥说的一名玉林话——"上时膝盖难，落时膝盖颤"（用玉林话读）的真意。其实人生就好像爬山，当我们全力以赴向着山顶这个目标冲刺的时候，不要错过周围美丽的风光。

接近山脚处有一条幽静的小道，名为情人道，道旁古树参天，鸟语花香，几个凉亭子掩映在苍老的碧绿丛中，凹凸不平的石板路和光滑的石凳、石台在印证着古老和现代的爱情故事。刚在凉亭里休息片刻，忽接公司领导电话，告知公司某部门总经理已辞职去了其他公司，要从本部门抽调人员接替工作，一种惆怅油然而生。事业也好，爱情也好，就好像这条情人道，将永远重复憧憬和希望。忽然又想起了钱钟书先生的小说《围城》，生活不可能十全十美，关键是你要选择什么。

下得山来，已接近黄昏，与容县的怀哥、李先生告别后，直接驱车回了玉林。有人说，游都峤山，可能寻到长真境？回想刚才两个小时的松弛和空灵。想起了宋开宝七年（974年）容县知州张白写的两句诗："可能寻到长真境？不向人间老风华。"

西行记之一
夜宿兰州

　　黄昏时分，飞机徐徐地下降在兰州机场。南宁和兰州15度以上的温差，还是让人有些萧瑟的感觉。不过这次西行的神秘之旅还是让人暗暗激动。

　　尽管我也算走南闯北，但是来兰州是第一次，之前只知道丝绸之路的重要路段经过甘肃，对兰州、甘肃了解的还是比较少。兰州是黄河穿城而过的唯一省会城市，也叫金城，据说建城的时候，有挖出金子的记载。

　　甘肃是我国最重要的历史文化省份，相传黄帝和炎帝的老家都在甘肃，大禹设九州时，现在的甘肃大部分属于雍州。打开中国地图，甘肃就像一只壁虎，斜爬在中国的版图上，祁连山就是这只壁虎的脊椎，河西走廊就是这只壁虎的食道。祁连山的雪水养育着河西走廊，河西走廊也让中华民族生生不息。

我国的很多省份一般都显示地理位置，如黄河以北叫河北，黄河以南叫河南。太行山以东叫山东，太行山以西叫山西。有两个省比较特殊。一个是甘肃，一个是安徽。甘肃是甘州（张掖）的甘和肃州的肃（酒泉）而得名的。安徽是以安庆的安，和徽州的徽而得名，从名字就可以知道甘肃历史文化的厚重。

甘肃还有一个非常重要的地方，叫天水。据说是秦人的老家，后来秦人的后代秦始皇统一了中国；三国时姜维的老家也是天水。现在甘肃宁县的西北部古代有一个羌人统治的小国叫义渠国，《芈月传》中的宣太后的情人就是义渠国的国王。有历史学家认为，整个中华民族的祖先，都是来自游牧民族，而且说是羌族。天水还有一个麦积山石窟，和龙门石窟、云冈石窟齐名，留下了佛教东传的历史足迹和经典故事。

有学者说，20世纪中国考古有四大发现，分别是殷墟、甲骨文、居延汉简和敦煌经书。其中居延汉简和敦煌经书两大发现就出自甘肃。直到现在，兰州还是重要的交通枢纽和战略重镇，大家可能都听说过兰州铁路局和兰州军区吧。

由于是跟团，飞机餐就是晚餐了。下飞机后我肚子有点饿了，突然想起兰州有一种美食叫兰州拉面。看来在来兰州之前，对甘肃、对兰州最熟悉的就是兰州拉面了。

　　入夜，秋天的兰州城清凉而神秘，仿佛兰州拉面的香气正在徐徐地飘来。

西行记之二
河西走廊

导游叫巴特，蒙古族，从额济纳旗过来接的团。昨天在机场接团时，给我们的团员每人送上了一条哈达。他说明天早上要6点钟出发，中途要参观雷台汉墓，争取傍晚赶到张掖市，让大家感受河西走廊重镇张掖的文化和美食。

早上6点多从兰州出发。窗外是裸露的黄土高坡。

巴特介绍说他是土尔扈特蒙古族，他说土尔扈特东归后分成两部分，一部分贵族住在现在的额济纳旗，一部分下人和奴仆住在新疆。想起昨天晚上下飞机的时候，我夫人和我说，这个导游好像不太像平常见到的蒙古族，当时我就想他是不是土尔扈特人，只是没说。

东归英雄渥巴锡带领的土尔扈特族回归是在乾隆二十五年（1760年），早在康熙三十七年（1698年）土尔扈特第四代汗王阿育奇令其侄儿率随从500人回到西藏觐佛进香并试探清朝对土尔扈特东归的态度，五年后返程途中被准噶尔部阻断，随后向康熙帝请求准许居住在嘉峪关与敦煌之间，嘉庆时搬到居延和额济纳旗。他说他是皇族的后代也基本对，毕竟还是侄儿的后代，但不能说随后东归的就不是皇族了。

河西走廊，东起乌鞘岭，西至古玉门关，南北介于南山（祁连山和阿尔金山）和北山（马鬃山、合黎山和龙首山）间，长约900千米，宽数千米至近百千米，为西北—东南走向的狭长平地，形如走廊，称甘肃走廊。因位于黄河以西，又称河西走廊。在汉武帝之前，河西走廊先是被乌孙占领，之后月氏打败乌孙，再之后匈奴打败了月氏，占领河西走廊，并不断地骚扰大汉朝，汉武帝派大将军霍去病赶走了匈奴，设武威、张掖、酒泉和敦煌四郡。现在的河西走廊地域上包括甘肃省的河西五市：武威（古称凉州）、张掖（甘州）、金昌、酒泉（肃州）以及嘉峪关。

车行约2小时，我们正准备越过乌鞘岭进入河西走廊时，巍巍的祁连山和神秘的河西走廊给我们送了一份意外的惊喜，并给我们一个下马威。

车辆刚刚进入天祝藏族自治县，还没有驶过乌鞘岭，突然下起了雨夹雪，群山被皑皑白雪覆盖，在这个季节下雨夹雪是少有的壮观和震撼。但由于下雪，我们的车也被堵在乌鞘岭山脚，堵了足足两个小时。等交警疏通以后，我们的车飞快地穿越40多千米的乌鞘岭隧道群，每个隧道长度都在六七千米左右，当我们最后穿越古浪隧道后，一片塞上绿洲展现在我们的面前，我们正式驶入河西走廊。

除了远山还有一点儿雪的痕迹外，高速公路两旁的山地开始郁郁葱葱，山脚下的村落还升起了袅袅的炊烟。从古浪到武威不远，当渐渐接近武威的时候，群山已经消隐了，高速公路两旁是平坦的满绿的山地，完全是一派塞上江南的风景。

由于堵车，耽误了两个小时，中午团员只吃了一碗兰州拉面，就走马观花地参观了雷台古墓，雷台古墓是一名姓张的张掖郡的郡主的墓，有名的是出土了铜奔马，即马踏飞燕，还成为中国旅游的标志。但铜奔马和其他出土的文物大都送到北京的首都博物馆了，这里只是有个故事而已。其实唐代后武威又叫凉州，除了王之涣那首著名的《凉州行》外，就是蒙古王子阔端和西藏萨迦派首领的凉州会盟了，忽必烈建立元朝，任命八思巴为国师，凉州会盟实现了蒙古族和西藏萨迦派的政教合一，为中央政府对西藏的统治打下了坚实的政治基础。

从武威市再经金昌市，驶往张掖市，张掖是甘肃的重镇，有"金张掖"之称。古代张掖的意思是"断匈奴之臂。

张大汉之掖（腋）"。

我们夜宿张掖，明天将进入巴丹吉林沙漠，前往额济纳旗。

西行记之三
西夏遗址黑水城

早晨5:30，从张掖市出发，继续沿河西走廊西行。

天亮时，我们已接近了酒泉市，左前方的祁连山雪峰在晨光中熠熠发光。但山顶上积雪不多，这些年来，随着生态被破坏，祁连山的雪线越来越高，生态的保护任重而道远。

我们在酒泉市稍作休息，从酒泉市的金塔县方向继续往额济纳旗行驶，约上午10点半，我们到达了金塔县和阿拉善盟交界的东风航天城（酒泉卫星发射中心）。

酒泉卫星发射中心方圆200多千米，是国内唯一的载人航天的发射场和落地场，前往额济纳旗的柏油路横穿航天城的腹地伸向大漠深处，路上有27千米的军事管理区，我们只能在车上远距离地观看东风航天城了。

过了军事管理区，我们在戈壁滩上的服务站稍作休息，吃点东西，继续赶往额济纳旗。约下午3点钟，我们在离额济纳旗20多千米处，参观西夏黑水城遗址。

黑水城是西夏西部地区重要的农牧业基地和边防要塞，是西夏十二监军司之一黑山威福司治所。黑水城之所以称为"黑水"，是因为在元朝之前有黑水河流到这里，形成内陆湖居延海。导游告诉我们一个凄美的故事，说黑水城的守将黑将军战败后，将妻儿杀死和宝藏一起埋在城门白塔下，然后带兵破城而出，在现在怪树林那里全部战死，现在怪树林就是当时战场的遗迹。

故事是很凄美，但实际上黑水河的水源来自祁连山脉，或许由于地壳的运动和流量的减少，黑水河断流了。怪树林是断流后胡杨林枯死的结果，黑水城也是由于黑水河断流以后荒废的城池，之后年复一年，被巴丹吉林沙漠的黄沙所掩埋。

古时候，酒泉的金塔县到额济纳旗这一带称居延国。19世纪末，在这里发现了大量的居延汉简，黑水城也发现了不少，但大部分被俄罗斯人盗走。

"生而不死一千年，死而不倒一千年，倒而不朽一千年"，这就是胡杨林的一生写照，尽管黑水河已经干枯，但还有一些胡杨林，在顽强地生长着，有些即使干枯了，还是顽强地挺立不倒。

夕阳下的怪树林，立在巴丹吉林沙漠的黄沙中，娇艳而挺拔。

西行记之四
三千年的守望只为等待你的到来

由于前两天的旅程安排得很紧，导游巴特今天上午特意安排8点半出发，景区的人很多，我们买到票进入景区时已经是上午10点多钟了。

今天上午天朗气清，秋风送爽。金黄色的胡杨林笼罩在湛蓝湛蓝的天空下，秋风吹动胡杨林的叶子，像美丽的土尔扈特蒙古族少女，轻轻地招着手，欢迎远方客人的到来。

今天我们参观胡杨林的地方叫内蒙古自治区阿拉善盟国家地质公园，分为八个景区，称为一道桥到八道桥，一道桥到三道桥连在一块，距离比较近。四道桥、七道桥和八道桥相距都比较远，有十几到二十几千米远，要摆渡车才能前往。五道桥和六道桥胡杨树不多，基本没有游客去参观。

胡杨是中亚地区唯一适合生长的乔木，它是大自然漫长进化过程中幸存下来的宝贵物种。一棵胡杨的叶子会有几种形状，它非常耐旱，长大以后树干一般变为空心，利于最大限度地减少水分的消耗。每年9月底到10月中旬，约20多天的时间里，胡杨树的叶子会变黄，当冷空气到来的时候，叶子会迅速地凋零，所以每年观赏胡杨林的时间都很短。

胡杨林有妩媚的风姿和倔强的性格，这种娇美和坚毅激发着人类太多的诗情与遐想。

八道桥没有胡杨树，是巴丹吉林沙漠，主要有骑骆驼和在沙漠上开车狂奔两项活动。我第一次坐骆驼在沙漠上走，仿佛穿越回到一千多年前，在古丝绸之路的沙漠上，伴着声声的驼铃，缓缓前行。

从胡杨林八道桥出来，已是晚上7点半。中秋的圆月，不知什么时候，已经悄悄地爬上了巴丹吉林沙漠的山顶，我突然想起一句话：三千年的守望，只为等待你的到来。

在额济纳胡杨林中守望

西行记之五
居延海观日出

我们继续开启早起模式，早晨5点起床，5点半准时从额济纳旗所在地达镇出发，赶在太阳升起的时候到居延海观日出。

尽管天还没有亮，路上的旅游大巴和私家车却在一路狂奔。圆圆的中秋明月还挂在西边，静静地俯视着这一片大漠戈壁。

我想起了唐代军旅诗人王昌龄的那首诗《出塞》"秦时明月汉时关，万里长征人未还。但使龙城飞将在，不教胡马度阴山"，江南的明月总是相伴着小家碧玉，而塞上的明月总是与军旅戎装为伍。

从达镇到居延海约70千米，我们赶到时天空已泛起了鱼肚白，景区门口"居延海"三个字，在紫气般的晨光中闪烁着神秘。我们赶到观景台不久，太阳就从海平面升了起来，今天天空有点云，太阳看起来不是特别圆。日出刚开始像一个蒙古包，然后又像一个蘑菇云，就几分钟的时间，太阳就完全露出了海平面。看完了日出，我们又去看海边的芦苇荡和海鸥飞翔。

居延海是我国第二大内陆河黑河的尾闾湖，发源于祁连山深处的黑河，流经青海、甘肃、内蒙古三省区800余千米后，汇入巴丹吉林沙漠西北缘的两片戈壁洼地，形成东、西两大湖泊，总称居延海。居延海是一个奇特的游移湖，由于地壳的运动造成了沙漠上河流的改道，居延海的位置也忽东忽西，忽南忽北，湖面时大时小，时时变化着。古时候居延海就是一个海，最大时面积达到3000平方千米，后来居延海分为东居延海和西居延海，现在的东、西居延海相距35千米。东居延海面积为41平方千米，西居延海面积为262平方千米。居延海历史上曾经发生过六次干涸，最近的一次为1992年，经中央政府拨出专款，加强对祁连山脉及沿河流域的生态保护和恢复，至2002年东、西居延海才重新恢复现在的水面面积。

相传居延海还是老子得道升天的地方，老子从周朝辞官后决定西游，他骑着毛驴靠近函谷关时，函谷关关令、甘肃天水人尹喜看到一股紫气从东而来，他知道老子要到了。他把老子留在函谷关里，好吃好喝让他住上三个月，最后让老子写点东西才让他走。最后老子迫于无奈写了一篇文章交差，这就是仅有五千字的《道德经》。老子出函谷关后继续西行，来到了居延海，并在此修炼后得道成仙。

传说始终还是传说，现实的是，由于居延海的水源来自祁连山脉，祁连山生态系统保护得如何，直接决定着居延海的命运，也决定着整个河西走廊的命运。想起那天在旅游车的车身上看到的一句话：小小居延海，连着中南海。这才是我们的责任所在啊。

我们晚上8点半才赶到张掖，今晚继续宿张掖，西部旅游就是这样，要花2/3的时间在路上坐车，享受美好的景色是需要付出的。

西行记之六
张掖丹霞

俗话说"金张掖，银武威"，是对张掖的一种美誉。汉代大将军霍去病将匈奴赶出河西走廊之后，汉武帝在河西设立河西四郡，张掖为最重要的一郡。

张掖古称甘州，有"张国臂掖，以通西域"之意，是古丝绸之路上进入河西走廊的重要驿镇。古有"不望祁连山上雪，错将甘州当江南"的塞上江南的美誉。祁连山的雪水形成的黑河第一个流入的城市就是张掖，祁连山形成的独特的自然环境，使张掖也是西北唯一能种出水稻的地方，张掖种植的红枣、黑枸杞等特产都很有名。

2002年4月，当地有一个叫雷兴义的牧羊人，偶遇一个来采风的外省人时，多说了一句，到山里看看彩山，这一看引发了"多米诺骨牌效应"，通过过往游客和一些摄影家的介绍，张掖丹霞地貌一举成名。2005年12月，张掖丹霞地貌以鬼斧神工的独特神韵排名中国最美七大丹霞地貌之一。张掖丹霞的发现，为张掖增添了金色的光彩，成为名副其实的"金张掖"了。

张掖丹霞地貌景观区主要包括冰沟丹霞风景区和七彩丹霞风景区两大景观区，两大景区间隔约12千米。上午9点半，我们到达景区的北门，由于景区分为东、南、西、北四个门，尽管是国庆黄金周，游客也显得不算多，景区也管理得井井有条，景区内的旅游摆渡车也安排得很紧凑。由于我们只有两个多小时的参观时间，我们重点选择了七彩云海台、七彩仙缘台、大扇贝、七彩屏、七彩飞霞、夕晖归帆和灵猴观海等集中的景点来参观和拍照。

今天的天空不够蓝，又不是雨后，而且是上午参观，尽管远观也蔚为壮观，但与想象的还是有一定的差距，张掖丹霞最好的观景时间，是在雨后夕阳时分，但很多美好的东西是我们无法选择的。

突然想起一句话：只要心中有七彩，人间处处是美景。

西行记之七
兰州美食文化自助游

　　我们昨晚坐嘉峪关到兰州西的动车，从张掖经西宁回兰州，到酒店时已是晚上10点半了，按行程明天是兰州一日游，参观黄河母亲塑像、水车园和中山铁桥三个景点。我想着这几天太劳累了，明天想睡个懒觉，向导游巴特申请退团。

　　今天早上睡了个懒觉，上午11点半请了神州专车，把我们送到中山路的一个7天假日酒店，开了一间半日房，把行李放在房间里。我们从酒店出来沿中山铁桥方向走，想找一家正宗的兰州拉面馆，发现了一家叫谢赫经典牛肉面馆人来人往的，看样子不错，我们决定在这里尝一下兰州拉面。

　　我们要了两碗兰州拉面，还要了灰豆子、甜醅子、酿皮子、醪糟子各一份，还有两份凉菜，外加两份牛腱子肉，总共58元，实在是物美价廉。我之前没有来过兰州，在很多其他地方也吃过兰州拉面，但今天吃的这碗兰州拉面，改变了我对兰州拉面不怎么样的感觉。这里的兰州拉面的特点是"一清二白，三红四绿"，即汤要清，面要白，胡萝卜要红，葱花香菜要绿。其实兰州拉面是很讲究的，单是面的形状和大小就很多种，如毛细面、细面、二细面、三细面、韭叶、二柱子等。这家的面汤是少有的鲜，面是少有的筋道，灰豆子的豆香是小时候的感觉；甜醅子的甜仿佛是从心里甜出来的感觉，是一种恋爱时的甜；酿皮子非常脆爽；醪糟子是甜而不腻。我们和对面坐的两个兰州美女聊了一会儿，他们说这家面馆在兰州味道是最好的几家之一，还说他们几乎每天都吃一到两次面食，难怪兰州的美女很多都长得水灵灵的。

从谢赫经典牛肉面馆出来，沿中山路黄河方向走，过了天桥就是横跨黄河的中山铁桥。中山铁桥是光绪三十三年（1908年）由德国人设计建造的，也许是重新上了油漆吧，看起来有崭新的感觉。穿过中山铁桥，我们开始登白塔山。

我们拾级而上，经过法雨寺，山顶上就是白塔寺，白塔寺是因为山顶建有一座白塔而出名。白塔七级八面，为实心砖塔，每级每角均有翘起的砖刻小龙头，下系风铃，随风飘荡，声清音脆。塔高约17米，各面雕有佛像，檐角系有铁马铃，塔外通涂白浆，如白玉砌成。元代建造的塔已经不存在了，现在的塔建于明代景泰年间。据记载，元太祖成吉思汗在完成对蒙古帝国疆域统一过程中，曾致书西藏拥有实权的萨迦派法王（喇嘛教之一派，俗称黄教）。当时萨迦派法王派了一位著名的喇嘛去蒙古拜见成吉思汗，但到了甘肃兰州，因病逝世。之后蒙古西藏政教合一的进程暂时中止。

　　成吉思汗死后，窝阔台执政，成吉思汗的二儿子阔端驻守武威。西藏萨迦派首领萨班带着其侄儿八思巴和弟子前往武威与阔端进行会谈，这就是著名的凉州会盟。之后忽必烈建立元朝，任命八思巴为国师，凉州会盟实现了蒙古族和西藏萨迦派的政教合一，为中央政府对西藏的统治打下了坚实的政治基础。无独有偶，在明朝末年，满族人没有入关取得政权之前，西藏五世达赖也前往盛京拜见皇太极，至清乾隆五十七年（1792年）正式设立金瓶掣签制度，自此藏传佛教活佛达赖和班禅转世灵童须在中央代表监督下，经金瓶掣签认定，政教合一进一步加强。我们不得不佩服西藏藏传佛教首领的卓越远见，正是这种政教合一的统治方式，保持了西藏的稳定发展。

　　忽必烈建立元朝后，为纪念这位在兰州病逝的喇嘛建了这个塔。

凉州会盟仅仅是历史上的一个记载，而白塔寺中的这座白塔，却还留有些许历史的印记。现在白塔寺中的厢房都开辟成为旅游小商品商店，白塔山成为兰州市民休闲的地方，庆幸的是，白塔前面的香炉，还有些许香火。往事如烟，许许多多历史人物和历史故事就像滔滔的黄河水滚滚东流。

下山后在酒店休息片刻，即前往兰州中川机场，飞机准点，晚上10:25飞机降落在南宁吴圩机场，西部行正式结束。

第三章

「历史
的回音

大明王朝与广西瑶族

初冬的黔江，江面平静，残阳如血。一场惨烈的战斗刚刚结束，大藤峡血流成河，染红了滔滔黔江水。韩雍将军坐在军帐内，帐外有军报："生擒侯大苟，俘贼780人，斩贼3200多人。""俘贼如何处置？""一律斩首！凌迟侯大苟！"韩雍将军一声怒喝。"遵命。"帐外应道。"慢！"韩雍将军步出军帐外，只见几百个俘虏被绑成一排排，有挣扎，有谩骂，一片混乱。只见一女子，十四五岁，楚楚动人，一声不吭，瞪着一双圆眼。另一个男孩，长得也眉清目秀，低垂着双眼。"把这个男孩和这个女孩留下，其他全部斩首。"随后，这个女孩和这个男孩被送入了北京紫禁城，男孩被净身做了一名小太监，女孩被送到内书堂做了一名宫女。从此，广西瑶族与大明王朝结下了不解之缘，明王朝演绎了一段一个瑶族男孩、一个瑶族女孩、皇帝和贵妃的凄美故事。

在广西省桂平市西北部，滔滔黔江水在一个叫大藤峡的地方突然放缓了脚步，成为美丽的山峡平湖。大藤峡因沿江峡谷两岸布满青藤，且当时有一根硕大的青藤跨江而过供路人通行，故而得名。明朝以前，这里主要居住着瑶人，他们过着简朴而平静的生活。瑶人信奉"先有瑶，后有朝"和"瑶还瑶，朝还朝"，故有明一朝，广西大藤峡瑶民起义从洪武十九年（1368年）至嘉靖十九年（1534年），长达150多年，最大的一次是成化初年的侯大苟起义，控制了柳州、浔州、梧州三府十多个州县，朝廷派大将军韩雍平乱，杀瑶民近万，凌迟侯大苟，斩断连接两岸的大藤，改大藤峡为断藤峡。狭义的大藤峡指从武宣勒马滩至桂平弩滩一段41千米广西最长的大峡谷，广义的大藤峡指广西瑶族聚居区。

正如我国人口南迁史一样，广西瑶族也产生于中原，并一路南迁。唐朝瑶族聚居在长沙、武陵，宋时在湖南辰、沅、靖三州，元时在湘、粤、桂三省交界，明代南移至大藤峡地区。我国有56个民族，13亿人口，除汉族外，人口在1000万以上的民族仅有四个，壮族、蒙古族、满族和回族。第一大少数民族壮族人口为2000万左右。广西第一大少数民族为壮族，第二大少数民族为瑶族，历朝历代瑶族都是一支重要的民族力量。我国瑶族主要分布在广西、广东、湖南、云南、贵州和江西等六省103个县，全国有10个瑶族自治县，其中广西有6个。瑶族人口350多万，60%聚居在广西，所以明朝以后广西是瑶族聚居区。在民国新桂系开发大瑶山之前，大瑶山长期处于无政府状态，社会组织主要是石牌制。由于外界对瑶族缺乏了解，对瑶族称谓也五花八门，直到1936年社会学家费孝通先生携新婚妻子王同惠女士前往金秀大瑶山考察，才将瑶族分为五个族团，分别为山子瑶、花蓝瑶、茶山瑶、盘瑶和坳瑶，燕京大学女子高才生王同惠女士还魂断大瑶山。金秀县为中华人民共和国设立的第一个瑶族自治县，广西其他五个分别为恭城、富川、大化、都安和巴马。

韩雍剿杀瑶民，其手段残忍至极，为广西历史上罕见。韩雍告老归家后，广西瑶民并未被这种血淋淋的手段吓倒，而是继续反抗暴政，广西各地的农民起义依旧延绵不断，贯穿明朝始终。1478年，韩雍卒于家中，享年57岁。正德年间，被赐谥号襄毅，有《韩襄毅文集》遗世。

那个眉清目秀的男孩叫汪直，成化宪宗时充当昭德宫内使，服侍万贵妃。明宪宗朱见深和他父亲明英宗朱祁镇一样大起大落，英宗由于少年轻狂，听信太监王振之言御驾亲征抵御瓦剌入侵，在土木堡被俘。国不可一日无君，兵部侍郎于谦挺身而出，拥立英宗弟朱祁钰为帝即景泰帝。后英宗被放回，在一帮太监的策划下，夺门复位，改正统朝为天顺朝，这样朱祁镇做了两朝皇帝。所以，朱见深在其父亲皇位失而复得期间，太子之位也经历失而复得，导致其性格非常脆弱，全靠看护他且比他大17岁的宫女万氏母亲般的呵护，由此产生了严重的恋母情结，对万氏言听计从。成化二年（1466年），万氏封贵妃，且为刚刚登基的成化帝生了一个儿子，万贵妃为扫清皇宫障碍，命汪直暗中打探，阻止其他嫔妃、宫女怀孕，为此汪直很快升为御马监掌印太监。几个月后，宪宗干脆成立一个新的内廷机构——西厂，由汪直统领。西厂主要打击对象为京内外官员，且严刑逼供，其中一种称为"弹琵琶"的酷刑，用锋利的刀刺活人筋骨，是西厂的发明。汪直两度统领西厂，每次出行，威风超过皇帝，一品官员都要下跪，时称"天下只知汪太监"。汪直两次出任监军，禄米是一品官员的数倍，成化十九年（1483年）失宠，被降为奉御，不久被罢官，成化二十三年（1487年）死去。

那个楚楚动人的女孩姓纪，是瑶族土司的女儿，被送进宫中内书堂做宫女。再说，万贵妃生的儿子未满一岁即死去，此后再没有生育。从此，万贵妃控制整个宫廷变本加厉，任何嫔妃跟皇帝都不能生孩子，怀孕后不是流产就是连同母亲都一起身亡。"不孝有三，无后为大"，何况是皇帝，朝廷大臣对皇帝长时间没有子嗣深感担忧，要求皇帝远离万氏，争取与其他嫔妃接触生孩子，成化帝却说"此乃联之私事"，大臣无语。但成化皇帝长时间无子，也夙夜忧叹，一天太监张敏给皇帝梳头，成化帝照镜子，叹气头发白了都无子。太监立即下跪说："陛下有子。"皇上十分惊讶，忙问缘由，太监张敏告诉皇帝："陛下六年前曾经临幸过一个宫女，她把儿子生下来，现藏在后宫，皇上愿不愿见一面？"原来六年前一天，成化帝在宫中闲走，路过内书堂，见宫女纪氏伶俐动人，临幸了她，怀了身孕。宫中太监同情纪氏，将其藏匿起来，汪直派人来查，大家都说是水肿病，后来生下这孩子后脐带都没有剪。父子相认，《明史·纪太后传》记载："妃抱皇子泣，曰'儿去，吾不得生，儿见黄袍有须者，即儿父也。'衣以小绯袍，承小舆，拥至阶下，发披地，走投帝怀。帝置之膝，抚视久之，悲喜泣下曰'我子也，类我'。"明史这段记述生动而凄美，成化父子相认后，万贵妃气得要命，一个月后，纪氏被毒死，太监张敏吞金自杀。五个月后，成化帝立此子为太子，即弘治皇帝朱祐樘。弘治皇帝即位后，其生母被封为纪太妃。

明孝宗朱祐樘是明代中期的一位仁君，18岁时即皇帝位，年号弘治。在位期间，推行了一套明智的政治措施，整顿吏治，凡是宪宗亲信的佞幸之臣一律斥逐。同时，大力兴修水利，发展农业，繁荣经济。孝宗在位18年间，吏治清明，任贤使能，抑制宦官，勤于务政，倡导节约，与民休息，是明代历史上少有的经济繁荣、人民安居乐业的和平时期。但孝宗疏于武备，在军事上无所建树，对于北部边患没有采取强有力的措施。明孝宗也是中国历史上一位罕见的对女色一生淡泊的皇帝，后宫中只有一位皇后张氏，恩爱和谐如民间夫妇，别无其他嫔妃。由于先天体弱，孝宗于弘治十八年五月初七日卒于乾清宫，年36岁，尊谥建天明道诚纯中正圣文神武至仁大德敬皇帝，庙号孝宗，葬北京昌平泰陵。

不知是瑶族血脉的粗犷，还是大瑶山"杂粮文明"的基因，广西瑶族女孩纪氏正统血脉只遗传了两代，创造了两个"极品"男人，一个是其儿子明孝宗朱祐樘，中国历史上唯一心甘情愿"一夫一妻"的皇帝；一个是其孙子明武宗朱厚照，历史上最荒淫无度的皇帝之一，后被女人掏空身体，钓鱼时落水不治身亡。堂弟兴献王朱祐杬的儿子朱厚熜继位，即嘉靖皇帝。嘉靖皇帝的后代越来越奇葩了，直到崇祯皇帝在煤山上吊前还在意淫："朕无罪，百姓无罪，文武百官有罪！"

当年韩雍平乱凌迟侯大苟，斩断连接两岸的大藤，改大藤峡为断藤峡。那根斩断的大藤漂到了下游，搁到了沙滩上，此后该地改为了藤州，即现在的藤县。100多年后，这里出生了大明王朝最后的守边人书生袁崇焕，宁远大捷用红衣大炮将努尔哈赤打下马后至其病亡。后袁崇焕被皇太极使用反间计，被崇祯皇帝凌迟。接着明亡，崇祯皇帝吊死在煤山，此是后话。

现在桂平黔江的石壁上还有毛泽东主席手书"大藤峡"三个字碑刻，那是20世纪50年代广西的一位学者在北京拜会毛泽东主席，谈起明朝这段农民起义，毛泽东深谙中国农民起义史，随手用铅笔写下"大藤峡"三个字，临别时这位学者请求毛泽东主席将手书送给他，他带回广西后将其刻在黔江石壁上。

广西状元郎

我国科举从隋朝大业初年（607年）起，结束于光绪末年（1904年）历时1298年，出600位状元，广西出10位状元。全国"三元及第"的状元只有13位，广西占2位，分别为北宋冯京、清代陈继昌。所谓"三元及第"，即乡试中解元、会试中会元，殿试中状元，三次考试均是第一名。有清一代全国共出了113位状元，其中江苏50位，浙江20位，安徽9位，山东6位，广西4位，直隶、江西、福建、湖北、广东各3位，湖南、贵州各2位，四川、内蒙古、奉天、河南、陕西各1位，山西、云南、甘肃、吉林、黑龙江未出状元。广西4位状元分别为陈继昌、龙启瑞、张建勋、刘福姚。广西10位状元中，第一位是唐昭宗乾宁二年（895年）乙卯科状元赵观文，最后一位是清光绪十八年（1892年）壬辰科状元刘福姚。从朝代看，唐代有赵观文、裴说，五代十国南汉有梁嵩，北宋有王世则、冯京，南宋有毛自知，元、明均没有状元，清代有陈继昌、龙启瑞、张建勋、刘福姚。从地域上看，除宜州人冯京、富川人毛自知和平南人梁嵩外，其他全是桂林人。

桂林伏波山还珠洞中有一块"试剑石"，它是一块呈圆锥状的倒垂石柱，锥尖离地面约两寸，传说石柱可伸可缩，每当它延伸下去与地面接触一次时，桂林就会出一位状元，有民瑶唱道"石头连，出状元"，试剑石后来被人们称为"状元石"。"一方水土养一方人"，美丽的漓江水养育了七位状元，桂林历来有民瑶："看马郎，看马郎，问你神马有几双？能见九马状元郎。"相传自古能看出九马者千里挑一，万里挑一。据说桂林才子赵观文、裴说、王世则、陈继昌、龙启瑞、张建勋、刘福姚等应试前曾专门泛舟漓江，到九马画山前试过眼力与运气，竟然都能把藏头露尾的九匹神马一一点出，终于十年寒窗，一举夺魁，成为全国学子羡慕的状元。特别是风流才子龙启瑞，别人都是从上而下把马点出来，而他却是"一目三光"，自下而上把"马"给点出来。

唐乾宁二年（895年），临桂县桥头村的才子赵观文，成了广西历史上第一个状元。隋代开始实行科举制以来，300年间，广西还没人得中状元。唐时，岭南文化比中原落后，朝廷分配给岭南地区的进士名额相对较少，有岭南及周边地区每科选进士不得超过 7 人的硬性规定。岭南等地举人考中的机会，比中原一带的举人少了一半以上。史载，其时北方举子进京考试，得中率约为 10%，而南方举子的比率是 1% 左右，远离朝廷的广西士子科举之路就更为艰辛。"南蛮"子弟一举压倒全国的才子，也使京城轰动一时，赵观文登第一后，长安万人空巷，男女老少争睹年轻的新科状元的风采，正是"九衢难怪人空巷，才子风流正少年"，从此世人对"南蛮之地"刮目相看。赵观文所处的晚唐时代，唐王朝王室衰微，宦官专权，藩镇割据，社会矛盾激化，他深知大唐气数已尽，遂激流勇退，托病辞官归故里，纵情于桂林的湖光山色之中。桂林山水中有一景点叫"斗鸡奇观"，十几岁时，赵观文进城考秀才，考完试和几位同考人游山玩水，轻舟从流，任意漂荡。才子李生猛一回头，看到斗鸡山恰似雄鸡搏斗，灵感顿生，不禁脱口而出："斗鸡山上山鸡斗，观文贤弟，下联如何？"赵观文绞尽脑汁，仍无联以对，尽管考上了状元，此对仍不解，成了一块心病。赵观文辞官后从京城到广州，看望了与他同甲登第、被贬边城的同乡，那位出"斗鸡山上山鸡斗"上联的李生，而后乘船经西江取道梧州回桂林。船行江面，秋景如画，船停阳朔兴坪盘龙村。一老尼请状元稍息于盘龙庵，同游盘龙洞，洞顶有一根巨大钟乳石笔直垂下，不停地滴着水到下面的一块巨石上，两石相距仅尺余。老尼介绍："状元公，这就是有名的盘龙石。这个洞、这个村以及小庵，都是因它而得名的。"赵观文想起李生的上联，忽有下联灵感："盘龙石下石龙盘。""妙哉！状元公。"老尼称道。现在盘龙洞盘龙石也为桂林一处胜景。

再说唐代桂林另一位状元为裴说，唐哀帝天祐三年（906年）丙寅科状元及第。裴说生于乱世，早年窘迫于乱离，奔走于道路。天祐四年（907年），天下大乱，裴说见升迁无望，即携眷南下，唐朝灭亡，全家于湖南界首一地约住半年，又因战火波及，再向家乡逃难，不久，于旅途中死去。

北宋时桂林的另一位状元王世则也很有传奇色彩，历史上第一位残疾人状元。王世则出身贫寒，幼时上山砍柴，从山上滚下，一条腿致残，仍拖着残疾之躯做工糊口。他自小羡慕能读书的孩子，常在放牛时溜进学馆偷听，居然长进不少。一次，教书先生考学童对对子，出了上联"独角兽"，学馆里鸦雀无声，外面却传来稚嫩的对声"比目鱼"，先生惊诧，是谁对得这么好？出去一看，原来是衣衫褴褛的跛脚孩童王世则，先生见其聪明过人，往后便免费教他读书，王世则也不负先生厚望，工余更加勤奋好学，20岁不到，秀才、举人全考中了。北宋太平兴国八年（983年），王世则进京参加进士考试，殿试赋题是"六合为家"，诗题是"莺啭上林"，都是宋太宗赵光义亲自出的。文思敏捷的王世则一看就知道是要做歌功颂德的文章，笔下如有神助："勾画乾坤，作我之龙楼凤阁；开穷日月，为君之玉户金关。"他用华丽的词句作赋，歌颂了大宋江山前景光明远大，把"六合"形象地说成赵家天下所有，并第一个交了卷，宋太宗亲阅试卷，龙颜大悦，王世则当即被钦点为状元。王世则连续两次殿试都中状元，人称"连科状元"，原来王世则同科有个进士，任县令后，其县境内军粮失火焚毁，有人告状说该科进士虚浮轻妄不合格者多，宋太宗便下诏，让该科进士再进京复试，结果第二次考试王世则还是高中状元。

到了清朝，桂林又产生了4位状元，嘉庆年间的陈继昌，道光年间的龙启瑞，光绪年间的张建勋和刘福姚。第一位是陈继昌，原名守睿，字哲臣，号莲史，生于清乾隆五十六年（1791年），卒于清道光二十九年（1849年），清嘉庆二十五年（1820年）状元，授职翰林院修撰。由于陈继昌抱病应殿试而连中"三元"，声名大振，察考又得第一，故又有"三元及第"之称，他是中国科举史最后一位"三元及第"状元。陈继昌在翰林院修撰国史三年后，被派放外任，历任陕西、甘肃、顺天等乡试典试官，道光六年（1826

年）任会试同考官，道光十年（1830年）后，历任山东兖州知府、直隶保定知府、通水河道巡察、江西按察使等职，曾任山西、直隶、甘肃、江宁布政使，道光二十三年（1843年）进京受道光帝嘉勉，道光二十五年（1845年）官至江苏巡抚，一年后，因病辞官，回归故里，卧病三年，病故于家中。第二位为风流才子龙启瑞，字翰臣，生于清嘉庆十九年（1814年），卒于清咸丰八年（1858年），道光二十一年（1841年）状元，授翰林院修撰。道光二十三年（1843年）出任顺天乡试同考官，道光二十四年（1844年）出任广东乡试同考官，道光二十七年（1847年）察考翰林詹事列二等，升为侍讲，出任湖北学政。第三位为状元张建勋，他的祖父、曾祖父都是清朝广西有名的诗人，自幼受到诗书影响。光绪五年（1879年）乡试中举，光绪十五年（1889年）会试通过，参加殿试，阅卷大臣翁同龢与李鸿藻各执己见，将自己赏识的列第一呈进，相持不下，协商再选，张建勋入选，以第一呈皇帝，光绪帝遂点张建勋为状元，授翰林院修撰。光绪二十年（1894年），张建勋出任云南乡试主考官，光绪二十三年（1897年）出任云南学政，他致力于边远之地的教育，实施教化，提倡文风，百姓把他当作在偏僻云南兴学的功臣。光绪三十二年（1906年），以侍讲授道员，督学黑龙江，他"草创学校，抚学生如子弟"，重教兴文，深为士子称道。张建勋赞同辛亥革命，民国二年（1912年）卒于北京。张建勋工诗文、善书法，光绪末年赴日本考察学务，著有《愉谷诗稿》。第四位状元刘福姚，原名福尧，字伯棠，一字伯崇，号忍庵，一号守勤，清光绪八年（1882年）举人，十五年（1889年）任内阁中书，十八年（1892年）殿试一甲第一名，成为广西最后一名状元，由翰林院修撰历任侍讲、贵州乡试正考官、广东乡试副考官、浙江乡试副考官、河南乡试副主考官、翰林院秘书郎兼学部图书局总务总校，宣统二年（1910年）四月，赴湖北、江西、安徽、江苏考察筹办宪政事宜。其性刚烈，为人正直，不阿权贵，故仕途不畅，受翁同龢影响，有维新倾向，翁被革职后，在政治上受到冷遇和歧视。庚子之难时，留居京城，与浙江词人朱祖谋、同乡王鹏运潜心词学研究，合作《庚子秋词》，成为晚清临桂词派重要成员之一。晚年定居上海，以卖文为生，穷困潦倒，抑郁以终，著有《忍庵词》。

以上为广西桂林的七位状元，另外还有三位状元，分别是宜州人冯京、富川人毛自知和平南人梁嵩。

冯京，北宋宜州人，广西的第一个"三元及第"状元，历事英宗、神宗、哲宗三朝，官至保宁军节度使、太子少师、参知政事，参知政事即为副宰相。冯京比大文豪苏东坡出道在先，苏东坡在他的诗文中曾记下冯京给他讲述羽衣仙女的故事，这则流传于冯京家乡的美丽传说，直听得苏东坡心驰神往，青年苏轼还得到过冯京的举荐。冯京1021年生于宜州龙水，在家乡度过了他的青少年时代，直至15岁，才随家人辗转藤州、鄂州等地。冯京的三元及第颇不容易，庆历八年（1048年），冯京在鄂州参加乡试中解元，次年礼部会试中会元，冯京的势头，可谓"足蹑风云，气冲牛斗"，然而在殿试的最后关头，他遇到了科场腐败，他的竞争对手是朝中权臣皇亲国戚张尧佐的外甥石布桐，张、石二人早知冯京名望，欲扼杀于襁褓之中。冯京急中生智，将自己名字中的两点水往后一移，冯京成了马凉，一番殿试，"天下中冯京，天上中马凉"，"三元及第"的美名便落到了冯京的头上。冯京才高八斗，性格刚直，为官之后，体察民情，赈灾恤贫，慧眼识才，奖掖后学。他还被派出使交趾，平乱保国，立下汗马功劳。绍圣元年（1094年）农历四月初三，冯京病逝，享年74岁，著有《潜山文集》。

梁嵩为五代十国南汉时期状元，现平南县大鹏乡人，自幼勤奋好学，善诗文。南汉刘䶮帝效法唐制，开乙酉进士科考于广州。梁嵩在殿试时作《赋荔枝诗》："露湿胭脂拂眼明，红袍千裹画难成。佳人胜尽盘中味，天意偏教岭外生。桔柚远惭登贡籍，盐梅应合共和羹。金门若有栽培地，须占人间第一名。"被皇帝赞赏，点其为状元，恩授翰林学士。梁嵩后获恩准，离任回乡，侍奉老母。梁嵩谢绝皇帝赐宝物，上奏请免其家乡龚州（平南旧称龚州）人丁赋税一年，以体恤民情，慰藉乡邻，梁嵩甚得民心。可惜回乡时他急于见亲，野渡无舟，乘白马过河，人马淹没而死。

南宋时期广西状元毛自知，为富川县秀水乡人。秀水原本无村，也不叫秀水，因有美丽的秀峰拔地而起，巍然耸立，气势不凡，钟秀毓灵，颇具桂林独秀峰神韵，被称为秀峰山。毛自知先祖毛衷为浙江省衢州市江山县江郎村人，由刑部郎中出任贺州刺史，恋此秀美。后毛衷在贺州老逝，长子毛元居贺州，三子毛傅遵老父遗嘱将父葬于秀峰山，毛傅则携家众迁到秀水居住，建起了秀水村，成为秀水毛氏的始祖。南宋嘉泰四年（1204年），毛自知27岁，乡试中举。开禧元年（1205年），朝廷开乙丑科大选取士，毛自知得中状元。此时，南宋朝廷偏安临安（杭州）已经78年，自高宗朝起，收复北方领土，统一中国始终是有识之士的终生追求，而几十年中，朝廷中的主战派、主和派以及投降派之间的斗争依然十分激烈，由韩侂胄辅佐即位的宋宁宗赵扩倾向主战，而韩侂胄时任军国平章事，本意主战，又得宁宗支持，正在踌躇满志之时。在廷试对策前，毛自知以"出兵抗金，恢复中原"作答，正合韩侂胄之意，并得韩大力推举，获宁宗皇帝嘉许，亲点一甲一名，状元及第，并诏封为承事郎，签书镇东军节度判官，这个职位是军事部门的政法官员，虽非武官，但可配合韩侂胄抗击金兵。次年，在韩侂胄的策动下，朝廷追封抗金名将岳飞为鄂王，夺秦桧王爵，用毛自知策，正式兴兵伐金，以图恢复中原。出兵伊始，初战告捷，主降派的势力暂时被压了下去，这就是历史有名的"开禧北伐"。但好景不长，后因韩侂胄用人失当，宋军连遭败绩，北伐失利，朝廷乃遣使请和。韩侂胄拟再度用兵，但主和势力已占上风，奸臣礼部侍郎史弥远与杨皇后密谋，杀了韩侂胄，首级被封函送往金廷求和，轰轰烈烈的"开禧北伐"宣告失败。但是，主和势力并不就此罢休，史弥远又上书宁宗皇帝清洗"韩党"，毛自知受牵连。嘉定元年（1208年），毛自知被剥夺状元称号，降名第五甲，降官监当。此后数年毛自知一直郁郁不得志，终逝于嘉定五年（1212年），年仅36岁，自高中榜魁至逝世只有短暂的8年，死后归葬毛家村回龙山。

现在在广西南宁青秀山上，有一口泉眼称"状元泉"，泉边有广西历史上10位状元的雕像和生平介绍。此状元泉经年泉水不断，清冽甘甜。

鉴真和尚与桂林舍利塔

唐天宝十年（751年）初秋，晨钟敲醒了桂州（现桂林）开元寺的沉睡，寺院旁的桃花江水缓缓地流淌，有一群燕子绕着寺院飞来飞去，美丽的桂州城沐浴在醉人的秋光中。鉴真和尚起得很早，拄着禅杖，手持佛珠，正在寺院里绕着舍利塔在不停地转塔。尽管双目已经失明，但步履持重稳健，身姿坚定虔诚。

最近的一次东渡已是第五次了，从杭州湾出海，在东海遇到了大风，船只在惊涛骇浪中漂泊，半个月后被刮到了海南岛的最南端，途中断绝了淡水，只好接雨水饮用。更不幸的是，此次东渡还导致了鉴真和尚双目失明，这些经历至今还历历在目。是啊，整整十年了，五次启行，三次航海，几近绝境，特别是最近的第五次东渡。这五次渡海导致了随从人员中先后有36人葬身，更有280多人彻底心灰意冷，黯然退出。

佛祖既然有此安排，那就继续弘法吧。鉴真和尚入住海南三亚大云寺安顿，继续为当地人授戒弘法，传授中原文化和医药知识。鉴真在海南停留一年后，决定北返，经过海南万宁、海口、雷州，到达广西梧州，鉴真和尚在梧州光孝寺为俗众设坛授戒。接着前往桂州，桂州都督冯古璞久闻"授戒大师"鉴真大名，亲自步行到南门外迎接。鉴真和尚有感于冯都督诚意，而且桂州气候温和宜人，再者桂州开元寺中有供奉着佛祖肉身舍利的舍利塔，于是鉴真和尚入住桂林开元寺。时间过得飞快，不知不觉快一年了，耸立于寺中的舍利塔，成了他朝夕参拜、研习经文的场所。鉴真和尚留居期间，城中官员显贵和平民，络绎不绝前来拜访和受戒，寺内香火盛极一时。

从入住开元寺，鉴真和尚每天必定早早起床，在寺中的舍利塔转塔，过去的五次东渡历历在目。"师父若去，我等也去"，鉴真和尚默念着捐躯弟子的名号，想起一次次在死亡边缘挣扎，可怕的飓风，绝望的漂流，炼狱般的饥渴，鉴真和尚那为渡海而遭受热毒失明的双眼突然有了烧炙的感觉，眼眶湿润了。"是继续渡海，还是留在国内授戒弘法呢？双目已经失明，前路遥远而渺茫"，鉴真和尚一边转塔，一边默念。"不至日本国，本愿不遂"，曾经那样的信誓旦旦，每当夜深人静时，鉴真和尚面对眼前这座建筑风格上融入了外来文化特色的舍利塔，东渡海外传播佛经大义和中国文化的决心更为坚定。

鉴真和尚经过桂州一年多的休养生息，身体状况得到了恢复，接着到广州弘法，再回到扬州。公元753年，鉴真乘坐日本第十次遣唐使的船只第六次东渡，最终在今日本九州南部鹿儿岛县川边郡的秋目登陆。第二年，鉴真一行到达日本京都奈良，受到天皇隆重礼遇。鉴真在东大寺设立戒坛院，主持受戒仪式，僧人受戒要经过三师七证，这是日本佛教不曾有过的，从鉴真东渡以后始形成定制。公元759年，在鉴真的努力下，奈良建成了唐招提寺，传布律宗，律宗从而成为日本六大宗教派别之一。除了弘扬佛教，鉴真和他随行的弟子还将中国的建筑、绘画、雕塑和医学等技艺和知识传到了日本，促进了日本文化和社会的发展。

唐朝时期，中国文化兴盛，经济繁荣，极大地影响了周边的国家，一衣带水的邻邦日本经常派遣使者到中国学习政治、经济和文化知识，在各方面都受到盛唐文化的影响。在这一时期，唐朝高僧鉴真和尚在日本的盛情邀请下，发下宏愿，不辞年高路远，历尽千辛万苦，东渡日本宣扬佛法，为中日文化交流作出了不可磨灭的贡献。鉴真和尚14岁在扬州大明寺出家为僧，开始学习佛法，他拜高僧道岸、弘景为师，学习佛教律宗经典。20岁时鉴真到长安、洛阳观光，增长了见闻，回扬州以后，鉴真三十年如一日，讲经说法、宣传教义、教授戒律，成为誉满江淮、威望崇高的著名高僧。这个时期，日本完成大化革新，屡次派出遣唐使到中国，学习唐朝文化。公元742年，日本和尚普照等邀请鉴真东渡日本传授佛法，鉴真虽然年事已高，但为了促进佛教在日本的流传和发展，毅然接受了日本的邀请。

桂林开元寺始建于1500多年前的南朝，初名缘化寺，为梁武帝时（502—549年）所建，唐初寺庙又改称善兴寺，到唐开元二十六年（738年）才改名为开元寺。开元寺中的舍利塔原为七级砖塔，初建于唐显庆二年（657年），因年久失修，唐代所建的舍利塔早已崩塌，现存的舍利塔为明洪武十八年（1385年）重修。重修后的塔分三级，通高13.22米，基层为正方形，边宽7米，每面一门，四面相通，南面门上有"舍利宝塔"塑字，其他三面则用印度梵文等文字塑有"南无阿弥陀佛"六字，门两旁分别塑着八大金刚之名，中层塔身为八角形，每面有一佛龛，塔上层呈圆柱体，设有放置舍利函的窗孔，顶端有相轮五层，以宝葫芦结顶。

佛教文献记载，佛祖释迦牟尼去世火化后，信徒们在他的骨灰中发现了许许多多晶亮透明、五光十色、坚硬如钢的圆形硬物，这就是舍利，其中有一块头顶骨、两块骨、四颗佛牙和一块中指指骨舍利，84 000颗珠状真身舍利子。古印度的八位国王派使者到火葬地，要求分给舍利，经再三协商舍利平分给八位国王。各国把分到的舍利带回国建塔安葬，并定期举行纪念会，还有两国国王没有拿到舍利，就各取了装舍利的瓶子和骨灰回去安葬，因此释迦牟尼的舍利被分葬在十处，这就是所谓的"八王起八塔，金瓶及灰炭。如是阎浮提，始起于十塔"。阿育王时期，为弘扬佛法，发掘了"八王"舍利塔，只有一、二塔因坚固难破而未能开启，取出后的舍利重新分配装入84 000个宝函，随着佛教传播，舍利也流传到许多如中国、东南亚的信仰佛教的国家和地区。

佛教于东汉末年传入中国，佛教传入，源于汉明帝的一个梦，一夜明帝梦见一个全身放光的巨大金人，醒后解梦，群臣中有人说是西方的神人，叫佛。此佛"身长一丈六尺，黄金色，项中佩日月光，变化无方，无所不入，故能通百物而大济苍生"（见《后汉书》）。于是明帝遣使西去，于大月氏国遇高僧迦叶摩腾、竺法兰，白马驮经迎回洛阳，建白马寺，佛教于是传入中国。

隋文帝分舍利子是中国历史上重要的事件，某日一印度婆罗门登门造访隋文帝，拿出一袋舍利说："檀越好心，故留与供养。"婆罗门告辞后，文帝与沙门昙迁数舍利，每次数出的数量都不一，于是参悟"法身过于数量，非世间所测"，于是做了个七宝箱来安置舍利子。

隋仁寿元年（601年）六月十三日，隋文帝杨坚六十大寿。在仁寿宫的仁寿殿，隋文帝颁布了一项重大旨意，在天下各个州郡中，选择30个州郡，建立舍利塔，来供奉释迦牟尼佛舍利。杨坚亲自从七宝箱取出30份佛祖舍利，放在龙椅前的玉案上烧香礼拜。然后把舍利分别放入30个金瓶中，以熏香之泥封印其盖，派人送往选定的30个州中指定的寺院，分别是雍州仙游寺、岐州凤泉寺、泾州大兴国寺、秦州静念寺、华州思觉寺、同州大兴国寺、蒲州栖岩寺、并州无量寿寺、定州恒觉寺、相州大慈寺、郑州定觉寺、嵩州嵩岳寺（居闲寺）、亳州开寂寺、汝州兴世寺、泰州岱岳寺、青州胜福寺、牟州巨神山寺、隋州智门寺、襄州大兴国寺、扬州西寺、蒋州栖霞寺、吴州会稽山寺、苏州虎丘山寺、衡州衡岳寺、桂州缘化寺、番州灵鹫山寺、交州禅众寺、益州法聚寺、廓州连云岳寺（法讲寺）和瓜州崇教寺。仁寿二年（602年）正月二十三日，隋文帝又下诏书，令在全国再选53个州，建立灵塔，供奉佛祖舍利。仁寿四年（604年），隋文帝又在全国选了31个州供奉佛祖舍利。就这样，隋文帝先后三次在全国选了114个州，每个州供奉一份佛祖舍利。

目前存世的佛祖真身舍利部分供养地分别为陕西扶风县法门寺供奉佛指骨舍利、北京西山八大处灵光寺供奉佛牙舍利、北京房山云居寺供奉肉舍利、杭州雷峰塔供奉发舍利、西安临潼庆山寺供奉碎身舍利、泰国供奉佛骨舍利、斯里兰卡康提市佛牙寺供奉佛牙舍利、日本名古屋觉皇山供奉佛骨舍利。

据史料记载，桂林舍利塔于仁寿元年（601年）开始供奉舍利子，供奉的舍利目前在哪里，有很多传说。据桂林文物局资深专家赵平介绍，20世纪60年代维修舍利塔时，塔内已经没有了舍利的踪迹。根据经验判断，舍利大多安放于塔的秘密地宫中，但舍利塔的地宫始终没有找到。1968年，临桂县某单位一群造反派为武斗需要，在舍利塔底凿开一条地道，赵平与同事钻入地道仔细勘察，也未发现有建地宫的蛛丝马迹。后来文物局的同志与舍利塔附近单位的孩子聊天，几个调皮的孩子道出了舍利的去向，"我们在舍利塔上面的塔身里发现过'塔肚'"。一问得知，原来在玩耍时，孩子们曾从塔身东面壶门爬入塔内，发现了一些呈圆腔状的陶魂罐，伸手一掏，罐内有"骨殖"（即舍利）。在当时人们的眼里，这些东西是封、资、修的"四旧"，必须彻底销毁。孩子们于是将陶罐一一取出，爬上塔顶，从塔上将陶罐一个个高高摔向地面，以此取乐。孩子们透露，有兄弟俩还在塔内"肚底"摸到过一对铁剑。这些东西应该随着时代的变迁，早已不知踪影，但也有传说，当时文物局的同志根据孩子的踪迹，找回了那20个舍利，悄悄地放回了塔身的佛龛中。

广德元年（763年），在奈良唐招提寺，鉴真和尚双腿盘坐入禅定，西向面对大唐方向圆寂，终年76岁。

现在，桂林象鼻山下有座文昌桥，桥下流淌着桃花江，路过这里的游人，目光大多会被象鼻山吸引，很少有人关注到桥的南面，在民主路万寿巷原开元寺里，矗立着一座印度喇嘛式风格的古塔，塔身呈宝瓶形，伞盖般的顶层上立着葫芦形铜质宝顶，每当日出，宝顶便在阳光照射下闪烁出神秘的金光，这就是桂林舍利塔。

穿越千年的桂林舍利塔

耄耋皇帝

中国文化很有意思，对"年华"有很多有趣的称谓。如刚初生称"襁褓"，女子13岁称"豆蔻年华"，男子30岁称"而立之年"，男子70岁称"古稀之年"，女子最大的称谓只到24岁，称"花信年华"，男子80—90岁称"耄耋之年"，男子99岁（取百去"一"之意）称"期颐之年"，男子最大的称谓为108岁，称"茶寿"，古人认为，懂喝茶且有茶喝的人最长寿吧。

中国历史上83个王朝，559个皇帝。寿命达到"耄耋之年"的皇帝仅有四位，寿命第一位的为清高宗乾隆，寿命为89岁。寿命第二位的皇帝为南朝梁武帝萧衍，寿命为86岁。寿命第三位的皇帝为南宋高宗赵构，寿命为81岁。寿命第四位的皇帝为元世祖忽必烈，寿命为80岁。

嘉庆四年（1799年）正月初三，中国历史上第一位耄鳌皇帝，清高宗乾隆驾崩于北京紫禁城养心殿。

乾隆皇帝，名弘历，雍正帝第4子，清朝第6位皇帝。1735年即位，1795年退位，在位60年，当太上皇三年零三天，实际掌握最高权力长达63年，享年89岁。乾隆是中国有文字记载以来寿命最高的皇帝，也是中国历史上执政时间最长的皇帝。在位期间平定大小和卓叛乱、六次下江南，文治武功兼修。乾隆皇帝的祖父康熙帝在位60年，自己不敢与皇祖父相比，于是在乾隆四十三年（1778年）九月二十一日宣谕：至六十年内禅，传位于皇十五子嘉亲王颙琰即嘉庆皇帝。

人们常说"功莫大于秦皇汉武"，历史上的盛世，汉有文景之治、汉武盛世，唐有贞观之治、开元盛世，要说真正的盛世应为清朝的"康雍乾"盛世。清代享国267年，历12帝，康熙、雍正、乾隆祖孙仨享国134年（不含乾隆三年太上皇），占清代享国的一半，特别是乾隆帝，在位60年，当太上皇3年，实际掌权63年。乾隆朝堪称中国最强大的盛世，疆土1200多万平方千米，社会稳定，物产丰富，夜不闭户，路不拾遗。

乾隆皇帝一生充满神奇，出生地和生母都疑云重重，这是清代十二帝中绝无仅有的。大家知道，清宫档案是非常完备详尽的，在宫里皇帝何时宠幸哪个皇妃，历时多久都有记录。乾隆是其父雍正做皇子时出生的，不像皇帝记载那么详细。但清朝有规定，皇帝家族生儿育女，每三个月要上报一次，每十年重编皇室族谱即《玉牒》，乾隆皇帝的出生地和生母疑团必定不是无中生有的。

出生地主要有两种说法：一说是雍和宫东厢房，乾隆生前多次如是说；二说是承德避暑山庄狮子园，其儿嘉庆如是说。嘉庆十年（1805年）嘉庆命朝臣编修乾隆《实录》和《圣训》，送审时发现把乾隆出生地写成了雍和宫，随命重核，说明嘉庆之前一直认为其父出生在承德避暑山庄。文华殿大学士刘凤诰将乾隆说自己生于雍和宫的诗词夹黄页送嘉庆审，此后嘉庆才改成皇父出生雍和宫说法。乾隆生母，正史记载"原任四品典仪官，加封一等承恩公凌柱女"。野史有浙江海宁大学士陈世倌夫人、内务府包衣女、宫女李佳氏、"傻大姐"五种说法。陈夫人说被武侠小说家金庸写进《书剑恩仇录》，似乎成为野史正版。不管怎么，乾隆皇帝身世是扑朔迷离的，最近我阅《正说清朝十二帝》，反复看了宫廷画像，努尔哈赤、皇太极、顺治、雍正四帝基本就是爱新觉罗家族的模子，康熙帝由于其父亲为满族人，祖母为蒙古人，母亲为汉族人，有些许汉人的影子，乾隆就是汉族人长相，整个人就像江浙人。

晚年乾隆曾自我夸耀一生有"十全武功"，所谓的"十全武功"是清乾隆时期的十次军事行动，为乾隆自我夸耀之词。按照乾隆自己说的是："十功者，平准噶尔为二，定回部为一，扫金川为二，靖台湾为一，降缅甸、安南各一，即今二次受廓尔喀降，合为十。"细分的话应该是：1747年至1749年的大小金川之战、1755年的平定准噶尔达瓦齐部之战、1755年至1757年的平定准噶尔阿穆尔撒纳之战、1758年的平定南疆大小和卓叛乱、1762年至1769年的清缅战争、1771年至1776年再平大小金川、1786年至1788年平定台湾林爽文叛乱、1788年至1789年的安南之役、1790年至1792年两次征战廓尔喀。乾隆后期，82岁的乾隆皇帝在乾隆五十七年（1792年）十月初三亲自撰写了《十全记》，记述他一生的"十全武功"，史称《御制十全记》，乾隆帝并因此自称"十全老人"。

乾隆皇帝兴趣广泛，琴棋书画诗酒茶多有涉猎。特别是诗、书、茶更是乐在其中。

乾隆皇帝尤爱作诗，"几务之暇，无他可娱，尤爱作诗"。登基前有《乐善堂全集》，在位期间有《御制诗集》，禅位后有《御制诗余集》，有人统计他的诗共有42 613首，而《全唐诗》所收有唐一代2 200多位诗人的作品，才48 000多首，平均每人才20多首。许多唐诗历经千年还脍炙人口，朗朗上口。但乾隆的诗却少有人能脱口背诵。谁叫诗已被唐代人写完了，词已被宋代人填完了呢？其实，唐宋之后，诗词已成为人们生活中审美的工具，乾隆帝只要每天生活在诗情画意中，美满自我知，又何须别人去传唱呢？

乾隆皇帝喜爱书法，造诣精深。他长期痴于书法，至老不倦，自内廷至御苑，从塞北到江南，所到之处，挥毫泼墨。乾隆在故宫养心殿西暖阁还弄了个小间，称"三希堂"，此小间长2.1米，宽2.28米，面积4.8平方米，为乾隆皇帝读书写字的地方。书房内有王羲之《快雪时晴帖》、王献之《中秋帖》、王珣《伯远帖》三件稀世之珍，故名"三希堂"。另外还有伦理和哲学上的情怀，即"士希贤，贤希圣，圣希天"。

乾隆皇帝痴迷品茶。历史上有四位著名的"爱茶帝"，第一位为唐德宗李适（kuò），第二位为宋徽宗赵佶，第三位为清高祖玄烨（康熙帝），第四位为清高宗弘历（乾隆帝），在四位"爱茶帝"中，乾隆是一位不折不扣的"爱茶帝"。他在位期间，到处巡游，不但饱尝各地名茶、美泉，还写下了不少咏茶的诗篇。乾隆曾六次南巡，四度到过西湖茶区，写下了《观采茶作歌》《坐龙井上烹茶偶成》《雨前茶》和《烹龙井茶》等茶诗。乾隆爱茶，每巡游到一地，都要探访当地的好茶。据传，乾隆南巡时曾在杭州西湖龙井狮峰山下胡公庙前饮龙井茶，赞茶叶香清味醇，遂封庙前的十八棵茶树为"御茶"，并派专人看管，每年产的龙井茶进贡给朝廷，从此龙井茶闻名天下。乾隆还曾到湖南等地访茶问泉，偶尝湖南洞庭湖产的"君山银针"后，对其赞誉不绝，遂命每年纳贡。《巴陵县志》中记载了这一史实："君山茶产于唐，而盛名于清代，乾隆四十六年始每岁贡十八斤。"乾隆嗜茶，群臣投其所好。传说朝中一位大臣曾进献一份好茶，乾隆尝后，觉得味甘醇爽滑，具有特殊的兰花香，便问该茶产于何地，大臣奏上："此茶发现于福建安溪南岩观音石下，其色褐绿，身重似铁，气香形美赛观音。"据此，乾隆赐该茶名为"南岩铁观音"，安溪铁观音也因此名声大振。乾隆对饮茶用水也十分考究，他特制一个银斗，精量全国名泉的重量，用以评定泉水优劣，泉水轻者为佳，最后评定北京西郊玉泉山的泉水为第一。乾隆南巡时，随从专门用车拉着玉泉水供乾隆沏茶饮用。后来也有传说，在乾隆途经济南时，品尝到趵突泉水，觉其甘冽胜过玉泉水，就将带来的玉泉水全部换为趵突泉水，并亲笔题"激湍"两字勒石于泉边，并封趵突泉为"天下第一泉"。

有关乾隆爱茶的传说故事众多，据说"君不可一日无茶"这句为后人津津乐道的名言也出自这位"爱茶帝"之口。乾隆退位后仍嗜茶如命，在北海镜清斋内专设"焙茶坞"以供品茶。乾隆在世89年，为中国历代皇帝中之寿魁，他长寿的原因或许很多，但肯定与喝茶不无关系。

第二位耄耋皇帝为南朝梁武帝萧衍，太清三年（549年）在皇宫内被活活饿死，寿命为86岁。

公元420年，小名为"寄奴"的草根士族刘裕取代东晋称帝，国号为宋，称刘宋，此后半个多世纪，江南相继出现齐、梁、陈三个以建康（今南京）为都城的政权，历史上称南朝。而北方少数民族历经常年征战，北魏太武帝拓跋焘于公元439年统一北方，历史上将北魏和魏末分裂的东魏、西魏，以及继起的北齐、北周合称为北朝。

梁武帝萧衍是推翻远房亲戚萧道成建立的南齐后登上帝位的，国号梁。萧衍年轻时英姿神武，多才多艺，是当年的"文艺青年"，常与名士沈约、谢朓、王融、萧琛、范云、任昉、陆倕吟诗作对，称"八友"。当皇帝后还常挑灯夜读，还亲自起草朝廷公文，棋艺也相当了得，其他如阴阳、卜筮、书法等无不擅长。

佛教于东汉传入中国，但兴盛于南北朝，唐代杜牧"南朝四百八十寺，多少楼台烟雨中"诗句描写的是当年建康佛教的兴盛。梁武帝早年曾励精图治，但晚年醉心佛事，朝思暮想要兴建寺庙，侍奉佛祖，并三次舍身到皇家寺院同泰寺当和尚。

大通元年（527年），梁武帝首次舍身到同泰寺，三天后还宫。两年后，他再次舍身，一待就是十几天，国不可一日无君，群臣一看这怎么办，花了1亿钱将他赎回。太清元年（547年），84岁的梁武帝想念同泰寺佛祖，故技重演，群臣再次出钱赎，同泰寺又得1亿钱。

佛教徒就是苦行僧，需禁性欲。他自己是一心向佛，可苦了后宫的嫔妃，本来就难轮，这回干脆都成摆设了。梁武帝饮食非常简单，每天只吃一顿饭，且只是豆羹粗饭。穿着麻布衣服，一顶帽子戴三年。后宫嫔妃也跟着过节俭日子，从贵妃而下，都着短衣，裙子后摆不能拖地。梁武帝后期的嫔妃应是历史上最苦的后宫女人了，无有宠爱，省吃俭用。

也许是念佛心都念善了，梁武帝晚年完全丧失对军事斗争的残酷性认识，政治判断力严重下降，接纳了东魏大将侯景的投降，不料侯景发动叛乱。侯景是历史上典型的"反骨仔"，于太清三年（549年）三月攻占建康，将梁武帝囚禁在皇宫内活活饿死，终年86岁。

侯景，北魏怀朔镇（今内蒙古固阳南）人，从小喜欢骑射，骁勇好斗，脚有点跛，有点小残疾，但心狠手辣，是乡亲眼中的坏小子。当时在战火纷飞的北魏边镇，侯景拉起一支队伍投靠权势熏天的尔朱荣。北魏永熙二年（533年），高欢起兵消灭尔朱荣集团，他又及时投靠高欢。侯景表现不错，先后打败西魏独孤信等名将，受高欢重用，权倾一时。侯景曾口出狂言，"王（高欢）在，吾不敢有异。王无，吾不能与鲜卑小儿（高欢接班人高澄）共事"。高澄要收拾这飞扬跋扈的侯景，东魏武定二年（547年），高欢病危，高澄宣侯景回朝。侯景知有诈，向西魏宇文泰和南梁萧衍求援，并承诺交出管辖的地盘和军队。宇文泰深知侯景向来朝三暮四，要求先交出地盘和军队，再接受投诚。但一心向善的萧衍接纳了侯景。侯景投降梁后，发现萧衍对自己一天比一天冷淡，于是侯景要窥探萧衍对自己的底线，伪造东魏高澄的信，愿将之前被俘的亲王萧渊明与侯景交换。梁武帝萧衍忙于念经侍佛，不知有诈，不经调查即回信同意。这样，马上激怒了侯景，梁太清二年（548年），侯景在梁朝的前太子临贺王萧正德接应下，一举攻克建康，下达屠城令。萧衍沦为阶下囚，并被关在皇宫内活活饿死。

性格暴戾且心狠手辣之人，童年一般都比较自卑，或受到过自己认为不公正的待遇。一旦拥有权势，必会变本加厉地待人。侯景从小跛脚残疾，心理必定有阴影。当他囚禁梁武帝萧衍时故意不杀他，必定咬牙切齿："你不是一日只吃一餐素食吗？看我不让你吃饭，让你直接成佛得了！"

如果梁武帝不是被侯景关在皇宫内活活饿死的话，也许他能活到90岁以上或百岁，成为中国唯一活到"期颐之年"的皇帝（"期颐皇帝"），但历史就是历史，历史没有假设。

第三位耄耋皇帝为南宋高宗赵构，寿命为81岁。宋代是一个大气王朝、摩登王朝，更是一个宿命的王朝，这既是赵宋的宿命，也是赵构的宿命，更是历史的宿命。

公元960年，赵匡胤在开封府40里外的陈桥驿被下属"黄袍加身"做了皇帝，其实这只是一剧戏，这出戏的主角为赵匡胤，导演是以赵光义、赵普等为代表的知识分子。五代十国是历史上最黑暗的朝代，五个朝代无论谁掌握军权谁当皇帝，但最终都很短命。这些有思想、懂时势的知识分子认识到必须通过文治才能保证国家长治久安，于是导演了"黄袍加身"这一出戏，同时也为后来的"杯酒释兵权"埋下伏笔，最终奠定宋代文治的治国方略基础。北宋立国之后，一天夜晚，太祖赵匡胤和弟弟赵光义在室内密谈，突然发生了"灯影斧声"谜案，赵匡胤暴毙，之后赵光义继位，除了太祖赵匡胤，整个北宋都是赵光义的子孙在做皇帝。北宋重用文人士大夫，采取"以纳贡换和平"的方式，与辽国、西夏保持相对和平，北宋享国167年，创造了伟大的物质文明和精神文明。但历史必然有其宿命性，到了1127年，金兵攻破汴梁，宋徽宗赵佶和宋钦宗赵桓等共14 000人被金人掳到五国城，发生了历史上最悲惨的"靖康之耻"。

尽管宋徽宗第九子赵构逃脱之后建立了南宋，但赵构迷恋皇帝之位，玩弄"假抗金真投降"的伎俩，担心真抗金会迎回宋徽宗和宋钦宗，自己做不了皇帝，为此还让秦桧害死了抗金名将岳飞。赵构治国能力有限，但性功能却很强，他是一边逃跑，一边寻欢作乐，在逃跑经过扬州时，那里的美女实在太漂亮了，停下来风流一番。赵构正在云雨之时，突然被报金兵大将金兀术袭来，匆忙中骑上马就跑，受惊吓后从此得了阳痿，不再举了，再也没有后代，皇位再次传回了太祖赵匡胤的后代，南宋除了赵构为赵光义的后代外，其他各朝均为太祖赵匡胤的后代，享国152年。赵光义的后代宋徽宗赵佶和宋钦宗赵桓被金人掳到五国城后，受尽凌辱，宋徽宗在悲愤中病死，宋钦宗在金人组织的马球比赛中被马踩死，赵构也断了后。赵匡胤的后代，8岁的南宋帝赵昺在元兵来袭无奈之时，由陆秀夫将其用匹练绑缚，从广东崖山纵身跳入波涛汹涌的大海中，还有10万军民与其一起跳海殉国，何等的壮怀激烈。

宋高宗赵构是宋徽宗赵佶的第九子，母为显仁皇后韦氏，生于大观元年五月（1107年6月12日），赐名为赵构，授定武军节度使、检校太尉，封蜀国公。大观二年（1108年）正月，封为广平郡王。宣和三年（1121年）十二月，晋封为康王。赵构天性聪明，记忆力很强，他每日能读诵书籍千余言，博闻强记，知识渊博。赵构的臂力也很强，史书记载他能拉动一石五斗（约200斤）力的弓（岳飞能拉动300斤力的弓）。

宋高宗赵构的母亲本为前宰相苏颂的一个丫鬟，宋徽宗时，进行宫女选拔大赛，公卿大臣的未婚女儿都必须参选。苏颂不想自己的女儿入宫，就把丫鬟韦氏当义女送到了京城。凭借前任宰相的推荐，在宫女选拔大赛中韦氏成功入选，成为宋徽宗上万后宫嫔妃中的一员。终于入宫了，成了皇帝的女人了，这本是件让人羡慕的事情，可是韦氏很快就意识到，就算是入宫，要想得到皇帝的宠幸，那也是千难万难，许多人可能一辈子也见不到皇帝，更不要说得到宠幸了。不过上天还是垂怜韦氏，在之后的新宫女分配当中，韦氏被分配到了宋徽宗皇后郑氏的宫中，而就在此时，韦氏遇见了和自己相伴半生的闺蜜乔氏。韦氏虽然年轻貌美，可是比起谈吐风雅，琴棋书画样样精通的乔氏却大有不如。不过，乔氏心地善良，也很喜欢韦氏的本分纯朴。两个女孩子同病相怜，于是经常同出同进，倒也让寂寞的生活有了一点点快乐。两位女孩郑重发誓："先遭遇者为援引。"无论是谁先得到皇帝的恩宠，一定不能忘记姐妹。宋徽宗在即位之初，和郑皇后的感情还算凑合，偶尔也会出入皇后寝宫，作为郑皇后侍女的韦氏、乔氏，多少也能够找到一些机会在宋徽宗面前露个脸。当时的宋徽宗，最喜欢的妃子是刘贵妃，郑皇后看在眼里，记在心中。既然自己留不住徽宗皇帝的人，那么至少还不能让刘贵妃专宠，如果皇帝宠爱的妃子是郑皇后的心腹，那么郑皇后的日子也会舒服一点儿。于是，郑皇后开始刻意安排乔氏和韦氏去接待宋徽宗，甚至故意走开，留给两个人和皇帝单独相处的机会。而善良的乔氏果然没有忘记当初对韦氏的许诺，多次推让宋徽宗去找寻韦氏。宋徽宗盛情难却，就召幸了一次韦氏。这是韦氏一生唯一的一次侍寝，从此之后，韦氏依然是夜夜孤寂，可就是这一个晚上，让韦氏有了龙种，生下了后来的南宋开国皇帝宋高宗赵构。生下皇子后，宋徽宗给了韦氏一个平昌郡君的封号，在后宫嫔妃中，只不过是一个下等的职位，一直到靖康之变发生前，韦氏陪伴徽宗已经有20余年，却依然只是个婕妤、婉容，连正式的"妃"都没挣上。

赵构本是徽宗第九子，而宋徽宗生有60多个子女，光儿子就有31个，赵构不上不下，很是尴尬。母亲出身低微，加上赵构喜欢武艺，而徽宗热衷书画，二人情趣不和，徽宗对赵构这个儿子没什么好感。在宋钦宗即位之后，两兄弟也关系平平。赵构第一次出风头是在靖康元年金宋举行和谈，当时金人提出必须要宋朝一位亲王前往金营谈判才可以。宋钦宗遍看诸王，说："谁可为朕一行？"要在平时，能够在皇帝面前出风头，哪个王爷不争先？可现在是前往金军大营，九死一生，这些王爷全都低头沉默，唯独康王赵构超越位次，挺身而出。《宋史》记载，"康王英明神武，有艺祖之风"，说赵构有赵匡胤的风采。其实，赵构虽然不像民间印象中那么昏庸，却也远不如刚柔并济，果敢有为的赵匡胤。可是，康王赵构作为宋徽宗的中子，在正常的情况下根本没有可能上位。与其庸庸碌碌，不如放手一搏。于是，赵构出行前，特意禀奏钦宗："朝廷若有便宜，勿以一亲王为念。"既然已经请命，既然难料生死，不如干脆把这场英雄戏演足。果然徽宗、钦宗看到赵构如此说，感动万分。为了表示谢意，宋徽宗授意，宋钦宗下旨，加封赵构母亲韦氏为龙德宫贤妃，位次仅仅在皇后、贵妃之后。听闻儿子出使，韦氏默默流泪，以为儿子进入金军大营，就是踏上了黄泉路。可谁曾想到，康王赵构正因为出使，躲过了金人的追捕，反倒是龟缩在汴梁城中的那些王侯妃嫔，沦为阶下囚。赵构来到金军大营，斥责金军不守信义，在金人的威逼恐吓中毫无惧意，金军将领提出比赛射箭，意图打压宋使气焰。谁料想赵构三箭皆射中靶心，金军将领认定北宋君暗王弱，眼前这位亲王必定不是真正的亲王，而是宋国从宗室当中刻意挑选擅长武艺者冒名顶替。于是，当汴梁城破，金人全力抓捕北宋王侯妃嫔的时候，金人对赵构的监管反倒放松，赵构趁机逃到江南。可惜，儿子逃走了，父母兄妹却一个不落地被金国人掳掠北上。之前那些王子们还在鄙夷赵构出风头抢上位，自寻死路，可一眨眼工夫，情况逆转。作为宋徽宗硕果仅存的王子，康王赵构登基称帝也就顺理成章了。

宋高宗赵构政治上昏聩，但是精于书法，善真行草书，笔法洒脱婉丽，自然流畅，颇得晋人神韵，其书法影响曾左右了南宋书坛，后人多效法其书迹。淳熙十四年十月乙亥日（1187年11月9日），赵构病死于临安行宫的德寿殿，享年81岁。宋光宗绍熙二年（1191年），加谥号为受命中兴全功至德圣神武文昭仁宪孝皇帝。

第四位耄耋皇帝为孛儿只斤·忽必烈，生于1215年，1294年正月在大都病逝，寿命为80岁，其为成吉思汗之孙，监国托雷第四子，元宪宗蒙哥弟。大蒙古国的末代可汗同时也是元朝的开国皇帝，蒙古尊号"薛禅汗"。

当宋高宗赵构侥幸逃脱金人劫掳，在以宗泽为首的一批文人士大夫支撑下建立南宋时，元世祖忽必烈的祖先还在茫茫的草原上争抢地盘。南宋绍兴三十二年（1162年）秋，在莲花般美丽的穹庐下，蒙古孛儿只斤族首领也速该家里生下了一个男孩，据说出生时手里握着坚硬如铁的血块。"那就给孩子取名铁木真吧"，因为父亲刚刚俘获了一个名叫铁木真兀格的塔塔儿酋长。这样草原上一代天骄成吉思汗诞生了。

到了南宋开禧二年（1206年），强大的克烈部、泰赤乌氏部、塔塔儿部、汪古部、吉尔吉思部被铁木真逐一征服。铁木真成了蒙古草原真正的主人。

从金章宗泰和五年（1205年）开始，铁木真先是逼迫西夏国献上公主，后攻占金国、花剌子模国、朝鲜和喀喇汗国，做好了进攻南宋的准备。传说有一种鸟一生都在不停地飞翔，从不落地休息，落地的时候就意味着死亡。可惜人生如梦，残阳如血，铁木真这只草原上的雄鹰在岁月的无奈中陨落了，带着成吉思汗不死的梦。

铁木真有四个儿子，术赤、察合台、窝阔台和拖雷，临终前他将儿子们叫到身边，重申了"将帝国钥匙交到窝阔台手中"的决定。窝阔台是铁木真儿子中最明智的，他行动笨拙，生性随和，接受契丹人耶律楚材"天下虽得马上，不可以马上治"的忠告，兴办国学，重用儒生，开启文治之风。至元太宗六年（1234年），窝阔台攻克了金国最后一座城池蔡州（今河南汝南）。

笑容可掬的窝阔台也不乏严酷和刻毒，看着四弟拖雷掌控蒙古80%军队和灭金战役中表现出卓越的军事才能，窝阔台狠心将他毒死。灭金后，窝阔台不再挂帅亲征，天天沉溺酒色，最终死于酒后中风，窝阔台的遗孀乃马真被委任为摄政皇后。世界上的事情该是你的就是你的，窝阔台毒死了拖雷，但蒙古政权最终还是归拖雷的儿子们。窝阔台次子拔都的遗孀和拖雷的遗孀不顾摄政皇后乃马都的反对，连续操纵召开了两次忽里勒台，最终于元宪宗蒙哥元年（1251年）宣布拖雷长子蒙哥为大汗。

蒙哥掌权后，发起了对宋的三面夹击，发誓"十年之内必定灭宋"。他令兀良合台从云南出发进攻桂林和长沙，令忽必烈从河北南下围攻长江中游的鄂州（今武昌），自己亲率主力从陕西逼近四川。"经常走夜路的，难保不碰上鬼。"蒙哥率领所向披靡的蒙古军在一个鲜为人知的地方——四川钓鱼城，遇到了南宋军队依靠有利地形进行的前所未有的抵抗。此后长达半年，蒙军连续强攻钓鱼城。这里成了血腥的"绞肉机"，简直是春秋末年鲁班和墨子的那场赌博式的攻守演习。元宪宗九年（1259年），身先士卒的蒙哥被宋军抛石机击中，在伤痛悲愤中死去。魂断钓鱼城的蒙哥生前未对继承权做出安排，四弟忽必烈和六弟阿里不哥开始争夺皇位。当时阿里不哥留守大本营和林，忽必烈在南方征战，形势对忽必烈不利。但忽必烈果断与南宋贾似道讲和，抽身回到今内蒙古滦水之北的开平，召开忽里勒台，被推为大汗，阿里不哥也在大本营和林被另一些蒙古贵族推为大汗，之后是两派开战，最后众叛亲离的阿里不哥于至元元年（1264年）向哥哥忽必烈投降。1271年，忽必烈在大都（今北京）宣布改"大蒙古"为"大元"，元朝开朝。

"木秀于林，风必摧之。"中国历史上气势磅礴，疆域最阔的元朝仅享国97年，而积弱防守的大宋王朝，却在历史车轮的跌跌撞撞中存活了320年。契丹人耶律楚材是为蒙古帝国而生的，但一个人的力量却无法改变蒙古人的治国方略。忽必烈建立的元朝，极端鄙视文人士大夫，元朝按职业将民众分十等，一官、二吏、三僧、四道、五医、六工、七匠、八娼、九儒、十丐，在他看来，知识分子就是彻头彻尾的寄生虫，连妓女都不如。这与宋代的文人治国，与士大夫坐而论道的治国方略形成鲜明的对比，享国时间也形成鲜明的对比。如果建立元朝的是窝阔台，而不是忽必烈，也许元朝的历史会改写，但还是那句话，历史就是历史，历史没有假设。

往事越千年，毕竟历史上也只有四位耄耋皇帝。有哲人说过，人有三个层次的追求，第一层次是物质层次，第二层次是精神层次，第三层次是宗教层次。四位耄耋皇帝在第一层次和第二层次均达到高度满足了，这应是他们长寿的重要原因之一。其实，四位皇帝中只有梁武帝萧衍达到了宗教层次，他要不是被饿死，他应是历史上最高寿的皇帝。乾隆皇帝在精神层面上追求更丰富一些，且他一生嗜茶如命，他活到了接近90岁。

　　耄耋皇帝最终还是人。人放在历史的长河中是如此的渺小，但沧海一粟，也一样可以有瞬间的精彩。

神龛中的狂人

1864 年正月，洪秀全从神龛中掉了下来，他到他那圣洁的天堂去了，死因据说是天京缺粮，吃了太久的甘露中毒而亡。天京陷落时，长江上密密麻麻地漂浮着遭屠杀的太平军的尸体，据说还导致了几艘路过的英国军舰无法行驶。

1843 年，广东花县洪秀全科举落第，在他心灰意冷之时，遇到了中国传教士梁发（又叫梁亚发），梁发给了洪秀全一本小册子《劝世良言》，这本小册子是什么内容呢？其实是梁发用半通不通、半言半文，加上一些广东话阐释的《旧约》的故事，而且阐释得非常荒唐。洪秀全得到了这本小册子，只是随意翻看了一下，他回家后就生了一场大病，并在病后自称梦里到了上天，见到了上帝。之后，洪秀全真的找了美国传教士罗孝全学了三个多月新教教义，然后就要求受洗。罗孝全在跟洪秀全交流过程中，发现这哥儿们有点奇思妙想，但挺不守规矩的，于是犹豫了一下，拒绝为他施洗。于是洪秀全生气了，愤然离去。自己根据《劝世良言》里胡诌的内容，写了《原道救世歌》《原道醒世训》《原道觉世训》三篇文章，创立拜上帝教，建立拜上帝会，自己去传教了。

洪秀全为客家人，在广东花县客家人常受当地人欺负，现在他又搞了这个拜上帝教，大家都觉得他更古怪，更排斥他，洪秀全在花县待不下去了。1846年洪秀全会同冯云山、洪仁玕沿江而上，到广西桂平金田乡和紫荆乡传教，这些地方也住着客家人，尽管不是广东客家人，但他们相处和睦，在这里扎下了根。

梁发胡弄出来的那个《劝世良言》，以洪秀全这样的科举士子，多半是不信的，他只不过是用它来当作把自己装到神龛里装神弄鬼的工具罢了。不管洪秀全自己是不是坚信那一套，从客观效果看，利用天父天兄聚集了大量民众，经过5年组织发动，到1851年，以紫荆、金田为中心的拜上帝会势力扩展到10个州、县，起事前会集于金田的信男善女多达2万之众。

万事俱备，只欠东风。但是，就在紧张准备起义之时，冯云山被捕了，洪秀全急忙奔走营救。神龛里的天兄突然不见了，拜上帝会一时群龙无首，会众发生混乱，面临分裂瓦解的危险。

天兄不在，也可以叫"天父"来镇一镇。于是以烧炭为业的杨秀清急中生智，利用当地流行的代鬼传话习俗，忽然口哑耳聋，不吃不睡，假托"天父上帝"下凡附体，怒责动摇分子，要广大会众遵守天父之命跟"万国之主"洪秀全斩妖杀魔。杨秀清的"代天父传言"以天威神力稳定了众心，对维系拜上帝会组织起了重要作用。洪秀全营救冯云山归来后，肯定了杨秀清在关键时刻挽救拜上帝会的功绩，承认他"代天父传言"的合法性，承认他受天父特差下凡的地位。

从1851年金田起义，建立太平天国开始，太平军就一路势如破竹，大败清军，不久就攻占武汉三镇，随后沿江挥师东下，在1853年3月攻克素有"虎踞龙盘"之称的南京，并在此定都，改称"天京"。

洪秀全能力不强，思维比较跳跃，整日神叨叨的，如果不是冯云山和洪仁玕辅助，洪秀全名义上的领袖地位也不保。杨秀清虽为烧炭出身，但为人机灵聪明，有思想，有组织能力。洪秀全搞那套装神弄鬼的东西欺骗一般文盲信徒还可以，杨秀清肯定是不信的，这一次"代天父传言"，使他体验到了坐在神龛中的神力，也使他尝到了装神弄鬼的甜头。

这样，太平天国就出现了"一国二主"的特殊现象，在政治上，洪秀全是天王，是一国之主，人称"万岁"；杨秀清是东王，位于洪秀全之下，人称"九千岁"。在太平天国中，洪秀全和杨秀清是君臣关系；但在宗教神权上，洪秀全只是上帝即天父的次子，而杨秀清却是上帝即天父的代言人。在神权上杨秀清的地位反高于洪秀全，这实际上剥夺了洪秀全是上帝在人间唯一代表的资格。由于太平天国实行的是"政教合一"的体制，所以这实际上成了对洪秀全在太平天国权力来源合法性的潜在挑战。因此，这种政治上的君臣关系和宗教上的父子关系之间的矛盾，使洪秀全和杨秀清的关系一直处于十分微妙的状态，这也就为后来的"天京内讧"埋下了一颗威力无比的定时炸弹。

洪秀全习惯了端坐在那美妙的神龛中，杨秀清也曾体验过在神龛中那瞬间的畅快。在太平天国十多年的短命王朝中，政治上的君臣关系和宗教上的父子关系这种微妙的状态，让杨秀清时不时挑战神龛中的洪秀全。

由于在神权上杨秀清高于洪秀全，在许多抗清战役中杨秀清曾屡次以"天父下凡"鼓舞士气，确有实效，所以杨秀清常以"天父下凡"的名义斥责洪秀全。在永安建制封王时杨秀清被封为东王，而且"所封各王俱受东王节制"，地位高于其他各王，仅在洪秀全之下。

太平天国定都天京之后，洪秀全闭在深宫，耽于享乐，荒于政事。杨秀清更是不可一世，屡为无谓小事斥责、羞辱洪秀全，借以树立自己的权威。太平天国淫乱程度相比清朝皇帝有过之而无不及，洪秀全找了180个老婆，比清朝皇帝还多。洪秀全是懂《周礼》的，却无法像士大夫那样，用门规或家规来约束自己的配偶或后妃。士大夫们有三妻四妾，他们可以依据礼法约束闺门，保持家庭和睦。洪秀全找了这么多老婆，而他又是组织能力较差之人，他根本招架不住，以致全乱套了。当他招架不住时，常请杨秀清来管理自己的妻妾。杨秀清就来天王府用降神附体的方法，装神弄鬼，说我是上帝啊，现在下凡到人间来教训众娘子，大家都要听天王洪秀全的话。洪秀全连自己的众妻妾都要杨秀清来管理，实在可怜到无以复加的地步。

到了1856年，杨秀清终于无法控制住自己要端坐到那神龛里去的强大的欲望，他要发狂了。这一天太平天国天京上空阴云密布，东王杨秀清病了。

洪秀全亲临东王府探病，杨秀清双目紧闭，昏睡床榻，洪秀全坐在床前的小榻上看着杨秀清，满眼流露着无限的悲哀。突然杨秀清痛苦地呻吟几声，并未醒来，口里喃喃地咕哝着什么，似在呓语。大家都不知道他咕哝什么，只有耳朵贴着他嘴巴的洪秀全听清楚了："都说天无二日，可天上两日相斗，这是为什么啊？"原来杨秀清反复说的是这句话。洪秀全一惊，立即恢复正常，下令随从在床前跪下九叩首，三呼"东王万岁"，随即移驾回宫。洪秀全回宫后，深感自危，咬破手指血书诏召北王韦昌辉回京。

接下来是大家熟知的天京内讧，韦昌辉、秦日纲杀杨秀清，还欲杀石达开，石达开逃出城外起兵靖难，后洪秀全杀韦昌辉、秦日纲。这场杀戮，导致至少2万多太平天国将士惨死在战友的屠刀之下。之后，石达开愤然西走入蜀，兵败大渡河，被四川总督骆秉章凌迟。镇守战略重镇武汉的右军主将韦昌辉之弟韦志俊投降了曾国藩和胡林翼，后期的太平天国由李秀成苦撑残局。

当年洪秀全拿着那狗屁不通的《劝世良言》本是想流毒广大信徒，忽悠他们放火烧掉房屋，义无反顾地走上起义之路的。且不知，在神龛中装神弄鬼久了，中毒最深的却是洪秀全本人，当大众渐渐从天国迷梦中醒来时，洪秀全却日甚一日地沉溺到那个空幻世界去了。

从太平天国后期看，洪秀全差不多是个精神病患者了，他彻底地疯了。1860年后，洪秀全"格外不由人奏，俱信天灵，一味靠天，不肯信人"。安庆即将守不住了，李秀成劝他预防湘军来围天京，他反斥李秀成，"尔怕死！朕天生真命，不用兵而定太平一统"。1863年12月，天京危在旦夕，李秀成提出让城别走，另寻他路，可洪秀全严厉训斥："朕奉上帝圣旨、天兄耶稣圣旨下凡，作天下万国独一真主，何惧之有！不用尔奏，政事不用尔理，尔欲出外去、欲在京，任由于尔。朕铁桶江山，尔不扶，有人扶。尔说无兵，朕之天兵多过于水，何俱曾妖者乎？"李秀成、陈玉成哑然。尽管东施西突，困兽怒斗，天京还是沦陷了。

写到这里，我还是不禁想起那本小册子《劝世良言》，这有点像金庸小说《射雕英雄传》笔下的西毒欧阳锋窃练的《九阴真经》武功，黄蓉将原武功秘籍做了胡乱的修改，欧阳锋依然练就旷世功夫。可怜的是，在华山论剑时，西毒欧阳锋战胜了东邪黄药师、南帝一灯大师和北丐洪七公。黄蓉告诉他还有一个人他战胜不了，那就是"欧阳锋"，于是他满世界找"欧阳锋"比武。也许洪秀全就是那个真实版的欧阳锋，坐在神龛中久了，还以为自己真的变为神了。

太平天国那个神龛已永远地跌落在历史的尘埃中了，而现代政治生态中大大小小的神龛却在看不见的刀光剑影中立起。现代版的神龛中的狂人却在永不消停中你唱罢来我登场，每当看到现实版的狂人在声嘶力竭地暴跳如雷时，我仿佛看到了端坐在神龛中的洪秀全：他的嘴在不停地咕哝，他的脸在不断地扭曲。

仁政的力量

靖康二年（1127年）四月，金兵围困北宋国都20天后，攻破汴梁（今开封）。金兵劫掠了国都的所有金银财帛、书画等国宝文物，并将宋徽宗赵佶和宋钦宗赵桓父子，连同宗室、后妃、官员和工匠等共14 000多人分7批押往金国。当时君臣皆受凌辱，妇女惨遭蹂躏。宋钦宗皇后被调戏，妃子不堪被辱而自杀。妇女只让穿上衣，不让穿裤子，以满足金人随时下马施兽行之便。千里长途之中，被杀和自尽尸体赤身露体，随地抛弃。老弱、伤病、婴儿卧道旁，哭声不绝，惨绝人寰，成了民族的千古之痛，这就是"靖康之耻"。在这山河破碎风飘絮的危难时刻，是一名叫宗泽的士大夫勇敢地站起来力挽狂澜。宗泽为浙江义乌人，进士出身，刚直豪爽，沉毅知兵，颇有政绩。靖康之变后，北宋王室只有宋徽宗第九个儿子赵构在赴金国作人质路途中逃脱，路过宗泽管辖区时被宗泽挽留下来。后宗泽和李纲、韩世忠、岳飞等辅佐他在南京（今河南商丘）登基做皇帝，后迁杭州建立南宋。宗泽在任东京留守期间，曾20多次上书高宗赵构，力主还都东京，并制定了收复中原的方略，均未被采纳。他因壮志难酬，忧愤成疾，临终前三呼"过河"而卒。正是这些士大夫本着满腔的民族气节，让大宋继续享国152年。

1273年，忽必烈率元军破襄阳城，沿汉水而下，踢开了南宋的大门。朝廷上下惊慌失措，南宋度宗在惊愕之余加倍纵欲，第二年驾崩。年仅4岁的太子赵㬎被扶上皇位，70岁的太皇太后临朝听政。1274年贾似道率领的仅13万宋军被元军击败，后被杀，太皇太后和赵㬎投降元军。之后，太皇太后在大都的正智寺落发为尼，赵㬎小皇帝被软禁后被逐吐蕃为僧。南宋苟延残喘，士大夫陆秀夫、张世杰、文天祥、陈宜中扶持赵㬎的两位同父异母小兄弟赵昰、赵昺先后称帝，苦撑残局。1279年，随着丞相文天祥被杀害和钓鱼城落入元军手中，历史上最为惨烈的一幕上演了。2月，走投无路的陆秀夫决定以身殉国，他先逼妻子跳海自杀，然后将8岁的少帝赵昺用匹练和自己束在一起，把黄金玉玺坠在腰间，在崖山从容跳入大海，10万军民随陆秀夫跳海殉国，立国320年之久的大宋悲壮地消失在汹涌的波涛中。

　　"靖康之耻"和"崖山殉国"是中国历史上最惨痛和最悲壮的事件，总让后世读史人陷入深深的思考和沉默之中。是什么力量让一批批清高的文人士大夫们，为这个军事上积弱的王朝如此的赴汤蹈火、舍生忘死呢？不妨让我们来看看大宋王朝立国之初确定的治国方略。

　　历史沧桑，盛极必衰。享国289年的大唐盛世之后，中国迎来了历史上最黑暗的五代十国时期，军阀们你唱罢来我登场，百姓生灵涂炭，民不聊生。五代历经后梁、后唐、后晋、后汉、后周，自公元907年至960年，共53年。五代时期的皇帝大都是人渣，除了后梁和后周皇帝为汉人，其他三代皇帝均为沙陀人，最奇葩的当数后梁皇帝朱温和后晋皇帝石敬瑭。朱温为安徽砀山人，生性狡黠凶残，嗜杀成性。他先是参加黄巢农民起义后倒戈投降唐朝，封全忠，后灭唐建后梁。朱温嗜杀且喜淫辱，见喜欢的女人就要奸污，不管是下属的妻女，甚至自己的儿媳妇。后梁时期，天下大乱，人伦丧尽，后朱温被自己的儿子所杀。到了后晋的皇帝石敬瑭，其为沙陀人，石姓不知他是从哪里弄来的，非汉族又没文化，根本闹不清"皇帝"的含义是什么，是一位天生卖国求荣的主。当时北方辽国立国了，石敬瑭为了巩固自己的皇位，与辽国皇帝耶律德光做了一笔肮脏交易，认比自己小9岁的耶律德光为父，割让今河北、山西北部的燕云十六州给辽国。石敬瑭将燕云十六州这块咽喉之地割给北方游牧民族建立的国家，让中原王朝一直处于被动挨打地位，使得后晋国国势长期在走下坡路。到了后周，汉人郭威重掌朝权，郭威义子柴进励精图治。可惜英年早逝，孤儿寡母难掌朝政。公元960年，开封城东40多里的陈桥驿，后周统兵大将殿前都点检赵匡胤被下属"黄袍加身"做了皇帝，宋代立国，宋朝就是在这样的历史境况下立国的。

宋太祖赵匡胤建立大宋后，经过五代十国时期53年的折腾，国力衰微，南方还有10个小国待收复，北方有辽国和西夏国。赵匡胤行伍出身，读书不多，但亲目五代十国时期的打打杀杀，深感文治的重要性。于是接受丞相赵普建议，通过"杯酒释兵权"，劝说石守信等大将自动放弃兵权，让他们购置美女良田，欢度晚年。接着，宋太祖重用年轻文官治国，并开始与士大夫们坐而论道，开创了以仁政为治国方略的崭新局面。

赵匡胤在立国之初，密镌一碑，立于太庙寝殿之来室，谓之"誓碑"。每当新皇继位，便须谒庙礼毕，奏请恭读誓词。除了赵宋的列位皇帝得知外，没有任何人可以看到。一直到靖康之变时，金兵攻占开封，碑誓内容才泄露出来："柴氏子孙，有罪不得加刑，纵犯谋逆，止于狱内赐尽，不得市曹刑戮，亦不得连坐支属；不得杀士大夫及上书言事人；

子孙有渝此誓者，天必殛之。"不得不说，能以碑刻这种不可磨灭的方式，让自己的子孙后代作出不得杀前朝皇室后裔以及士大夫和言事者的誓言承诺，千百年来，也唯有宋太祖这一位皇帝了。这位器识宏远的帝王不但有大魄力、大胸怀和大手段，而且开明、仁慈和包容。事实上，两宋历史上，诸位皇帝算是比较听话的，这块誓碑所起到的约束作用的确是不可估量。

在宋朝皇帝以极大的胸襟包容和支持下，许多不管在为官还是为文都有着杰出成就的著名人物，才得以在历史的舞台上演绎出一个个精彩纷呈的故事。

我们经常戏称山西人为"老西儿"，究其渊源，却是出自对寇准的爱戴和怀念。就是这个寇老西儿，胆子可谓极大。《宋史·列传》里记载："（寇准）尝奏事殿中，语不合，帝怒起，准辄引帝衣，令帝复坐，事决乃退。"好了，直言上谏不算，皇帝生气了，还敢拉住衣角不让走。也算是他运气好，太宗皇帝事后不但没有责怪他，反而拿他与魏征并论。但对他甘冒天子之怒，也要"挽衣留谏"的行为，要换成一个脾气不好的皇帝，估计早就对他毫不留情了。

中国古代历史上，第一个被谥号为"仁"的皇帝，就是北宋的赵祯。他在位整整42年，他的知人善任、善于纳谏，在历史上都是非常有名的。历史上公正廉明、铁面无私的包青天，就是出于仁宗一朝。包拯这个人，要是接受时下所谓的情商测试，估计能及格就不错了。据相关记载，这位包大人在人情世故方面很是欠缺，在当时也没什么朋友，跟皇帝讲话也是一点儿情面也不讲。他在担任监察御史和谏官期间，屡屡犯颜直谏。有一次，深受仁宗宠爱的张贵妃，想为其伯父张尧佐谋一要职。皇帝刚下诏令，包拯就开始不依不饶地上谏，皇帝不愿意听，他"傻"劲儿一上来，言辞激烈之下，居然将唾沫星子都喷到仁宗的脸上。但仁宗皇帝却一边用衣袖擦脸，一边苦着脸，还能继续接受他的建议。这反映出这位帝王的度量之大，非常人能及。经此一事，包拯的政治生命不但没有结束，反而日后留下了千古传诵的美名，这某种程度上也是得益于仁宗的宽仁和成全了。

宋朝的神宗皇帝，后世又有人戏谑他为大宋历代皇帝中的"一代愤青"，但不可否认的是，除了太祖、太宗兄弟俩外，在大宋历代继统的皇帝中，他算是比较有理想、有魄力的一位。正因为抱着励精图治、锐意改革的巨大决心，他才能在重重阻力之下，毅然地重用以王安石为首的改革派。但就是这样一位有胆识、有干劲的皇帝，也时常屈服于保守派的势力，在朝堂上屡屡被文彦博等一批老臣为难，怒极却又无可奈何。有一次，他想杀一失职的臣子，却遭到大臣蔡确和章惇的强烈反对，蔡说："祖宗以来，未尝杀士人，臣等不欲自陛下开始破例。"神宗一听也觉得有道理，若为杀一人担负这么大的恶名就不值得了，但轻饶了他又觉得不甘心。于是，神宗沉思半晌，说："那就刺面配远恶处吧。"这时，章惇却说："如此，不若杀之。"神宗问："何故？"章惇说："士可杀，不可辱。"神宗声色俱厉说："快意事更做不得一件！"章惇毫不客气地回敬了皇上一句："如此快意事，不做得也好！"

在宋朝320年的统治期间，正是因为历代皇帝谨守"不杀文人士大夫和言事者"的国策，才给文人积极参政、议政创造了一种难得的宽松氛围和良好环境，亦保证了政治上的相对清明。既没有宦官外戚专权、后妃干政和地方割据，也没有爆发过大规模的兵变、民乱，这是非常了不起的。在这种情况下，宋朝的政治、经济、文化教育皆空前繁荣，科技也得到了迅速发展。据《宋史》记载，宋朝的年赋税收入一度达到近16 000万贯文。美国学者罗兹·墨菲在《亚洲史》中说道："在许多方面，宋朝在中国都是个最令人激动的时代，它统辖着一个前所未见的发展、创新和文化繁盛期，从很多方面来看，宋朝算得上是一个政治清明、繁荣和创新的黄金时代。"

中国历史上83个王朝，559个皇帝。从公元前221年秦始皇统一中国到1911年清帝逊位，2132年间盛世当数汉唐。但细数这些王朝，我们发现血统纯正且持续最长的王朝为宋朝，宋朝分北宋和南宋，共享国320年。汉朝分西汉和东汉，共享国400多年，但东汉刘秀与西汉高祖刘邦仅为同姓而已，已非血脉相传。大唐享国289年，但中间有几十年的武周时期。明清也仅享国276年和267年。

中国四大发明中，仅造纸术在东汉发明，其他三大发明指南针、印刷术和火药术均在宋朝发明。唐诗、宋词、元曲、明清小说，诗是唐代人写完了，词则是宋代人填完了。唐宋八大家中除柳宗元和韩愈外，其他六位均在宋朝，宋代还出现第一位爱国女诗人李清照，那是1000年才出现的一位真才女。中国第一幅写实画卷《清明上河图》，让汴河水历经千年却依然永不停息。在书法上，晋朝已经把书法写完了，但宋徽宗还是弄了个"瘦金体"书法，并用瘦金体为北宋画上了冰裂的句号。宋代在单色釉瓷器制作上达到了顶峰，柴、汝、官、哥、钧、定六大官窑精彩纷呈，世上仅存的67件汝窑基本是目前世界上各大博物馆中陶瓷馆的镇馆之宝。在科举制度上，宋代公平、公正、公开、不拘一格地选人才，出现白屋出公卿，寒门子弟出将入相的局面。宋代广西两位状元均出寒门，北宋太宗朝的广西永福籍状元王世则还是跛脚残疾人。

　　宋代是当代人无限神往的摩登王朝，如果要在古代挑选一个最理想的生活年代，我一定会选择宋朝。宋太祖赵匡胤确定的文治治国方略，正因为这种仁政的力量，才使赵宋在历史的夹缝中存活了320年，才使一代代士大夫们为这个王朝从容赴死。文天祥在从容就义前写的《过零丁洋》中"人生自古谁无死，留取丹心照汗青"诗句就是宋代士大夫们理想的真实写照。

　　"中国"一词，在过去仅指一块地方（略同"中原"），从宋代起，才开始指一个国家（政治实体），同时兼具中华文化的载体。中国现代史学家赵益做出了定义式的结论："汉唐之后不再有汉唐，但宋以后却永远是中国。"

历史上的四个书呆子

南宋绍兴十一年农历腊月二十九日（1142年1月28日），在最后一次提审后，被打得遍体鳞伤的岳飞、岳云和张宪三人被押下去，岳飞被灌毒酒毒死，张宪与岳云被腰斩，抛尸在大理寺的后花园，这是中国历史上的一个千古奇冤。岳飞被毒死111年后，南宋淳祐十二年（1252年）冬，余玠率嘉定守军又与蒙古军大战于嘉定，将其逐走，正全力计划收复四川时，南宋理宗下诏召余玠回临安，以平庸的临安府尹余晦代替他。当余玠得知朝廷的决定后，忧愤染病，一夕暴病而亡。余玠屈死后206年，明景泰八年（1457年），兵部侍郎于谦以"意图迎立藩，入继大统"的罪名，坐"谋逆律"，被斩于北京西市，行刑之时，北京天气骤变阴霾，大街小巷一片哭声。在于谦被斩于西市后174年，明崇祯三年即后金天聪四年（1630年）八月十六日，这一天，中国的天空中，一颗星星陨落了。明朝兵部尚书、蓟辽督师袁崇焕惨遭磔刑。这不仅是袁崇焕个人的悲剧，更是大明王朝的悲剧。

岳飞、余玠、于谦和袁崇焕在历史的滚滚长河中画上了悲怆的句号，在不经意间，你会发现一个惊人的巧合，以上四人姓氏的元音字母均为"y"。这个悲怆的句号和巧合的字母在中国的史册中悬垂，让人心冷如冰，心底隐痛，却又无可奈何。我仿佛看见那元音字母"y"幻化为了一只只飞蛾，奋不顾身地扑向那熊熊燃烧的烈火。这四只飞蛾就是历史上四个书呆子，正如中学课本中我们熟读的于谦的《石灰吟》"千锤万凿出深山，烈火焚烧若等闲。粉身碎骨全不怕，要留清白在人间。"书呆子，旧时泛指死读书，教条主义，书生气很浓，不谙事故的人。一般指只会读书而不会用书上的知识变通的人。正是这种不谙世事和不会变通，表现着一种"明知不可为而为之"的执着，一种为心中的理想奋不顾身的勇气，这就是书呆子气质。

我们不妨先来看看相差300多年的余玠和袁崇焕的故事。

余玠，字义夫，蕲州（今湖北蕲州）人。年轻时家贫落魄无行，曾为白鹿书院学生，因斗殴杀死卖茶翁，为避罪逃入淮东制置使赵葵幕下。余玠作词毛遂自荐，受到赵葵的赏识。南宋嘉熙三年（1239年），他以小参谋的官职率军与蒙军战于汴州、河阴有功，被升为淮东提点刑狱兼知淮安州。南宋淳祐元年（1241年）十月，他率舟师在淮河安丰（今安徽凤阳）击退蒙古大军，解安丰之围。至此，他的军事才能引起了理宗的注意，破格宣他入京陛见。他对理宗慷慨陈言，说："事无大小，须是务实。"又说现在无论原来如何尊荣出身的人，一参军便被指为粗人，希望朝廷以后对待文武官员一视同仁，不要偏重，否则受到歧视的武官可能生出异常。理宗对他说："你议论皆不寻常，可独当一面。"这样，理宗破格提拔余玠作为收拾四川残局的方面大员。

入川后，余玠首先起用播州（今贵州遵义）名士冉氏兄弟，采纳冉氏兄弟对防卫四川的建议。这个建议就是，在几个重要的州治地点，择其地理环境，沿山筑堡垒，在堡垒里储备粮食。同时将州政府设在堡垒里，一遇蒙古军进攻，即将军民撤退到堡垒里，坚守堡垒，使蒙古军没法破坏地方政权，而又无所得，最终将因粮草耗尽而被迫撤退。这些堡垒又相互连成一气，一遇战事，可以遥相呼应。于是余玠从北到南，建筑了一系列的堡垒。主要堡垒有：位于今陕西境内，汉中盆地边缘的大获，大获是原来蜀口的治所，它保卫着四川的北方门户。青居，青居的旁边是沔州。

钓鱼，钓鱼在合州（今重庆合川区）城郊，在重庆北 100 多里，扼嘉陵江内水，它后来成了四川的临时省会。云顶，云顶扼嘉陵江外水，它和钓鱼一起共同起着阻止蒙古军队企图利用嘉陵江舟师之便，顺流袭击重庆和出川的作用。还有几个别的城堡，这些堡垒首尾相连，从川北到川南的四川盆地群山东麓和南麓构成了一道屏障，阻挡蒙古大军东犯长江中下游地区。

余玠在治理四川的八年里，居然能做到在与蒙古对峙的军事形势下四川的大治，使"敌不敢近边，岁则大稔"。八年的治理，使四川恢复了富足，向中央输送了大量财富，减轻了下游的财政负担和军事压力。"边关无警，又撤东南之戍"。南宋淳祐十年（1250 年）冬，余玠在四川形势转好的情况下，率诸将巡边，直捣汉中平原上的兴元，与蒙古军大战。十二年（1252 年），蒙古汪德臣（汪世显之子）率军抢掠成都，转攻嘉定。余玠率嘉定守军又与蒙古军大战于嘉定，将其逐走。余玠在四川与蒙古军三十六战，把敌人打得龟缩在几个据点里，而大片的农村乡镇仍然在南宋的基层政权管理下。余玠打算用十年时间实现把四川全部土地收复的计划，然后解甲归隐，他在四川大刀阔斧地整顿部队的政策直接打击了云顶堡垒统领的利益。他们串通朝中宰相谢方叔、老官僚徐清叟等在理宗面前进谗言。

原来，余玠给理宗的奏折里词气不假辞色，对理宗的态度不够尊重，使理宗感到不快。这两个权臣遂乘机对理宗说余玠手握大权，而又不能让四川将士归心，怂恿理宗撤换余玠的职务。于是理宗下诏召余玠回临安，以平庸的临安府尹余晦代替他。

当余玠得知朝廷的决定后，忧愤染病，一夕暴病而亡。四川老百姓听到他的死讯后，"莫不悲慕如失父母"。南宋的四川失去了余玠，但却留下了钓鱼城，让蒙古大汗蒙哥魂断钓鱼城，阻止了蒙古大军灭宋的步伐。南宋淳祐二年（1242年），四川安抚制置史兼重庆知府余玠筑钓鱼城。1258年，蒙哥大汗挟西征欧亚非40余国的威势，分兵三路伐宋。蒙哥亲率的一路军马进犯四川，于次年2月兵临合川钓鱼城。蒙哥铁骑东征西讨，所向披靡，然而在钓鱼城主将王坚与副将张珏的顽强抗击下，却不能越雷池半步。7月，蒙哥被城上火炮击伤，后逝于温泉寺。钓鱼城保卫战长逾36年，写下了民族战争史上罕见的以弱胜强的战例，钓鱼城因此被欧洲人誉为"东方麦加城"，亦称"上帝折鞭处"。

袁崇焕祖籍广东东莞，祖上到广西藤县经商并在此定居，袁崇焕出生并长大于广西藤县。万历四十七年（1619年），袁崇焕中三甲第四十名进士，任福建邵武知县。天启二年（1622年）袁崇焕到京朝觐（即述职）时，因御史侯恂举荐其有军事才能，升任兵部职方司主事（正六品）。此时辽东形势，已经越来越危急。《明史》记载：自努尔哈赤攻陷抚顺以来，明朝在辽东的总兵官阵亡者共14人。天启帝惊慌失措，抓住首辅叶向高"衣袂而泣"。京师朝野官员，谈敌色变。袁崇焕在关外局势空前严重的态势下，单骑出关，巡视形势。袁崇焕巡视还朝，具言关上形势。曰："予我军马钱谷，我一人足守此！"在这危难多事之秋，有人挺身而出，朝廷求之不得，袁崇焕从容赴任。

袁崇焕登上了辽东军政舞台，面临的却是辽东经略王在晋认为"无局可守"的局面。王在晋认为，明朝一失抚顺、清河，二失开原、铁岭，三陷沈阳、辽阳，四陷广宁、义州，已到无局可守的局面，只有退守到山海关。王经略的分析，一方面表示失陷广义后明朝的严峻形势，另一方面也代表明朝官兵中普遍存在的悲观情绪。袁崇焕不同意王在晋的"无局可守"观点，在辽东的军事棋盘上还可以"作眼"布局，这个"作眼"就是营筑宁远城。王在晋江苏太仓人，万历二十年（1592年）中进士，其任辽东经略，是迫不得已的。前任张鹤鸣上任数月无所作为，以病请辞。继任解经邦为苟全性命，三次上疏请辞，天启帝将其"革职为民，永不叙用"。袁崇焕以其勇气和胆略，安抚蒙古贵族和安置辽民的出色表现，让王在晋更信任、器重他，但袁崇焕和王在晋在守辽方略上产生严重分歧。

自从辽阳失陷后，辽东经略驻地就在山海关。明朝自从失去广宁，自大凌河、小凌河、锦州、宁远、前屯、中屯等地至整个狭长的辽西走廊，广大军民，尽撤回山海关内。如何防守山海关，他们却发生一场大争论。王在晋坚持在山海关外八里处的八里铺，再筑一座重城，护卫山海关，保卫北京城。估算需用银93万两，天启皇帝准谕，先发帑金20万两。但袁崇焕等坚持在山海关外200里的宁远（今辽宁兴城），筑城坚守，护卫严关，屏障关内，捍卫京师，积蓄力量，以图大举。王在晋为辽东经略，袁崇焕仅为宁前兵备金事，人微言轻，袁崇焕的意见未被采纳。当时袁崇焕刚到辽东半年许，只是个低职位卑的金事，这样的大政方针本不该其考虑，但袁崇焕不但坚决反对，而且还两次越级将意见奏告给首辅叶向高，表现了袁崇焕明知不可为而为之的书呆子气质。叶向高得奏告，事关重大又不知所断，遂与天启帝老师孙承宗商量，孙承宗自请巡边。孙承宗到山海关后带着袁崇焕等人策骑出关，察看形势。巡视回来，孙承宗决意支持袁崇焕筑营宁远的意见。又借给天启帝讲课之机，奏告罢免王在晋职，自任督师。天启二年（1622年）八月，孙承宗以原官督山海关及蓟、辽、天津、登、莱诸处军务。他上任后，采纳袁崇焕等建议，修筑宁远城，着手在辽西建立关宁防线，阻遏后金军渡河西进，卫守关门，以固京师。自天启二年（1622年）至天启五年（1625年），经过孙承宗和袁崇焕的设计和努力，遣将分据锦州、松山、杏山、右屯及大凌河、小凌河各城，修缮城郭，派兵驻守。自宁远向前推进200里，宁远则成为"内地"。宁远至山海关200里，至锦州200里，共400里，形成了以宁远为中心的宁锦防御体系。《三朝野记》记载："自承宗出镇，关门息警，中朝宴然，不复以边事为虑矣。"同时，袁崇焕还大量使用购进的西洋"红衣大炮"守城。万历年间耶稣会士利玛窦将欧洲先进的火炮技术信息带入中国，泰昌元年（1620年）徐光启率先派人到澳门购入4门葡萄牙制造的新式火炮"红衣大炮"。天启三年（1623年）至天启五年（1625年）间，朝廷又从澳门购进26门"红衣大炮"，共有30门"红衣大炮"。

孙承宗和袁崇焕"飞蛾扑火"般的自请守边，是大明王朝灭亡的最后一次"回光返照"。从天启二年至天启五年，袁崇焕协助孙承宗在辽守边，受命于危难之际，整顿关门防务，处理蒙古问题，建立关宁防线，迫使后金四年间未敢发动进攻。但天启四年（1624年）魏忠贤清理东林党后，孙承宗于天启五年告老还乡，阉党成员兵部尚书高第代为辽东经略。至此，袁崇焕的历史悲剧也成定局。高第到达山海关后，实行一个"撤"字，撤军、撤民、撤枪械、撤粮草，孙承宗构建的关宁锦防线全撤。宁道前袁崇焕决心身卧宁远，保卫孤城。高第见袁崇焕态度坚决，允其率领一万余名官兵孤守宁远。天启六年（1626年）正月十四日，努尔哈赤统领6万大军，号称20万，长驱直入，指向四面无援的孤城宁远。袁崇焕断然拒绝努尔哈赤诱降，施放西洋大炮，"遂一炮歼虏数百"。张岱在《石匮书后集》中记载："炮过处，打死北骑无数，并及黄龙幕，伤一裨王。北骑谓出兵不利，以皮革裹尸，号哭奔去。"此王即努尔哈赤，其遭受了用兵44年来最大的惨败。《清大祖武皇帝实录》记载努尔哈赤宁远之败时说："帝自二十五岁征伐以来，战无不胜，攻无不克，惟宁远一城不下，遂大怀念恨而回。"

袁崇焕在天启六年正月取得宁远大捷，三月升任辽东巡抚、兵部右侍郎。其后努尔哈赤去世，皇太极继位。天启七年（1627年），天启帝崩，其弟朱由俭继位，即崇祯帝。

袁崇焕与皇太极的较量中，陆续取得了宁锦大捷等一系列的胜利，升任明朝兵部尚书、右副都御史、蓟辽督师。《老子》说：福兮祸所伏。袁崇焕虽然打了大胜仗，却招来更多的忌恨和谗言。偏偏崇祯皇帝又是十分多疑之人，皇太极巧妙地利用了袁崇焕的书呆子气质和崇祯皇帝的多疑，施反间计除掉了袁崇焕。皇太极在多次冲击关宁防线未果后，于崇祯二年（1629年）十月，绕过袁崇焕防区，通过蒙古，突破长城，攻陷遵化，直逼北京。袁崇焕闻报，心焚胆裂，"士不传餐，马不再秣"，赶在皇太极前赶回北京广渠门外，亲自披甲上阵指挥广渠门外和左安门外两处保卫战，皇太极未能破城，但撤至外围，等待时机。皇太极一面备战，一面设"反间计"离间崇祯帝和袁崇焕的君臣关系。据《崇祯长编》记载，大清兵驻南海子，提督大坝马房太监杨春、王成德为大清兵所获，口称"我是万岁爷养马的官儿"。第二天，皇太极命将杨春、王成德带到德胜门外，严加监守。随后皇太极指派副将高鸿中、参将鲍承先按旨意夜里回营，坐在两个太监卧室隔壁，故作耳语秘密谈话，他们在谈话中明示袁崇焕与皇太极有密约，攻取北京城，城下之盟，很快可以成功。接着，故意放走杨、王两太监。两太监回到紫禁城，将窃听到的高鸿中和鲍承先的密谈内容报告崇祯皇帝，崇祯皇帝本就多疑，且受阉党蜚语，决定在平台召见袁崇焕"议饷"。

明崇祯二年（1629年）十二月一日，崇祯皇帝在北京紫禁城平台召见袁崇焕，传谕是"议军饷"。当时有部下提醒袁崇焕以防有诈，但想到北京天寒地冻，军队无粮无草，袁崇焕毅然前往。当时北京全城戒严，城门紧闭，堂堂的兵部尚书、蓟辽袁督师，就是坐在筐子里被提到城上的。

到了平台，崇祯皇帝并未议响，而是将袁崇焕逮捕，送锦衣卫大狱。袁崇焕遂于崇祯三年（1630年）八月十六日在北京西市被凌迟。袁崇焕所受的酷刑"凌迟"，就是民间所说的"千刀万剐"，死时的惨烈程度史无前例。张岱的《石匮书后集》记载："遂于镇抚司绑发西市，寸寸脔割之。割肉一块，京师百姓，从刽子手争取，生啖之。刽子乱扑，百姓以钱争买其肉，顷刻立尽。"多么惨烈，多么悲哀！崇祯皇帝自毁长城，明朝注定走向灭亡。崇祯十七年（1645年），李自成攻取北京城，崇祯皇帝吊死在煤山的那棵歪脖子树上。

尽管相距数百年，历史还是那样惊人的相似。余玠和袁崇焕，同样是一介书生，同样是毛遂自荐，同样是筑营防守，同样是战胜强敌，同样是蒙受陷害，同样是呆气十足。两只"飞蛾"都奋不顾身地扑向了大火，只不过袁崇焕更加惨烈和悲壮。

我们再来看看同样相差300多年的另外两个书呆子岳飞和于谦的故事。岳飞，字鹏举，北宋崇宁二年出生于河北西路相州汤阴县（今河南安阳汤阴县）的一个普通农家。少年岳飞，为人沉默寡言，常负气节。喜读《左氏春秋》《孙吴兵法》等书。岳飞生有神力，不满20岁时就能挽弓三百市斤，开腰弩八石，时人奇之。宣和四年（1122年），岳飞应募，经过选拔，被任命为"敢战士"中的一名分队长。宣和七年（1125年），金灭辽之后，便大举南侵攻宋。宋徽宗禅位于长子赵桓，即钦宗，次年改年号为靖康。东路金军渡过黄河包围开封，宋钦宗重用李纲守卫京城，但最终还是选择求和。钦宗在求和的同时使人送蜡书命康王赵构为河北兵马大元帅，征召各路兵马以备勤王。岳飞母亲姚氏是位深明大义的妇女，积极勉励岳飞"从戎报国"，还在岳飞后背刺上"精忠报国"四字为训。岳飞牢记母亲教诲，忍痛别过亲人，投身抗金前线。

靖康二年（1127年）四月，金军从已被洗劫一空的汴京城撤出，满载着金帛、珍宝北上，徽宗、钦宗二帝和皇室成员、机要大臣、工匠等14 000人都做了俘虏。北宋就此灭亡，史称"靖康之耻"。五月初一，康王赵构在应天府（今河南商丘）即位，是为南宋高宗。赵构虽起用了抗战派名臣李纲为左相，但仍旧对投降派黄潜善、汪伯彦等人颇为器重。赵构这个皇帝可以说是"捡"来的，也许是他命里该有，这得从他的出身说起。宋高宗赵构的母亲韦氏本为前宰相苏颂的一个丫鬟，在宫女选拔大赛中韦氏成功入选，并被分配到了宋徽宗皇后郑氏的宫中，在郑皇后侍女乔氏的援引下，宋徽宗盛情难却，就召幸了一次韦氏，让韦氏有了龙种，生下了后来的南宋开国皇帝宋高宗赵构。

赵构本是徽宗第九子，而宋徽宗生有60多个子女，光儿子就有31个，赵构不上不下，很是尴尬。母亲是丫鬟出身，加上赵构喜欢武艺，而徽宗热衷书画，情趣不和，对赵构这个儿子没什么好感。在宋钦宗继位之后，两兄弟也关系平平。靖康元年金宋举行和谈，当时金人提出必须要宋朝一位亲王前往金营谈判才可以，康王主动请缨，后发生"靖康之耻"，赵构父母兄妹却一个不落地被金国人掳掠北上，才让他有上位的机会。

天上掉下了馅饼，赵构一夜之间君临天下，那种惊悸和喜悦是无以言表的。父兄被掳北，但人还在，如果真抗金迎回了父兄，皇位还轮得到自己坐吗？皇帝是被掳劫了，但河山还在，人民还在，民众抗金热情高涨。如果不抗金，也会没人支持，皇位也坐不稳。赵构经过深思熟虑后，为了坐稳皇位，采用了"假抗金，真投降，保皇位"的策略，从这一刻起，书呆子们就注定了"粉身碎骨"的宿命。赵构弄权还是很有一套的，300多年后的明景泰帝朱祁玉就差远了，他只会思前顾后，优柔寡断，郁郁而终。皇位交回给哥哥明正统皇帝朱祁镇，朱祁镇做了两回皇帝，将正统朝改为天顺朝。

赵构"假抗金，真投降，保皇位"的国策，随着金人的南侵和北撤，主战派和议和派之间各自的优势在朝廷上此消彼长。之后李纲被罢相，东京开封府的留守宗泽就事实上成为抗金的中心人物。岳飞从1128年遇宗泽起到1141年为止的10余年间，率领岳家军同金军进行了大小数百次战斗，所向披靡。

建炎二年（1128年）四月以后，天气开始炎热，金军撤退，宗泽准备北伐。王彦的八字军奉宗泽之命移屯滑州。五马山的首领马扩也携带信王赵榛的信前来东京留守司。宗泽和王、马等人共同制订了北伐的计划。这年六月止，宗泽上陈述恢复大计的奏章达24次，但始终没有取得高宗的支持。年近古稀的宗泽再也支持不住，背疽发作，于七月初一含恨离世，临终前仍然高呼："过河！过河！过河！"

宗泽死后，杜充继任东京留守。其人"性残忍好杀，而短于谋略"，置宗泽生前的计划于不顾，北伐终告夭折。建炎二年（1128年）八月，金军再次南侵。一次，岳飞奉命驻守竹芦渡，用疑兵之计打败金军，因功转升武功郎。岳飞苦心经营建立起了"岳家军"，"岳家军"是当时人们对岳飞率领的军队的习惯称呼，正如韩世忠率领的军队被称为"韩家军"，张浚率领的军队被称作"张家军"一般。杜充降金后，岳飞开始独立成军，在江南坚持抗金。岳飞收复襄汉六郡后，岳家军移屯鄂州，襄汉地区自此成为岳家军的主要防区。经过数次扩编，截至绍兴五年（1135年）

岳家军的兵力达到了3万余人。

1140年，由于完颜兀术毁盟攻宋，岳飞挥师北伐，先后收复郑州、洛阳等地，又于郾城、颍昌大败金军，进军朱仙镇。宋高宗、秦桧却一意求和，以十二道"金字牌"下令退兵，岳飞在孤立无援之下被迫班师。在宋金议和过程中，岳飞遭受秦桧、张浚等人的诬陷，被捕入狱。1142年1月，岳飞以"莫须有"的"谋反"罪名，与长子岳云和部将张宪同被杀害。宋孝宗时岳飞冤狱案被平反。

岳飞虽是武将，但他文采横溢，有儒将风范。他是寂寞英雄，满腔抱负，无人赏识，"欲将心事付瑶琴"，却无奈，"知音少，弦断有谁听？"他写《满江红》那样豪情万丈，可却是借琴弦抒发着心中无言的呐喊。岳飞这一生，为南宋抗金，浴血沙场，赤胆忠心，不为功名，只希望可以得遇明君，慰藉平生寂寥。

饱读诗书的岳飞就是这样，始终恪守国家和人民的利益高于一切的信条，天真地认为"驾长车突破贺兰山缺"，收复失地，重建大宋，这也同样是高宗的理想，殊不知"假抗金，真投降，保皇位"才是高宗真正的算盘。当金人承诺和谈，并同意送回父亲徽宗灵柩及同意生母韦氏南归后，只好将岳飞这只主动往烈火中飞奔的"飞蛾"推向了那熊熊的火焰中。"绍兴议和"是用书呆子们的鲜血和生命换来的，山阴从此改为了绍兴。"山阴不在，绍兴不兴"，南宋最终还得上演"崖山跳海"的悲壮。

于谦，字廷益，浙江钱塘人，永乐年间进士，正统年间任兵部侍郎，著名的政治家、军事家，民族英雄。于谦少年时十分仰慕文天祥，除了习读八股制艺，还努力研讨古今治乱兴衰的道理，有"慨然有天下己任之志"。讲于谦的故事，还得先讲讲明朝的历史。1368年，朱元璋建立明朝，元顺帝撤回大漠并在大漠建立北元。洪武二十年（1387年），明军在呼伦贝尔将元顺帝之孙脱古思贴木儿彻底击败，名义上的北元消失。又过了20年，混乱的蒙古草原形成了两大势力，东部蒙古称"鞑靼"，西部蒙古称"瓦剌"，瓦剌部异军突起，瓦剌太师也先统一了蒙古。

明英宗朱祁镇登基时，距朱元璋开基建国已有近70年的时间了。经过前面五位皇帝的经营，国家已经恢复稳定，经济得以复苏，呈现出繁荣强盛的态势。特别是仁、宣二宗继承洪武、永乐基业，又能勤政爱民，当时宇内承平，史称"仁宣之治"。英宗是明朝建国以来第一位幼年天子。即位之初，军政大事操持在太皇太后张氏和内阁三杨手中。太皇太后张氏很有才智，在正统朝前期政治活动中起了非常重要的作用，国家大事多禀裁决。三杨，即杨士奇、杨荣、杨溥，是明朝历史上少有的"名相"。他们历永乐、洪熙、宣德三朝，有着丰富的治国经验。因此在英宗亲政之前，明朝仍然延续着仁宣时期的发展轨迹前进着。正统七年（1442年），太皇太后张氏去世，三杨也先后淡出政治舞台。

正统十四年（1449年），也先以没娶到明朝公主为由，拔刀出鞘，兵分四路越过长城，明蒙之战全面爆发。

消息传到北京城，皇帝召集大臣们商量对策。有一个人表现得很兴奋，他是一名太监，叫王振。王振为河北蔚州（今河北蔚县）人，饱读史书却做官无门，于是自愿阉割进入宫廷。这个肚子里有点墨水的家伙一入宫就被明宣宗朱瞻基安排去侍奉太子朱祁镇，随着朱祁镇登基，王振也当上了太监的最高长官司礼监掌印太监。另外，老朱家的遗传基因也是充满着好战和尚武，估计朱祁镇也跃跃欲试。英宗在王振的唆使下，草率决定亲征。这次亲征，英宗的本意是想效仿其曾祖父成祖5次亲征蒙古的壮举。七月十五日，英宗命御弟朱祁钰留守北京，率大批官员，挑选精兵号称50万出师迎敌。八月十三日，大队人马驻扎在土木堡，被也先部队包围。土木堡地势虽高却没有水源，掘地两尺仍不见水，士兵饥渴两日，战斗力大为下降。十五日，明军被蒙古军击败，50万大军伤亡过半，公侯大臣死难者甚众，可怜英宗也被也先掳去，转瞬间就由贵不可言的皇帝变为阶下囚。这就是"土木堡之变"。

　　戏剧般吃掉数十万明军的蒙军也先挟持英宗经紫荆关兵临北京城，试图以英宗的"人质盾牌"迫使明朝就范。守也守不住，打也打不了，逃也逃不了，北京城内顿时沉浸在一片痛哭、抱怨和争吵声中。一场争吵在紫禁城朝堂上展开，徐珵（徐有贞）率先发言："我夜观天象，对照历数，发现天命已去，只有南迁方能避过此难。"话语一落，大臣们纷纷附和。"建议南迁之人，该杀！"兵部侍郎于谦挺身而出。于谦联合尚书王直等重臣，以太后之命立英宗之弟朱祁钰为帝，即景泰帝，遥尊英宗为太上皇，使瓦剌的"人质盾牌"阴谋彻底破产，伟大的北京保卫战拉开序幕。于谦组织了22万兵力会聚北京城，令大军全部开出九门列队迎敌，从未指挥过战斗的文弱书生于谦发出三道军令：一是锦衣卫巡查城内，不出城迎战者斩；二是全体将士必奋力杀敌，临阵将不顾军者斩，军不顾将者，后队斩前队；三是大军开战之日，从将率军出城后，立即关闭九门，有敢随便放人入城者斩。典型的破釜沉舟，真正的鱼死网破，结果蒙古军一败涂地，撤回蒙古草原。第二年，形同废物的英宗被送回明朝。

　　太上皇回京后一直居住在所谓的南宫，即皇城南角那个俗称为"黑瓦殿"的崇质殿。景泰帝为了巩固自己的帝位，废太子朱见深为沂王，立自己的儿子朱见济为太子。

不幸的是，新太子不到一年即病死，景泰帝再也无人可立，因为他只有一个儿子。太上皇住在南宫，一种强烈的不安全感折磨着景泰帝。如此心境自然引起疾病，朱祁钰于景泰八年（1457年）病重。此时，一场巨大的阴谋正在酝酿。参与阴谋的有5个人，我们姑且称为"四条半汉子"，因为有一个是太监。徐有贞，原名徐珵，左副都御史，因在"土木堡之变"中建议南迁受到于谦痛斥；石亨，在北京保卫战中立功被封为武清侯，后上书保举于谦的儿子为官，被无私的于谦弹劾，因拍马屁拍到马腿上而怀恨在心；张軏，将门虎子，因犯军律受到过于谦的处分；许彬，太常时卿，审案高手，阴谋专家；曹吉祥，宦官，王振的同党，有着恨于谦的一切理由。

一切都在暗中进行，于谦等人却浑然不知。正月十六日，少保于谦，大学士王文经过反复权衡，决定推举明英宗儿子朱见深为太子，准备在第二天朝会时提请皇帝同意。如果此举完成，"四条半汉子"的阴谋将失败，太上皇只得与儿子争皇位。阴谋提前实施，正月十六日四鼓时分，"四条半汉子"带兵潜入长安门，毁墙夺门进入南宫，将英宗重推上皇帝宝座。等到早朝，看到坐在金銮殿上的不是朱祁钰而是朱祁镇时，均感大祸临头。接着英宗下达诏书：景泰帝仍为郕王，景泰八年改为天顺元年。朱祁镇做了正统和天顺两朝皇帝，相传曾有相士算命，朱祁镇为明朝所有的皇帝中命相最硬的，看来命里有时终会有啊。病重的朱祁钰再也无人看护，以致在病榻上被活活饿死，年仅30岁。

"南宫复辟"后第二天，"四条半汉子"就得到了优厚的回报，于谦和王文被以"迎立亲王之子"的罪名逮捕下狱。可是逮捕之后，发现用来召唤亲王入京的金牌仍在后宫。显然，这个罪名是很难成立的。没有办法，三法司只好去请示阴谋集团的头目徐有贞。徐有贞的答复是："虽无痕迹，意有之。"估计他不会想到这句话会成为千古名句，与秦桧的"莫须有"一样为后人唾弃。

于谦死了，就像落日坠落群山一样。

300年前，宋高宗千方百计阻挠父兄回朝，而"傻乎乎"喊着"直捣黄龙府，迎二帝还朝"的岳飞被暗暗除掉。300年后，历史又一次被重演，人类深层次的悲哀被再一次定格，与岳飞一样顶天立地的于谦，"傻乎乎"地把英宗迎了回来。同样具有悲剧色彩的还有景泰帝，他不愿落个不顾兄弟之情的骂名，因而在政权隐患和忠孝仁义之间选择了后者。结果，300年前宋高宗赵构最担心的事情发生了。历史总是那样惊人的相似，总在悲与喜中不停地轮回。而书呆子也在历史的轮回中"傻乎乎"的执着地前行。

在历史的时光隧道中的那一头，烈火熊熊。岳飞、余玠、于谦和袁崇焕这四人姓氏的元音字母均为"y"的书呆子，仿佛是折了一个翅膀的"飞娥"，飞向了隧道的那一端，粉身碎骨。长长的时光隧道，分明还有一个元音字母为"w"的书呆子在踽踽地前行。

第四章

「茶藏
故事

六爷

六爷是他的雅号，他姓舒。他不是做茶叶生意的，其实他是一名金融企业的高管。由于他爱六堡茶、品六堡茶和藏六堡茶，南宁的一个爱好六堡茶的小圈子给了他一个雅号"六爷"，他也欣然接受。

我第一次见六爷大约是在2006年春天，他和他的几个同学来石乳香茶庄金湖店喝茶，在二楼的一个包厢。那时的他给我的印象是话不多，脸上总挂着微笑，一副谦谦君子之状。

那时候他还不叫"六爷"，我们称他舒总。他之后多来了几次，我们和他有些熟了，知道他是一家国有金融企业的部门负责人。当大家更熟悉一些后，也偶尔开些玩笑。

他说他也是几年前才开始喝茶。说是几年前有一次他到武夷山出差，游览了武夷胜景并参观了茶园，买了些武夷岩茶回来喝。

或许由于武夷岩茶性烈，或许由于品饮不得法。他说把胃喝坏了，吃了大半年中药调养肠胃。情况好些了，尝试喝些普洱熟茶，但每次一喝都会拉肚子，可能是喝到了质量差的普洱熟茶了。他说前些时候朋友让他尝试喝六堡茶，他感觉六堡茶青涩有欲呕吐之感。我估计他喝到的是轻发酵的六堡新茶。

那时候我们给他喝的是中茶蓝印无土黑盒六堡茶，他喝后感觉很好，既没有之前想呕吐之感，也不会拉肚子。其实，那时候我们也没有专门给他喝老六堡茶，记得在那时候中茶蓝印无土黑盒六堡茶是石乳香茶庄的招待茶。

在最初的一年多时间里，六爷一般都在二楼包厢，很少到大厅喝茶。其间他也只买少量茶，如中茶蓝印无土黑盒，中茶8303六堡茶和石乳香茶庄自编号的110六堡茶等几款茶存着喝。好像到了2007年年底，六爷才开始常到一层大厅喝茶。常来大厅喝茶，也开始交些茶友，逐渐开始收藏一些中茶的礼盒茶和大筐茶。

其间，六爷也收藏些宜兴紫砂壶，还有一些易武普洱生茶。不过不常喝，还是对六堡茶情有独钟。

六爷真正收藏六堡茶似乎还是晚了一点儿，他在二楼只喝不藏的那一年多时间里，许多好茶与他擦肩而过，如"中茶"第一批88年无土黑盒、小黄盒、山水盒等，"三鹤"的0211、0212、小绿盒和小龙盒等都错过了。后来他也从其他渠道收藏了一些，但毕竟数量有限。

六爷说，在20世纪90年代，他和六堡茶有过一次偶遇。当时他和广西茶叶进出口公司做茶叶出口货物运输保险业务，开始知道有六堡茶。那时候他连喝茶的习惯都没有，更不要说喝六堡茶了。记得那时运输途中外包装被打湿的六堡茶，保险公司赔款以后拿回来，放在公司花园里做花肥。六爷那时没有和六堡茶结缘，也许与六堡茶的缘还没有到吧。

六爷最执着的一次收茶历程是收藏陈年篓装六堡茶。这是一款由原生态野生茶青做成的大筐装六堡茶，有正宗的槟榔香，香气飘逸，茶味浓醇。六爷一喝就非常着迷，可惜只淘到了少量。后来听说这茶曾卖过一筐给柳州的一个茶商，他在柳州电视台旁开了个茶庄。于是六爷请柳州的朋友连夜去查访，朋友的反馈信息是茶庄已搬回柳城。于是六爷第二天又请朋友务必找到这家茶庄。朋友在第二天傍晚找到了这家茶庄，不巧老板外出，两个朋友一直守到晚上10点半女老板才回来开门，朋友提出要喝陈年篓装六堡茶。陈年篓装只是石乳香茶庄的说法，女老板不明其意，只拿了一款小篓装的六堡茶。好在两个朋友中有一个是懂喝六堡茶的，一喝不对，就说请拿出店里最好的六堡茶来，女老板从角落里搬出一个紫砂罐，朋友喝后知道就是说的那个好茶，马上交钱并连夜提货，第二天专程送到了南宁。这就是一个执着的六堡茶茶客，也难怪后来茶友们送他一个"六爷"的雅号。

后来听六爷的朋友说，第二天男老板追了过来，说这个茶他是不想卖的，没交代好女老板，还想要回去。或许男老板觉得卖便宜了，可是茶已送到南宁了。

说到陈年篓装六堡茶，还得说说他的孪生兄弟110六堡茶。

大约在20世纪90年代末，南宁石乳香茶庄采购了一批用野生茶青做成大筐的散装六堡茶。由于当时市场热捧普洱熟茶，这批野生茶青生产的六堡茶也不太好售。于是随潮流将这批六堡散茶中的一部分重新蒸压做成饼茶，并用"海鑫堂"这个普洱茶老字号试图销售，结果大部分还是躺在南宁和广州芳村的仓库。2008年后，石乳香茶庄老板重新按六堡茶销售，并给它起了个响亮的名字"110六堡茶"。另一部分未压成茶饼的筐茶就是"陈年篓装"六堡茶。之后，"陈年篓装"六堡茶由于香气霸，茶味醇，迅速被茶客追捧，抢购一空。

110六堡茶由于再蒸再压，或许再加工工艺也比较粗糙，产生了些许仓味。一泡茶前五道口感都不太好，所以当时客茶中喜欢这茶的不多。当时石乳香茶庄为了散掉此茶仓味，还将茶饼拆散放在大紫砂罐中揭开盖子，边散仓味边销售。但六爷敏锐地认准了这款茶的优质原生态野生茶青，不断地收藏这款茶。现在市场上已基本看不到陈年篓装六堡茶和110六堡茶这对孪生兄弟了。

六爷来石乳香茶庄的次数越来越多，我们和他也越来越熟。他开始喜欢坐在大厅喝茶，也认识和交往了不少茶友。交流多了之后，我们发现六爷有时候话也很多，特别是在谈些历史逸事、茶趣故事时，他往往也滔滔不绝，成为茶桌的中心。我们其实也挺爱听他讲故事，但有些历史故事总是似懂非懂的。

不知是谁给他起的"六爷"这个雅号，大概也是在这个时期吧，茶客们叫着叫着就叫开了，他也欣然接受。其实，那时石乳香茶庄的茶客中很多都是有雅号的，因为大家都不太知道也不好知道各自的真名实姓、从事何种职业，有个雅号利于交流，只是"六爷"这个雅号后来越来越响亮而已。

大概是2010年的时候吧，石乳香茶庄举办了一次六堡茶斗茶赛，我们鼓动六爷参赛。一开始六爷觉得自己没有什么老六堡茶，不好参赛。后来在我们的鼓励下，六爷送了两个茶样参赛，结果两个都获得了三等奖。这次斗茶赛评出一等奖一名，二等奖两名，三等奖三名。六爷的两款茶中一款是中茶蓝印无土黑盒六堡茶，一款是中茶32106六堡茶和110六堡茶各50%拼配的"石乳竹篮"六堡茶。

知之不如好之，好之不如乐之。六爷品六堡茶乐在其中，不愧为"六爷"了。这回六爷真的是迷上六堡茶了，不断地藏茶和淘茶，并且博览六堡茶书籍。当淘到老六堡茶时，总愿意拿来与我们评判和分享。除了在南宁淘茶，六爷还常到六堡茶产地梧州和六堡镇淘茶，参观六堡镇茶山，拜访六堡镇老茶人，向六堡茶非物质文化传承人请教六堡茶往事。

有一段时间，六爷爱上了古法原种的农家六堡茶和农家老茶婆，认为那才是正宗的六堡茶。后来发现农家六堡茶没有统一的工艺，加工标准良莠不齐，卫生条件也较差，有些还有造假的现象。狂热一段时间后，还是觉得中茶和三鹤的六堡茶标准统一，工艺规范，收藏还得回到正规轨道上来。

水是茶之母。六爷和茶友们不仅学茶还研水。他们用各地的矿泉水泡六堡茶进行对比，体味茶汤中的香滑爽甜，认为矿泉水中农夫山泉综合性最好。还对广西主要水系进行了一番研究，六爷说从广西水系分布看，也是一江春水向东流，右江和红水河发源于云贵高原，左江发源于龙州，左江和右江汇合于南宁附近的老龙口，下游称郁江，红水河和柳江在武宣汇合，下游称黔江。郁江和黔江在桂平市汇合，经过平南县，继续东流，绣江在藤县汇入，经梧州市，再汇入起源于猫儿山的桂江水，流向珠江，最后流向大海。

广西的江河水质总体还可以，只是广西大部分地域属于喀斯特地貌，碳酸钙的含量略高，水性显得比较硬。并且江河大部分流经矿区，江水中有色金属铝、锡等含量略高，需要过滤后使用较好。广西也有部分地区的山泉水比较适合泡茶，经过六爷和茶友们多次试泡，认为桂平西山的乳泉水泡六堡茶最佳。

器是茶之父。六爷对储存六堡茶也颇有研究，主要采用宜兴紫砂茶罐和钦州坭兴陶茶罐来储存六堡茶。很老的六堡茶如二十世纪七八十年代的老茶，要先用锡箔纸装好，再放到紫砂罐中储存，避免过度陈化茶气散失。一般老茶放在紫砂罐中，不宜放得太满，留出一定空间，利于茶叶呼吸，同时茶面上放上一张绵纸利于防潮。六爷有一次将一款正宗槟榔香的老六堡茶放在茶罐中，将茶罐放到新樟木做的格子架上，之后发现樟木味迅速被茶叶吸收，马上将茶罐搬到朋友的茶庄中抢救，倒出来晾散掉樟木味，再放回茶罐中，后来这款正宗槟榔香老六堡还是留下淡淡的樟木香，从此朋友将此茶揶揄为"樟香"。

六爷和茶友们研究：为什么三鹤牌六堡茶特立独行，香味正宗？结论主要是梧州茶厂有一个防空洞，洞口的一端靠梧州西江，常年恒温恒湿，早期茶叶生产后一般要在防空洞内储存陈化二年到三年才正式出厂。正因为防空洞内的储存陈化，才创造了三鹤牌六堡茶正宗的槟榔香。所以，六堡茶储存的环境对它的品质形成至关重要。六爷还从乡下淘来二十世纪六七十年代的、农村嫁女时用的杉木箱，用来储存六堡茶的饼茶和砖茶。老杉木箱弥漫着淡淡的岁月味道，让六堡砖茶和饼茶增添了古老的韵味。

茶香，是六堡茶的情人。六堡茶茶香，香气纷呈，魅力无穷。老的好六堡茶，每一道的茶香都不同，展现出无穷的魅力。一般人认为，六堡茶香就是槟榔香，而且认为只有六堡镇产的原种茶青，加上古法传统工艺，再加上十年陈化，才可能会有槟榔香。但六爷和茶友们经过研究认为，并非只有原种茶青能出槟榔香，近年来随着各种茶青的使用，有些非六堡镇原种的茶青效果更显著，特别是一些野生茶青槟榔香更浓。

茶香主要来自茶青，工艺和储藏环境。六爷说，一款老茶，不管是什么老茶，如茶泡淡了，香气还弥散在茶汤中，必定是一款茶青不错的老茶。因为工艺产生的香气不足如此。关于六堡茶的香型，槟榔香只是其中一种，还有花香，如菌花香、花蜜香等，还有果香、参香、木香等，六爷说他还喝过杏仁香的。老的六堡茶还有槟榔香、菌花香和樟木香三种香味交替出现，一泡茶中的每一道茶，这些香味都交替占上风，此起彼伏。所以单论香型，六堡茶就会让人流连忘返。

六爷曾经一度热衷于用老茶罐贮藏六堡茶。他说为了尝试贮藏茶，做了一件最令人后悔的事，就是关于那款中茶32106六堡茶和110六堡茶拼配叫"石乳竹篮"的老茶，把它们十几篓全拆掉放到茶罐中，将竹篮和麻绳丢掉。现在回想起来都很后悔。我听着也很遗憾，那可是当年我们石乳香茶庄的姑娘在老师的指导下亲自拼配和包装的一款六堡茶啊，它是一款经典的老六堡茶，在斗茶比赛中曾获得过三等奖的，也是我们石乳香茶庄姑娘们青春岁月的印记，是很有纪念意义的一款茶，结果被六爷的藏茶冲动拆掉了。尽管茶还在，但包装没有了，非常可惜。

2012年，六爷参加了一家金融企业总部的筹建，来石乳香茶庄的次数少了。2015年，他筹建一家央企背景的金融企业，来石乳香茶庄的次数更少了。

这几年尽管六爷工作很忙，还是在百忙之中，抽时间去淘老的六堡茶。前些日子，六爷来了茶庄一次，说是淘到了一款老六堡茶，拿来与我们分享。言谈中六爷的六堡茶情怀溢于言表，他说很想在将这家企业带上正轨后，退居二线开一个茶庄，茶庄里有一个专门展览间，拿来展示他收藏的六堡茶。他还说他要申请一个叫"六爷藏茶"的商标。他还说他想成立一个六堡茶文化研究基金协会，推广和分享六堡茶。他说其实分享才是人生最大的快乐。

昨夜我做了一个梦，梦见"六爷藏茶"的商标注册成功了，六爷的茶庄也开业了。我在琳琅满目的茶叶展览间里找啊找，竟然在架格间找到了那款竹篓麻绳包装的"石乳竹篮"六堡茶。

我在梦中开心地笑了。

错版的六堡茶

众所周知，茶叶最基本的分类方法是按发酵程度来分的。绿茶为不发酵茶，发酵程度为零。黄茶为微发酵茶，发酵程度为10%—20%。白茶为轻度发酵茶，发酵程度为20%—30%。青茶为半发酵茶，发酵程度为30%—60%。红茶为全发酵茶，发酵程度为80%—90%。黑茶为后发酵茶，发酵程度为100%。

黑茶的主要种类有云南普洱熟茶、广西六堡茶、湖南安化黑茶、湖北老青茶和四川边茶等。

六堡茶起源于宋代，至今已有1000多年的历史。在清嘉庆年间被列为全国二十四大名茶之一，并进贡朝廷。1949年前，六堡茶主要是小作坊生产，采用六堡镇各村的原种小乔木中叶茶为原料，以传统古法进行加工生产。

中华人民共和国成立后，六堡茶逐渐恢复生产和出口。

1953年，中国茶业公司广州分公司在梧州设立办事处，主营广西六堡茶，并在六堡镇角嘴路老虎冲设立小型手工生产茶叶精制工厂，这就是梧州茶厂前身。目前梧州茶厂生产的"三鹤"六堡茶已成为六堡茶中最传统的品牌，比较有代表性的茶品有5801、0101、0212、0211、龙盒系列等。关于"三鹤"六堡茶商标的历程，在2006年之前是"三鹤牌"六堡茶，但由于之前梧州已有一食品厂注册了"三鹤牌"商标，根据商标法有侵权行为，只好修改商标。可能梧州茶厂也有些不服气，除掉那"牌"字，留一个空格在那里，形成现在的商标。目前这商标就像现在的"三鹤"六堡茶风格一样，保持传统而又特立独行。

1953年11月，中国茶叶总公司梧州支公司成立。1954年1月，改为中国茶叶进出口公司广西支公司梧州办事处，隶属于中国土产畜产进出口总公司，专门从事广西六堡茶的生产和出口业务，这就是我们常说的中茶牌六堡茶，用"中茶"商标，其间也用过"多特利"商标。主要产品有黑盒系列、黄盒系列、山水盒系列，大箩茶比较经典的有92101、92103、22301、52104等编号箩茶。

1954年取消私人收茶，1957年国营横县茶厂成立，1966年国营桂林茶厂成立，连同梧州茶厂，开始按照产茶区划分原料收购区域，生产的六堡茶统一出口。

在整个计划经济时代，六堡茶主要出口东南亚国家，尤其是马来西亚，国内很少人喝六堡茶。20世纪90年代，台湾人利用传承中国文化的视角，炒热了普洱熟茶，黑茶作为"能喝的古董"受到了国人的追捧。六堡茶作为黑茶家族的成员，也曾跃跃欲试，可惜还是巷深无人至。

2000年至2005年，在以普洱熟茶为代表的黑茶热的市场环境下，广西有些制茶人和售茶人坐不住了。利用上好的六堡茶青，有些还是存放了多年的六堡散茶，重新蒸压做成类似普洱熟茶的茶饼和茶砖，自己编号或起名，甚至套上普洱茶老字号商标，打算跻身黑茶市场。也许由于当时普洱熟茶影响力太强大了，或者是广大消费者品鉴能力有待提高，这些用上好六堡茶青仿制的"普洱熟茶"亦无人问津。

这些错版的六堡茶基本在仓库里处于休眠状况。时间到了2008年左右，随着普洱熟茶的热销，假货满天飞，货品良莠不齐，六堡茶则以其优质的茶青、良好的工艺和"红、浓、陈、醇"的特点，开始逐渐被茶客们认可，这些错版的六堡茶终于插上飞翔的翅膀。

目前在市场上可找到的错版的六堡茶主要有110六堡茶饼、一生好运六堡茶砖和白纸包装六堡茶砖（称"白纸砖"）。

据探究，20世纪90年代末，南宁某大茶庄采购了一批越南野生茶青，用正宗六堡茶生产工艺做成大筐的散装六堡茶。由于当时市场热捧普洱熟茶，这批野生茶青生产的六堡茶也不太好出售。于是随潮流在南宁附近一家国营茶厂将这批六堡散茶中的一部分重新蒸压做成饼茶，并用"海鑫堂"这个普洱茶老字号试图销售，结果大部分还是躺在南宁和广州芳村的仓库。2008年后，这个茶庄老板重新按六堡茶销售，并给它起了个响亮的名字"110六堡茶"，另一部分未压成茶饼的筐茶起名为"陈年篓装"六堡茶。之后，"陈年篓装"六堡茶由于香气霸，茶味醇，迅速被茶客追捧，抢购一空。前几年，有人将这款"陈年篓装"六堡茶在茶庄"点泡"，每泡茶卖到1500元。110六堡茶由于是重蒸压饼，有些许陈仓味，起初少有茶客看好，茶庄老板将其拆散销售。毕竟酒香不怕巷子深，原生态的野生越南茶青，还是给这款茶注入强大的生命力。到2011年，110六堡茶最后一次出现在这个茶庄货架上时，标价是每饼1860元。最后五饼被两个做IT的新茶客买走，从此这款茶在市场上销声匿迹了。

据某茶客介绍，白纸包装六堡茶砖，常称"白纸砖"，是1991年由梧州一位资深制茶人用六堡镇原种六堡茶青制成的高等级六堡大筐散茶。2002年也是在南宁附近一茶厂重蒸压成半斤砖茶。目前这款茶汤色透亮，茶味香醇，市场上也不多见，即使有卖价格也不菲。

　　一生好运六堡砖茶，与110六堡茶饼和白纸包装六堡茶砖有同样的经历，这款茶喝起来有点像110六堡茶饼，却缺了点原生态野生的韵味，可能也是用六堡镇原种六堡茶青制作。目前这款茶市场上也不常见，去年一位朋友在南宁"10+1"茶城买了一块送人，也花了800元。

　　也许茶如人生，错版的六堡茶就像我们错版的人生理想，几多的梦想都在现实面前化成碎片，那梦想的碎片就像那拆散后的茶饼或茶砖。

　　你可能很无奈，可只要你保持着一份执着和从容，你始终能品尝到错版的理想中那份甘甜和香醇。

古法原种茶缘香

初秋的下午，南宁顺茶缘茶庄，一场别开生面的六堡茶品鉴会即将开始。

白露节气已过，四季分明的北方早已入秋，南宁人还习惯于夏季般的闷热和潮湿。但这两天南宁天气忽然变凉，还淅淅沥沥下起了秋雨，这时候的秋雨，对于还没有从湿热气候中回过神的南宁人，显得有些多余和别扭。

这次六堡茶品鉴会由"纯好牌"六堡茶徐老板和顺茶缘茶庄郑老板联合举办。今天的顺茶缘茶庄，显然做了一番布置。

正对门的货架前摆一个墙宽的背景墙，背景墙是"郎红"色调，墙左端有竖排"纯好·古法原种六堡茶顺茶缘品鉴会"字样，右端图案为一茶女双手捧干茶闻香。室内摆着两个品茶台，收银台上摆着三份奖品，一等奖为一仿古竹篓六堡茶和一块茶砖，标价1680元；二等奖为一黄白竹篓六堡茶和一块茶砖，标价1280元；三等奖为一个茶饼和一小盒茶，标价380元。

徐老板坐在两个茶台之间，不时介绍今天品鉴的八款茶的名称、产地和特性，有茶客不时提问，徐老板的助手阿君在给茶客分发品茶答卷。徐老板身材中等，偏瘦，说话慢条斯理，回答客人问题言简意赅，从容专业，一看便知是喝西江水长大的梧州妹。徐老板家为六堡茶世家，其父从上世纪六七十年代起从事六堡茶的收购和销售。徐老板大学毕业后在南宁开了一间叫"水云间"的茶庄，就是目前顺茶缘茶庄这个铺面。徐老板经营水云间数年后，将茶庄转给郑老板。徐老板转让茶庄后，回梧州创立了一个"纯好牌"六堡茶公司，以"公司+农户"模式进行经营，坚持生产古法原种六堡茶。郑老板一边招呼客人，一边做一些补场工作。郑老板科班茶叶专业出身，动作敏捷，脸上总挂着诚恳。他从国营体制转到自主经营，尽管茶庄面积小，但自从经营顺茶缘茶庄，日常品茶氛围很好，很多茶客都感到随意和温暖。曾记得有哲人说过，人有三个层次的需求，物质的、精神的和宗教的，其实喝茶不仅是品尝茶的好坏，更多的是了解它，进而喜欢它，有句话叫"知之不如好之，好之不如乐之"，这就是喝茶在精神层次上的满足。如果茶客之间能成为知己，且相互帮助，那就往宗教方向靠了。在我认为，品茶是实现人类三个层次需求最好的方式之一。

下午3点多，我到茶庄时，两个茶桌已基本坐满各路茶客高人，有认识的和不认识的，我与熟客寒暄之后，坐到了两个陌生茶客之间。我和右边的高先生打了个招呼，高先生四十开外，一脸的高深莫测，有点《射雕英雄传》中的黄药师的风采，看着也是个老茶客。左边的谭小姐，年龄30左右，圆脸凤眼，皮肤白净，一袭黑衣，有《天龙八部》中的木婉清的风韵。我和谭小姐一阵调侃和自嘲后，加了她的微信，留了她的电话，并知道她也开了个六堡茶小茶庄，就再也没有深入地沟通和话题。品茶会现场欢声笑语，茶香袅袅。尽管今天是品鉴会，但奖品就放在那里，还是有斗茶会的味道，各路高手还是充满期待。

下午近4点，品鉴会正式开始。今天有八款茶样供茶客品鉴，先由徐老板助手阿君报上茶样名称，茶艺师开泡，茶客一边品鉴，一边听徐老板介绍每款茶的产地、特点，以及产地土壤气候对茶叶的影响。不少茶客还用笔逐一记下每款茶样的特点，时不时询问和交流，也有茶客开些玩笑，现场既紧张又活泼。我没有用笔记，每品一款茶，我都将名称对应一两个主要特点简要记在手机微信中。八款六堡茶茶样分别是，6211金花（现代工艺）、槟榔六（2008年原料，2011年制作）、古法三号、罗笛原种（2014年生产）、原种双蒸（2013年生产）、黑石原种（2015年生产）、古法纯料野生和高山大树。显然这八款茶应是经过徐老板精心挑选的，在我看来徐老板希望通过这次品鉴会，实现三个对比：一是古法工艺和现代工艺的对比；二是六堡镇原种茶与区内其他桂青茶的对比；三是六堡镇原种茶间的对比。

大家知道，现代六堡茶工艺一般经过杀青、揉捻、蒸压、渥堆、贮藏等工艺环节。渥堆过程中产生有益菌金花，体现出"红、浓、陈、醇"四大特点。古法工艺采用鲜叶发酵，这种"内源性酶促发酵"方法就是通过茶叶自身细胞多酚氧化酶，形成寡聚或高聚茶多酚，进而积累茶黄素，使茶叶更醇厚，芳香物质更丰富，茶气更足。大部分六堡镇老茶人认为，现代工艺为"湿仓"，称"厂茶"。古法工艺为"干仓"，是正宗传统工艺六堡茶。但近10年来，随着六堡茶的普及，三鹤牌和中茶牌六堡茶占据主要市场份额，两个品牌引入标准化工艺流程，注册商标，引入ISO认证，更符合国际标准，俨然是六堡茶界的名门正派，是领袖地位。而古法工艺，尽管传统原生态制作，但标准不一，良莠不齐，还有粗制滥造、卫生条件差的情况，有些已经沦落到"丐帮污衣派"了。曾经一度有人提议，按商标注册管理规定，1500年来因六堡镇而扬名的六堡茶都不能称"六堡茶"了，但六堡镇老茶人对此说法大多都愤愤不平。去年我探访六堡镇，拜访了老茶人蒋先生，他做茶40年，始终执着地固守着古法工艺。曾经和他一起做茶的大部分人适应市场经济新常态，都已改行并发达了，而他还是守着古法、守着清贫。我还拜访了六堡茶非物质文化传承人韦洁群，一位执着的老太太，尽管扩大生产，还依然固守着那套古法。可喜的是，现在还有像徐老板一样的一批年轻人，在重拾千年的传统工艺。

所谓原种六堡茶，为几百年、上千年在六堡镇几个主要村落种植的最本味的茶树种。自古以来，六堡镇的主要产茶区有恭州村、黑石村和罗笛村。尽管三个村落山水相连，但由于土壤和气候的差异，同是六堡镇原种茶，香气和口感也有差异。恭州茶口感绵滑，偶有花香；黑石茶味烈霸气，生津厚重；罗笛茶茶气悠远，淡淡糯香。广西属丘陵地带，土质以沙石土居多，桂青中小叶茶种在广西很多地方都适合生长。现代工艺也好、古法工艺也好，六堡镇原种茶也好、其他桂青茶种也好，都是我们广西人的茶缘和骄傲，需要我们传承和呵护。

下午5点，八款茶样都品鉴完毕。工作人员在包厢里从八款茶样中随机选出六款，冲泡后放在编号从1到6的公道杯中。工作人员将公道杯端到外面茶桌摆作一排，让茶客逐一品鉴。根据品鉴判断，按编号写下茶的名称。第一轮下来，我、谭小姐、高先生和坐在门口旁的叶先生成绩相同，需要第二轮比试。稍事休息，工作人员再次从八款茶中选出六款，重新品鉴。这一轮的结果是我和谭小姐成绩并列，高先生和叶先生成绩并列。按规则应是再来一轮，我和谭小姐决出一、二名，高先生和叶先生决出三、四名。但此时已下午6点多，喝了一个下午的茶，不少茶客已饥肠辘辘了，要撤退了，而且两轮不分胜负，说明大家茶缘不浅。最后我提议我和谭小姐并列第一，高先生和叶先生分获二、三名，把奖品中两块茶砖分出一份，众宾客皆大欢喜。

颁奖后我和谭小组握手致贺，并私下约定单独比试，再次分出高低。不知高先生和叶先生是否相约择日再比试呢？要是换作我，我就不再比了。

神奇的虫屎茶

　　我最近工作比较忙，有些心力交瘁，加上休息不好，得了口腔溃疡。我昨夜11点才忙完，发现没有吃晚饭，打电话给顺茶缘茶庄的郑老板，让他给我订一份玉林牛腩粉，我去茶庄吃，顺便喝点茶，休息一会儿。

　　天不知什么时候变凉了，还下着小雨，我穿着一件短袖衬衫，撑着雨伞，夜深时分独自走在去茶庄的路上，心头不由涌上"人生为何"的悲凉。

　　我走进顺茶缘茶庄时，已是夜里11点11分。茶庄里还有四位客人，于姑娘、吴医生夫妇和企业家波波哥。玉林牛腩粉早已送到，我坐到于姑娘旁边，狼吞虎咽地吃起了牛腩粉。茶客们在有一句没一句地闲聊，于姑娘是江西姑娘，在煞有介事地跟波波哥学说白话（广东话）。我吃完牛腩粉，身子开始有些暖和，终于从悲凉中找回了点温暖。郑老板换上一泡吴医生夫人李老师带来的90年代六堡茶，我听着于姑娘学讲的拗口难懂的白话，想笑也不敢笑，一是溃疡嘴痛不便笑，二是怕笑了打击于姑娘。说到最近口腔溃疡，波波哥马上建议，用六堡老虫屎茶最有效。郑老板马上拿出珍藏近20年的六堡老虫屎茶，放在茶漏上，茶漏放在公道杯上，先用滚烫开水冲洗一道，第二道就可以喝了。虫屎茶茶汤浓重，茶汤边缘泛着青褐色。我端起杯子一闻，一股中药味扑鼻而来，一喝入口，清凉清凉的，有微微的薄荷清爽味。波波哥教我待茶汤稍凉后，将茶汤含到溃疡的位置，含一阵子后再吞到肚里。我按他说的方法，连续喝了七八杯，感觉口腔溃疡位置没那么痛了，有一股中药的清凉在口腔中弥漫。我也加入波波哥行列，教于姑娘讲白话，同时也讲一些笑话，大家端起杯，用白话调侃说喝虫屎茶为"食屎"。不知不觉已到夜里12点多了，宾客散场回家休息。于姑娘学讲了一整晚白话，我最后发现食虫屎茶这句她学得最地道了。

临走前，郑老板送我两泡老虫屎茶。我回到家临睡前，将虫屎茶闷泡了一晚上，第二天上午我继续喝几杯，口腔溃疡明显好转。

虫屎茶，最先是生活在广西、湖南、贵州三省区交界处的苗族、瑶族等少数民族喜欢饮用的一种特种茶，类似于猫屎咖啡。虫屎茶主要有两类：一是产于广西六堡镇的虫屎茶，又称龙珠茶，梧州人喜称其为"茶宝"。系采摘六堡茶叶晾晒，让小黑虫前来取食后而产下粪粒。二是产于湖南、贵州苗、瑶族地区的虫屎茶，又称虫茶，系采摘化香树等植物的茎叶，置放入竹篮中，洒上淘米泔水，经过发酵，引诱化香夜蛾等前来取食，食后排出的粪粒。

虫屎茶如小米粒大小，不臭不脏，外形色泽黑褐，内质香气清香似茶，汤色青褐，滋味浓醇回甘，营养价值与药用功效极佳。明代李时珍编著的《本草纲目》有记载，虫屎茶具有清热、消暑、解毒、健脾胃、助消化等功效，对腹泻、鼻衄、痔疮、牙龈出血等有极佳的疗效。据现代医学检测分析结果显示，虫屎茶内含有粗蛋白、粗脂肪、糖类、单宁、维生素、矿质元素，含有近20种氨基酸，因此虫屎茶具有极佳的营养保健功效和极高的饮用价值。虫屎茶价格不菲，存放几十年的虫屎茶，每斤可以卖到1万多元。总之，根据年份、成色，虫屎茶的价格均不一样。但也有不少造假的，主要通过六堡茶粉，制粒造假。造假的虫屎茶一般颗粒比较均匀，不耐泡，一泡全部溶掉，汤色混浊。对于广西、湖南、贵州三省区交界处的苗族、瑶族等少数民族来说，虫屎茶是他们最喜欢的一种茶。当地人除了当茶喝之外，还把虫屎茶当药用。

　　国人素来崇尚"天人合一"，一阴一阳谓之道，道生一，一生二，二生三，三生万物，世间万物皆有阴阳。中医理论基础之一是五行学说，认为"金、木、水、火、土"相生相克。一副中药，各味药性均有属性，是通过药性和药量来实现相生相克平衡的。几乎每副中药基本都有一味甘草，有句行话叫"十方九草"。名医陶弘景："此草最为众药之主，经方少有不用。"李时珍："甘草协和群品，有元老之功，普治百邪，得王道之化，赞帝力而人不和，敛神功而已不与，可谓药中之良相也。""十方九草"其实甘草就是用来对各味药的相生相克进行微调的。

　　有人说，在毒性最大的毒蛇栖息地，五步之围皆有解药，只是你不知道它在哪里。几亿万年形成的自然界，能够永远地生生不息，必有其强大的平衡和调节能力。从神农氏到陶弘景，再到李时珍，人类经过长期探索，一代代地发现和认识了这些相生相克的东西，编写成了《神农本草经》和《本草纲目》等中医典著。虫屎茶为何最先由广西、贵州和湖南等地少数民族的山民认识它和品饮它？因为这些地方湿气重，常年遭受瘴气侵袭，大自然就会创造出这种神奇而且匪夷所思的东西来克制这种恶劣的自然侵害。

　　伟大的大自然啊，我们只可以去认识它、探索它，我们能去改造它吗？非也。我们只能敬畏它！

茶约

那天我走出古韵茶香老茶行时，天已很晚，还下着微雨。

茶友张先生站在茶庄的门口，郑重其事地和我说："你明天晚上7点多来茶庄，给你喝一泡特别的老六堡茶。"

我随意地应允："好的。"最近我工作较忙，也不知道明天是否能赴约。但只要是说品老六堡茶，我一般总是欣然应允，再说，我不来茶客们同样分享。

到了第二天，琐碎杂务之事缠身，品茶之约果然忘了。到了晚上10点多才记起，张先生也没有来电话，我仅当是失去了一次品老茶的机会，有些遗憾罢了，这事也就忘了。

这两周很少去古韵茶香老茶行喝茶，其中为客酬去了一趟，也未见张先生。

昨天下午到古韵茶香老茶行喝茶，喝到下午6点半，客散人归之后，只剩下我和秋缘姑娘，讲起上两周张先生的茶约。秋缘姑娘说，张先生约你喝的那款茶很特别，你没来，还留了一泡。

于是开泡，这是一款上世纪70年代农家风格老六堡茶，浓郁的"杏仁香"。茶汤淡了，茶气弱了，但"杏仁香"却溶化在茶汤中绵绵不断。我爱六堡茶、藏六堡茶、品六堡茶近20年，第一次品到"杏仁香"的六堡茶。从汤色、香气和口感上，六堡茶总是变化无穷，也许这就是六堡茶的乐趣所在吧！

这款六堡茶的"杏仁香"在茶室内缭绕，绵延不断。秋缘姑娘还告诉我，这两泡茶是张先生向朋友索取的，量很少很少的，而且张先生是分两次才索到这两泡茶的。

茶淡了，杏仁香还在。我不再遗憾，却为这次失约感到丝丝的羞愧。

茶香

　　我很久没到古韵茶香老茶行喝茶了，说是忙，但路也远了些，晚上总喜欢在家附近的几个茶庄喝茶。

　　我上周日刚出差回来，晚上到古韵茶香老茶行坐坐。那晚客人不多，老板和老板娘都在。我们边喝茶，边聊些老六堡茶行情。喝了一会儿，我起身到那一排排存茶罐去看看。我每次来都打开存茶罐的盖子来闻闻干茶香，几乎成了我的习惯动作了。

　　我打开一个浆黄色老茶罐，一股清爽的槟榔香扑鼻而来。我问老板这是什么老茶，老板说这是一款1990年左右的三鹤生产的老六堡茶，不知道原来什么编号，并请我有空来品饮探讨一下，我欣然应允。

　　我直觉这应是一款不错的老六堡茶，这些天那干茶香总让我想起，这些年来我是越来越难以抵抗老六堡茶香的诱惑了。昨天下班后，当晚也没有应酬，干脆直接到古韵茶香老茶行去试试这款茶吧。

我下午6点半左右到茶庄，刚好秋缘姑娘也在，还有几个客人，不过一会儿他们就散去，只剩下我和秋缘姑娘。

由于只有我们两个人喝，她用一个较小的紫砂老泥壶，装了9克干茶，用于泡茶的水也只是普通的过滤水。秋缘姑娘先把壶用开水温热，把干茶放到壶中摇一摇，揭开壶盖再闻一闻香，我说这样的老茶洗一道就好了。

滚烫的开水冲向干茶，一股清爽的槟榔香气扑鼻而来，弥漫在寂静的茶行里。秋缘姑娘想把第一道洗茶的直接倒掉，我让她倒点到我杯中，我闻一下，并轻吮了一小口，似乎茶味并没有完全溢出，但茶香已飘逸出来。这个茶的槟榔香似乎更安静、更清幽，没有前阵子南宁六堡茶圈盛行的那两款90年代槟榔香老六堡茶那样张扬和霸气。

洗茶后的第一道茶汤，入口第一感觉是很软、很柔、很滑，茶香以槟榔香为主，参香次之，还有些许樟香。第二道茶汤较浓，茶香变为以樟香为主，槟榔香次之，参香较弱。第三道槟榔香、樟香和参香兼而有之，分不清谁主谁次。第四道以后恢复以槟榔香为主，参香和樟香形影相随。之后各道茶就像一首缓缓流淌的美妙乐曲，槟榔香为主旋律，参香和樟香作和声。这款茶的口感一直都保持着软滑绵爽，茶气清幽干净，就像被岁月磨洗过后的感觉。我们一共泡了30多道茶，三种茶香都淡了，似乎完全融合在一起，一并融入茶汤中，久久不愿离去。

平常我们泡六堡老茶都喜欢用好的水如农夫山泉，通过水让茶汤更加绵滑，但这款茶却是用普通的过滤水泡，也一直保持绵滑。我和秋缘姑娘都没有吃晚饭，并且喝了30多道茶，但我们都没有饥饿感，就像吃过少量淡淡牛奶一样。

有人说，茶香是茶汤的情人。正是精彩纷呈的茶香，让茶客们迷失在茶汤里。不同的茶有不同的茶香，绿茶清香，白茶石榴香，青茶兰香，红茶果香，普洱陈香，唯有六堡茶茶香，香气纷呈，魅力无穷，槟榔香只是六堡茶香中的一种，还有花香、果香、参香、樟香、杏仁香等。老的经典三鹤牌六堡茶，每一道的茶香都不同，展现出无穷的魅力。

三鹤牌六堡茶香型精彩纷呈，除了茶青和工艺外，主要是梧州茶厂有一个防空洞作为六堡茶陈化的仓库，这个防空洞有两个洞口靠着江边，一个靠着西江，一个靠着桂江，常年恒温恒湿，空气流动缓慢，非常适合六堡茶的有益菌种生长。老六堡茶中的各种茶香都是这些菌种生长后再凋谢，再生长再凋谢形成的。我猜想，这款茶非常可能是六堡镇原种茶青或广西中小叶桂青种，采用正宗六堡茶加工工艺，并且在茶厂的防空洞储存陈化了较长时间的一款茶。

　　你懂茶，茶亦懂你。你爱茶，茶亦爱你。当这款茶泡了30多道后，我发觉我已被六堡茶香这个"小情人"彻底地迷住了。此时古韵茶香老茶行外，已是华灯初起，秋意阑珊。

茶缘

我前几天回老家办事，也许是家乡的菜太好吃了，也许是这几天天气变化无常，今天上午上班后，我就感觉肚子隐隐有些痛，接着开始闹肚子，上午闹了两次，吃完中午饭后又闹了两次，下午起床以后，想起了那一款屡试屡灵的六堡茶"药茶"。

我拿了一些"药茶"到办公室，用一个暖水瓶闷泡，喝了两大公道杯后，肚子明显舒服。我在办公室一直忙到晚上8点，从办公室走路回家，肚子湿热滞胀的现象早已烟消云散，我在半路还吃了一碗南宁老友粉，算作晚饭了。

我和这款六堡茶"药茶"结缘，还有一段巧合的故事。

大约在2010年到2013年这几年，我比较热衷于六堡镇的农家六堡茶，也尝试着收藏一些。记得是2013年的春天，我之前服务的那家公司的梧州分公司开业了，我到梧州去出差，那天晚饭后百无聊赖，我让梧州分公司的负责人黄先生陪我到梧州市丽湾港茶城去走走。

丽湾港茶城我是第一次来，由于那段时间热衷于六堡镇农家茶和老茶婆，从正门进去，穿过"三鹤牌"六堡茶的旗舰店，粗略地浏览了一下里面的茶品，就直奔后面的一排排的农家六堡茶店，那些农家六堡茶店，店面不大，但看着就有浓浓的乡土气息。

我和黄先生随便在一家农家六堡茶店看了一下，店主正在吃晚饭，不便打扰。于是我们又走到了隔壁的一家"高山六堡茶"店，这家茶店与其他农家六堡茶店一般的摆设，门口靠墙边摆着一个茶台，前面有一些椅子供客人坐着品茶。两面墙摆着茶货架，货架上放着烟熏过的小竹篓和茶葫芦，小竹篓和茶葫芦里有各种各样茶品，茶店中间地板上有垫板，垫板上整齐摆着一排排大箩筐，这些大箩筐装着各年份的农家六堡茶、老茶婆和茶果等。老板是一男一女，热情地招呼，请我们坐下来喝茶。男老板姓陈，女老板姓廖，男老板热情主动地介绍。

我们试喝了不同年份的老茶婆、茶果和农家六堡茶，风格和我们之前常喝的"厂茶"还是有很大差别。我们一边喝一边聊一些六堡茶的故事，说到"中茶牌"和"三鹤牌"生产的他们称之为"厂茶"的六堡茶时，他们一般都不多

加评论，更多的是探讨农家六堡茶的风格和特点。我看着
陈老板，总感觉到是在什么地方见过他的，后来和他谈到
茶叶种植合作社的时候，突然想起中午在宾馆里面看到有
一本杂志，上面有一篇介绍六堡茶合作社的文章中有一张
照片很像陈老板，经与陈老板证实，那篇文章就是专门介
绍他家的合作社的。

我们一边聊一边喝，感觉到话题很多，坐在这个小茶
店里喝茶感到很是温馨和自在。本来想着到其他的农家茶
店去逛逛的，最后也取消了这个念头，不知不觉一直喝到
晚上11点多钟。

我最后提出，还有哪款最好的农家六堡茶可以让我们
再试试的。陈老板迟疑了一会儿，从柜子里拿出了一款六
堡茶，他一边去翻那六堡茶，一边不好意思地自言自语，
这茶是正宗的黑石顶原种料，用古法工艺制作，品质非常好，
就是价格有点贵。我问他价格时，他几乎不好意思地说他
家的标价是每斤6800元，对之前收的六堡茶都是几十块一
斤到一两百块钱一斤的我来说，听着确实是个天价。

陈老板将这个茶泡开了，前几道有较浓的烟熏味，但
茶味非常霸气，浓烈中透着一股清香和甘甜，这款茶叶也
非常耐泡，茶汤都已经淡了，但茶气依然不减。品好茶的
时光总是很短暂的，不知不觉已经到了夜里12点了，我试

探着问陈老板，如果这个茶我想要，可以优惠卖给我多少钱一斤。陈老板略想了一下，说这个茶叶不多只有十斤，你全部要完最少也要2300元一斤。这个价格对于当时的我来说，也还是个天价。既然他已经说了最低价了，我也不好再和他讨价还价了。最后我们只是买了一些相对便宜的老茶婆和茶果，相互加了微信就告辞了。我们走出了茶店，初春的夜有些清冷，我的心也是悻悻然的，那霸气的茶味中的清香和淡淡的烟熏味，紧紧地揪住了我的心。

之后约大半年时间里，我和陈老板通过微信也聊聊茶，其中也有提及这款茶的价格，我希望有个更优惠的价格。我采取的策略是欲擒故纵，软硬兼施，我始终相信这茶最终是归我的，我干脆"半威胁"陈老板，这茶你不卖给我，也不会有其他客人买的。我们在微信中经过一段时间"神侃"之后，大家也了解多些熟悉多些了，有一天陈老板主动和我说，如果你真有兴趣，那就凑个整数2000元一斤吧。我还是觉得贵了些，有几次差点要同意了，但还是忍住了，这事就一直拖到了11月初。

那年11月初，我和我同事到梧州出差，梧州分公司负责人黄先生再陪我们去陈老板的茶庄喝茶，喝茶间自然要提起这款茶的价格，陈老板还是坚持上次提出的最低价。我同事刚好也看上了一些农家茶和一个茶葫芦，我也看上了一个老的铜茶壶和一个茶葫芦，最后再经过一番的讨价还价，连同这次成交的东西一起作价，最终这款茶叶以每斤1800元成交。这是我那时候所买的最贵的茶了，心是有些痛，但喜欢上了又有什么办法呢？

心有所属，自然满心欢喜，那天晚上我们连续喝了两泡这款茶，回到宾馆我一个晚上都没有睡好觉，不知是野生茶性太烈，还是心里有些获得的兴奋。第二天回南宁路上，司机小温也说他昨晚没睡好，说他从没有喝过这么猛烈的老六堡茶。淘到了这款茶后，我还即兴写了一首小诗《茶女》予以记之。"娶得六堡女，家住黑石顶。年方十三四，初闻已芬芳。未到妙龄时，少许风和韵。长成十八后，芬芳又风韵。"

直到2014年的7月，我才真正发现这款茶神奇的药用功效，那年我参加母校玉林高中30周年同学聚会，久别重逢，中午玉林的同学以正宗玉林炒牛杂的"最高礼遇"来招待我们，牛杂味道固然是熟悉而又美味，但我还没回到宾馆就闹肚子了，回到宾馆后，我马上拿出随身带的这一款六堡茶，闷着喝了两大杯，肚子马上舒坦起来，下午还能参加排球比赛，晚上同学聚餐，继续大吃大喝。从此，我把这款老六堡茶称"药茶"，之后也有试过几次这款六堡茶的功效，每每是屡试屡灵。

其实六堡镇的原种老六堡茶，都是有药用功效的，特别是在肠胃除湿消滞方面的消炎药用功能，尤其以黑石顶产的原种六堡茶药用功能更佳。六堡镇还出产有一种茶叫"虫屎茶"，是有一种虫吃了原种的六堡茶叶，排出来的粪便，梧州人给它起了一个雅名"虫宝"，这确实是一种宝贝，特别是老的虫屎茶，对口腔溃疡等具有很强的消炎镇痛作用。这种虫子是挑着六堡茶的茶叶来吃的，而且每片叶子都不吃完，把茶叶吃出一个一个的小洞，而广西其他地方的茶叶却很少被虫子吃，所以也不太有"虫屎茶"。

还有一个真实的故事，证明六堡镇原种六堡茶具有很强的消炎消肿作用。好多年前我到六堡镇拜访了老茶人蒋先生，他有一个拇指是残疾的。他说20世纪70年代时，乡下人用柴油机来抽水，发动柴油机时他帮着拉动皮带，不小心他的拇指被皮带压断了，只剩下一块皮连接，当时只是把它复原，然后用跌打药包扎起来，拇指第二天肿得像个小拳头这么大，痛得连夜睡不着觉，无奈之下他就找来了几十年的老六堡茶煮水来喝，然后每天把手放到老六堡茶汤中浸泡，到第三天时就开始消肿能睡觉了，然后逐步恢复，拇指的肌肉竟奇迹般生长起来，只是这个拇指残疾了，现在是动弹不得。这个真实的故事再次证明了原种野生六堡茶神奇的镇痛和消炎功效。

　　《神农本草经》："神农尝百草，一日遇七十二毒，得茶而解之。"之前我总以为是神话传说，自从发现这款"药茶"，我信其实则如此也。佛说：没有因果，怎会相识。我遇见了你，就喜欢上你了，这就是一款被称为"药茶"的黑石顶野生六堡茶与我的机缘。

贮藏六堡茶的大葫芦

药茶续记

前段时间我通过呆子杂文写了一篇《茶缘》的小短文，记述了我与梧州丽湾港茶城一家高山农家六堡茶店的一段茶缘故事，并讲述了淘到的一款农家六堡茶神奇的药用功效。茶店的陈老板读后甚是感动和感慨，为了表示对这篇小短文的敬意和感谢，陈老板给我寄来了一袋25年的黑石山老六堡茶、一袋20年的黑石山六堡老茶芽和一袋23年的六堡老虫屎茶。我拿给我的茶友们分享，均纷纷表示非常特别和神奇。

陈老板专门在微信里交代，寄给你的几款茶，与上次你淘到的那款差不多，送给你过年品尝。岁末年关，天寒地冻，琐碎杂务之事缠身，到北京开年度工作会议，回来又陪客户到桂林尧山转了一圈，适逢尧山顶出现15年罕见的冰凌和雪雾凇，回来后感觉面部异常干裂。

其实我夫人平时也是很忙的，能顾得上打理好她的脸就不错了。但这几天她放寒假了，还网购了脸部美容新式面膜，看着我被凛冽寒风折腾过的老脸，她终于找到了显示新式武器效果的"试验田"。

我躺在那儿，夫人一边给我敷面膜，一边和我喋喋不休地介绍这款新式面膜的特点，说是一款医用面膜，女孩子脸上"挑刺"后，用这款面膜敷上，恢复得很快。可是我怎么觉得脸上有点辣痛感，特别是下巴皲裂比较严重的地方，感觉有点刺痛。第二天，我的脸上的皲裂不但没有好转，还过敏长出了红斑并有点痒。

夫人觉得自己"闯祸"了，一个劲儿地催我，要和我去医院看，可是这段时间我实在太忙了，这两天要参加两个重要客户的年会，还要出差柳州，于是我又想起了陈老板送给我的那一款黑石山老六堡茶芽。

我用陈老板给我寄来的那款20年的黑石山老茶芽，放到一个暖水瓶中闷泡，用干净的毛巾把浓浓的茶汤在脸上敷，也喝一些。只敷了几次，脸上的过敏明显好转，当第三天我出差柳州时基本还算"有脸见人"了，之后继续用"药茶"茶汤敷脸一两天后，过敏基本好了。

我从柳州出差回来后，把这一款20年黑石山老茶芽拿给古韵茶香老茶行的秋缘姑娘品尝一下，正好那天秋缘姑娘感冒吃了两天药还没有什么明显的好转，她喝了几个小杯这款茶后，感觉鼻子明显通畅，之后她把一些茶叶放到茶杯里，原来茶杯里还有一些淡盐水，闷泡喝后感冒症状明显改观，为此还写了一个笔记微信发给我。

六堡镇的六堡茶有许许多多能治病的故事和传说，最早的传说在隋末唐初，说是六堡镇的塘坪村有两兄弟，哥哥成家了，弟弟未成家，住在哥哥嫂子家。嫂子对弟弟百般刁难，弟弟只好住到庙里去，有一年塘坪村的村民集体得了一种上吐下泻的怪病。夜里有一位白发苍苍的老人走进住在庙里的弟弟的梦中，叫他到山坡上去找一棵野生的古茶树，摘了茶叶分给村民煮水来喝，结果治好了村民的病。于是弟弟每天都给那棵茶树浇水捉虫，有一天弟弟给茶树剪枝的时候不小心把自己的手剪伤了，正急于找草药时，从茶树背后走出来一位漂亮的女子，将茶叶放在嘴里嚼碎后，敷在弟弟的伤口上，伤就好了，于是弟弟就和这位茶仙子喜结良缘。

作家童团结写的《寻味六堡》这本书，也记载了六堡茶非物质文化传承人陈奎香讲述的一段六堡茶治病的故事，14岁的陈奎香放学回家，发现父亲的房间里有踢床板的声音，她寻声而去，发现父亲面对房顶，两眼翻白，脸色变黄，双脚用尽全力不断地蹬踢着床板。她快速地跑到厨房，倒出热水壶里的六堡茶，用汤勺一勺一勺地慢慢喂到父亲的嘴里，父亲喝了大半杯六堡茶。大约十分钟后，只见眼珠开始转动，嘴巴开始喘气，脸色好转慢慢恢复过来。随后她把父亲送到村里赤脚医生那里，医生一边把脉，一边说：你不用那么害怕，你父亲没有病，是"封痰卡喉"。从此，陈奎香热爱上了六堡茶的种植和制作，之后成了六堡茶非物质文化的传承人。

其实，在六堡镇的黑石山村、四柳村和塘坪村，还流传着许许多多关于六堡茶的"药茶"故事。

《中国茶叶大辞典》中对六堡茶的成分有这样的记载："六堡茶春芽一芽二叶，含氨基酸为3.0%，含茶多酚32.4%，咖啡碱4.4%，儿茶素14.4%，比其他很多茶树品种都高。"明代医学家李时珍所著的《本草纲目》记载："六堡茶有清凉解热，暖胃提神，健脾助消化之功效，可治中暑感冒屙呕肚痛，驱除油腻，尤以陈茶为佳。"

郑老板

顾名思义，郑老板姓郑，是顺茶缘茶庄的董事长兼总经理。

郑老板年龄四十开外，中等身材，肤色却是南方的黝黑，脸上长有一颗福痣，属于动作敏捷类型，匆忙起来有半飞翔的感觉。郑老板不说话时总是比较严肃，是那种不太容易亲近的类型，不了解他的人，多半以为他就是一个半路出家的小茶商，根本不会想到他是名牌农业大学茶叶专业毕业的。

郑老板毕业于安徽农业大学茶叶专业，曾经是南宁石乳香茶庄的销售部经理，后来从石乳香出来开了这个叫"顺茶缘"的小茶庄。现在在顺茶缘茶庄这个地方开茶庄大概已有10年了吧！郑老板接手之前这里叫"水云间"茶庄，专营梧州老六堡茶，老板姓徐，徐老板回梧州创办"纯好牌"

六堡茶后，她就把这个茶庄过给郑老板经营，郑老板把它改名叫顺茶缘茶庄。

本来当年我也算石乳香茶庄的老茶客了，但之前与郑老板交集不多，偶尔一起坐在石乳香茶庄店面的大板茶台喝茶时，也有一句没一句地聊上几句，最多算是相互认识罢了。所以在2014年郑老板的顺茶缘茶庄开业庆典时，也没有专门请我参加。也许，那时候我在六堡茶界还不太有名吧。

既然郑老板不请我，我也懒得去他那茶庄。大约在开业后一个多月吧，有一次我去老茶友国韵兄那里谈事情，他用一泡叫"金芽"的老六堡茶招待我。我说：这茶不错啊，在哪买的？他说是在顺茶缘开业的时候买的，你怎么没有啊，国韵兄一脸的惊讶。于是国韵兄马上打电话给郑老板，说明天我要去店里看这个茶，让郑老板好好地招待我并给予优惠。最后郑老板还是按开业时的优惠价格卖了十斤"金芽"给我，就这样我才和顺茶缘开始结缘。

一回生二回熟，买了点茶就更好来这里喝茶了。顺茶缘茶店不大，一个樟木树根茶台，还有六七张藤制靠背椅。那时茶艺师是一位姚姓姑娘和一位罗姓姑娘，两位姑娘轮着上班。茶店虽然不大，但坐在那喝茶，总是比较自在和释然。

　　我本身爱好就不多，唯有对六堡茶比较着迷，从2006年开始，当我有余钱的时候总喜欢收藏些六堡茶。我对六堡茶情有独钟，人又有点傻，之前在石乳香茶庄收藏六堡茶，基本属于"被派购型"的，店里推出一款老茶，姑娘们基本都安排好了，你就拿这么多，签字吧。好在傻人有傻福，在石乳香茶庄买的六堡茶如110六堡茶、8303六堡茶、中茶无土黑盒六堡茶，还有一些中茶大筐老茶等，现在都基本脱销了，关键当时要得还相对比较便宜。

　　郑老板卖茶却不是"派购型"的，它属于"钓鱼型"的，而且属于姜太公钓鱼的那一种，愿者上钩。当他有新的老六堡茶要推出时，就会请你来一起品饮，共同探讨一下。然后他就会从专业的角度说这个茶的好处，什么茶青啊、工艺啊、贮藏啊、内含物质啊等林林总总的问题。大家一边喝着茶，一边听他讲，有时候我根本不知道他是对你讲，还是在那里喃喃自语。当我心动要买时，我就会和他砍价，砍一个比较低的价格，郑老板脸上总是显出一脸的无辜和无奈，最后把身体往椅子后一靠，若有所思之后，很勉强地同意了。"好吧"这两个字，几乎是从嘴里逐个字挤出来的。每当这个时候，我总是想起白居易《卖炭翁》那一句"心忧炭贱愿天寒"。

　　到郑老板的茶店喝茶多了，我也开始在这里买些茶，如白纸砖六堡茶、一生好运砖六堡茶、90年代槟榔香六堡茶、中茶92103（也称"王叔"）、中茶32106和中茶52104等。尽管和郑老板谈价格比较辛苦，但总体看来，这些茶还是买对了。郑老板的茶以中茶大箩茶为主打品种，想必是他在石乳香茶庄做销售经理时存下来的吧，当时的价格就不得而知了。大箩茶最先推出的应该是中茶22301吧，这个茶当时市场反应还不错。为此，郑老板还请了《南国早报》的钟记者为这款茶写了一篇文章，文章的题目叫"暖男"，现在这篇文章还被郑老板放大贴在茶店的显著位置上。

有茶客形容郑老板是热水瓶型的，外冷内热。看来钟记者还是阅人无数，用"暖男"这个名字为中茶22301这款茶写文章。在我看来"暖男"不仅仅是中茶22301这款茶的写照，更是郑老板内心涌动的对六堡茶情怀的写照，郑老板其实就是一个地地道道的"郑暖男"。

郑老板的顺茶缘茶店内摆着两款"镇店"的老六堡茶。一款称为60年代的老六堡茶，摆放在正对门口的货架上，用一个玻璃框把茶罐框住，使人有神秘和向往之感。一款是70年代的老六堡茶，用锡箔袋包装，放在一个"乾隆款"粉彩茶缸里，招摇地摆放在樟木茶台后面的茶架上。我在这里快喝了四年茶了，60年代的那款老六堡茶我从来没得喝过，也有曾经提出过想喝，但郑老板总是不置可否，问多几次了就不好再问了。每每我一个人坐在茶桌旁喝茶时，我总盯着那款60年代六堡茶发呆，似乎我都怀疑那是不是个空罐子呢。70年代那款老六堡茶，以前倒是偶尔得喝，木香和参香兼而有之，似乎木香更明显一些，但说实在的，茶气比较淡，也许是它太老了吧。不过现在这款70年代的老六堡茶喝的次数也越来越少了，每当茶客在重大节日或庆典时，起哄提出要喝这款70年代老茶时，郑老板的脸色总是一脸的凝重，与之前我提出要喝60年代老六堡时那样的不置可否。

　　那款70年代的老六堡茶，除了郑老板这里有之外，还有一个知名茶友也有，其实我也有一点儿。偶尔有非常重要的客人来时，我也拿来喝过。我与这款老六堡茶也曾有过一次"擦边球"的机会。几年前郑老板将这款茶卖了五斤给一个长得瘦削的房地产老板，价格比现在标注的要便宜多多了，这哥儿们一直都没有来交钱提货，那天他来提货交钱的时候，我刚好在茶庄喝茶。我们泡上一泡这款70年代的六堡茶，一边喝一边探讨这款茶的奇妙之处，我故意与他套近乎，想劝他让一斤给我，结果他婉拒了。我心有不甘，把郑老板拉到一边说：你就给他四斤吧，说是一斤确实给"领导"拿走了。郑老板又是一脸的无奈，最后还是不置可否。我悻悻地走出顺茶缘茶庄，尽管有些心有不甘，但是心里还是很理解郑老板的信守承诺的。

除了卖六堡茶，郑老板还卖一些坭兴陶的茶具，黎昌权和邱一峰合作的坭兴陶壶卖得最多，林朱勋老师的壶也卖过，最近又热衷于卖黄涛默大师的柴烧茶具。郑老板说，偶尔做一做坭兴陶茶具的搬运工，也能挣点水电费和人工费。

从去年开始，地铁三号线开工了，由于施工的需要围起了围栏，郑老板的顺茶缘茶庄门口只有一个单向的通道，小电车会车都困难。其中有一个月的时间，由于施工需要，围栏继续前移，并将通道一端完全拦住，要到郑老板的顺茶缘茶庄喝茶，只能从另一端侧身通过。即使在这个时候，茶店还是灯火通明，照常营业，有时候还会高朋满座，几个"铁杆级"的老茶客继续光临。这段时间地铁三号线指挥部给了郑老板一些补偿，客人又不少，郑老板的脸上还是有浅浅的笑容。我跟他开玩笑说，围栏就别拆了吧，反正也不影响生意，这时候郑老板就会笑而不答，一脸的矜持。

顺茶缘茶庄也时不时组织一些茶客的聚餐活动，有时候是郑老板请客，有时候是茶客请客由郑老板来组织。茶客们换个地方来调侃，多半时候是笑破肚皮的。在不知不觉中，茶客们就在顺茶缘茶庄度过了四年的欢乐时光。郑老板也做了快四年老板了，但谈到价格时，他脸上还是同样的无奈，表态多半时候还是不置可否。

这就是我遇见的郑老板，开着一个叫"顺茶缘"经营六堡茶的茶店。坐在那里喝茶，温暖而又随意。

斗茶

　　前些日子，"2019年中国（广西）六堡茶斗茶大会"刷爆了六堡茶友们的朋友圈，最近梧州中茶茶业有限公司又要组织新一轮的斗茶赛，"斗茶"成了六堡茶圈的热点。这是官方的，其实在六堡茶圈，茶客之间是经常拿两款相似的茶来比比的，这就是"民间斗茶"。

　　20世纪90年代之前，六堡茶主要有两大品牌，中茶牌和三鹤牌，特别是广西梧州茶厂生产的很多大箩六堡茶，不知道准确的生产日期，也没有编号，如目前六堡茶圈比较追捧的编号0101、0211和0212三鹤六堡茶，也是2001年和2002年从大箩茶中重新装到小箩筐中才编号的。民间藏家收藏的不少六堡茶更不知道是哪年哪月，哪道哪路的了，这就为六堡茶"斗茶"带来了很大的空间和无穷的乐趣。

　　有一款称"1992年槟榔香"六堡茶，梧州0101老茶行在前段时间的"2019年中国（广西）六堡茶斗茶大会"已拿样到南宁准备参赛的，但由于斗茶规则要求送样三斤，藏家有些不舍，最后放弃参赛，只是在斗茶赛现场"表演"一下，尽管如此，还是惊艳了六堡茶老茶客。

最近，石乳香茶庄有位忠实、痴迷六堡茶的老茶友杨哥，对梧州0101老茶行那款"1992年槟榔香"六堡茶情有独钟，推崇备至。这款茶由广西梧州茶厂生产，有梧州茶厂姚师傅签字的。我每次到茶庄和杨哥谈起老六堡茶，他总是对这款茶赞不绝口，说其堪称老六堡茶第一。每次我提出拿一泡来试试，杨哥总是一脸的诡异，说有机会再喝。

由于我也痴迷六堡茶，六堡茶圈给我一个"六爷"的外号，刚开始我不太在意，叫着叫着也就从了。名字嘛，叫什么不是叫，有个代号就好。不过"六爷"这外号，在六堡茶圈还是争得些江湖地位。大约前年年底吧，杨哥不知从哪里找到了一饼经典老六堡茶饼，他非常喜爱和着迷。有一天，他在茶庄见我，很郑重其事地对我说："六爷，你喝过这个茶吗？如果你连这茶都没喝过，就不要叫六爷了。"那种挑战简直是赤裸裸的。我正犹豫不知道怎么回答，好在旁边的秋菊姑娘嘴快，"六爷早就有这饼茶了"，终于为我解围。

大概是今年2月份吧，杨哥接触到这款"1992年槟榔香六堡茶"后，又将那饼经典老茶抛之脑后了，对这款茶的钟情总是溢于言表，可我总没有机会喝上。前些时候我鼓动他拿来试试，在秋菊姑娘的激将法下，他先是犹豫一下，终于同意了，双方相约下午3点钟石乳香茶庄见。

其实几年前我就已收藏了这款茶，我从家里也拿了一泡过去，称好11克。当我开车到石乳香茶庄门口时，他的车也刚到，我们一起走进茶庄。

我称了一下他那泡茶，10.9克。我把两个茶样放到茶盘上，干茶的色泽差不多，只是他的干茶条索比较清晰，我的比较细碎些。我提议，那就盲评吧。于是用同样的两个壶，盲评开始，一左一右，但只有茶艺师黄艳姑娘知道哪款是谁的。

杨哥说不巧刚好约了人，要到包厢里谈事情。杨嫂自告奋勇说："他谈他的，我来参加斗茶，这茶我也很熟悉。"于是黄艳姑娘泡茶，我、秋菊姑娘和杨嫂，还有龙哥和龙哥的一个小跟班参加。

两款茶同时洗茶，飘起一股浓郁的槟榔香，但分不清是哪款茶飘起的，或许两款都兼而有之。洗茶的汤色差不多，右边的汤色略深些。洗茶的这道我也拿起来闻香并轻吮一小口，右边的香气浓烈些，左边的香气清悠些，口感右边的收敛性更强一些。

从第一道到第六道，这两个茶基本都是洗茶时的细小区别。杨嫂从洗茶开始，就一口认定右边的那个茶是她家的。从第六道到第十二道，这两款茶从汤色、口感和香气都越来越接近。这两个老茶汤色明净，纯正的槟榔香中透着木香，口感醇厚凉爽，茶汤越淡，香气越融入茶汤中，水乳交融，有一种岁月的沧桑感。

龙哥的跟班是一个小伙子，一脸的憨厚，像《射雕英雄传》中的郭靖，说是第一次认真地喝六堡茶，我问他是什么感觉，因为他的感觉最没有"先入为主"。他说他喜欢左边的软绵清爽，右边的似乎有点"涩"，我纠正他这年份的茶不能叫"涩"，应叫"收敛性"，他默默地点头，不知道是听得懂还是听不懂，也不知道是同意还是不同意。我再问他还有什么感觉时，他用手指着自己的嘴巴，结结巴巴地说，我觉得右边那个茶，口感从舌面到舌根又回到舌面是完整的，左边那款几乎只回了一部分。我知道他的感觉是，右边的那个茶口感比较饱满，左边的那个茶口感略差些。

两个茶泡到第十二道时，汤色、香气和口感差别已经很细小了，几乎一模一样了，也许是先入为主的原因吧，我和其他几位茶客也认为右边的是她家，左边的是我的。本来茶没有淡，还可以再喝，我有些迫不及待，我和黄艳姑娘说公布答案吧，结果恰恰相反，右边的那款是我的，左边的那款是她家的。

这两个老茶的比试，让我想起《射雕英雄传》中的一个片段，眼瞎了的梅超风坐在凉亭中，洪七公鹤发飘飘，肩上扛着绿竹杖，和一个戴着面具的也手持绿长箫的人对峙着，郭靖和黄蓉在草丛中观战。傻乎乎的郭靖想去帮师傅洪七公，黄蓉说你想死啊，当今两大高手在比武，靠近都会没命。郭靖对黄蓉说，那人打得过七公吗？黄蓉撇着嘴说，你以为只有你师傅武功高吗？

老六堡茶江湖中的两个老茶"斗茶"，就像武林中的两位顶级武功高手比武，都身怀绝技，纹丝紧扣，一招两式是很难分出高低的。而且很多时候都戴着面具，根本不知是哪两位高手在过招，只是气势磅礴，招式精妙，让人眼花缭乱。

直到公布结果后很久，我还是觉得左边的那款茶更像我的。秋菊姑娘是喝过至少两次以上我这个茶，喝过三至四次杨哥这个茶，她在喝到第二道时，也肯定地说左边那个茶是我的。我在纳闷中再次询问黄艳姑娘是否搞错了，黄艳姑娘肯定地说绝不会错的。

其实这两个茶就是一款茶，只是来源渠道不同而异。几年来我的茶放在瓷罐中，前段时间我听信一位资深茶人的建议，又将茶倒到锡箔袋中，再放回瓷罐中，这样更能聚香。这次我从锡箔袋中上面拿，所以干茶的条索较碎，但色泽更油亮。另外，由于我这个茶细碎些，香气和茶味溢出更快，所以在前六道我这个茶的槟榔香更显。

斗茶结束了，结果是出人意料的，却又是圆满的。当我回过神来，再想问问"郭靖"还有什么体会时，龙哥和那位小跟班不知道什么时候已经走了。

寻茶记

　　这几盒小箩筐六堡茶在我的手上应该有15年了，是梧州的一位朋友送的。那时候我刚刚接触六堡茶，也不太清楚六堡茶的来龙去脉，一直都没有打开来喝，放在客厅的格架上，也没有去了解它们到底是哪一款茶。

　　大概就在2014年吧，我把一些大箩茶和一些盒装茶搬回老家贮藏，匆忙中我把这几盒茶和其他茶打包在一个纸箱中，搬回了老家。于是这几盒小箩筐六堡茶被尘封在老家的茶仓里。尽管被疏忽了多年，但它们摆放在客厅的架子上时外包装的样子，还是深深地印在了我的脑海中。

　　这些年来，我们收藏的六堡茶主要有中茶牌和三鹤牌六堡茶，中茶牌六堡茶由于是外贸茶，出处比较清晰，如称为"外贸三君子"木纹黄盒、山水盒和黑盒，各年份的都比较清晰，很多即使没有标注出厂日期，但从历史留下来的痕迹中，还是基本能分辨出是哪年份的。中茶牌的大筐茶从1999年的编号92101和92103等开始，都有比较准确的编号，从编号可以知道年份和等级。

但三鹤牌六堡茶，留下的历史印记就比较模糊了。2000年之前，三鹤牌六堡茶的品种主要有：三鹤牌大砖茶，有2kg、3kg和4kg的规格，最早应该是从1996年开始生产，当前六堡茶圈最追捧的应该是1998年大砖，1996年试制大砖也很好。三鹤牌100克规格的小饼，通常称为"小香饼"，是20世纪90年代后期生产的，六堡茶圈最公认的应该是1997年小香饼。另外，就是留在厂里和民间少量的大筐茶了，但这些大筐茶一般都没有标注生产日期，连编号都没有。现在那本三鹤产品目录"葵花宝典"中介绍的那些茶，如编号5801、6301、0101、0211、0212、远年金花和0802等六堡茶，都是2000年后从大筐茶重新分装在小箩筐中，根据厂里领导和老师傅们的记忆，确定出厂年份才编号的，如三鹤0101六堡茶，这大筐是1991年生产的，就编号为0101吧。

三鹤牌六堡茶最早的有准确年份和出处的，当属那款绿色外包装盒的小龙盒，为了区别2000年后生产的镀金色小龙盒，六堡茶圈常称它为"小绿盒"。小绿盒为75g塑料内袋包装，正面是"三鹤"标志，盒盖上是"中茶"商标，应是梧州茶厂生产的，由广西梧州茶叶进出口公司出口的，因为当初只有进出口公司有外贸经营资格，这是"三鹤牌"和"中茶牌"两大六堡茶巨头的经典之作，茶叶的品质也非常经典，槟榔香、木香和参香兼而有之。更珍贵的是，当年不知道是外商的需求还是有好事者，在盒底的内侧用红色印油印上"1989"字样。这应该是"三鹤牌"六堡茶最早记载准确年份的六堡茶了。

这些年来，我存放在老家的那几盒"不知名"小箩筐六堡茶，已经差点被我忘却了。直到2018年年底，我到梧州出差，顺便到"陈茶世家老茶行"去看看，温总热情地接待我们。温总毕业于农学院茶学专业，曾担任广西梧州茶厂供销科科长，后来离职自己开茶行，现在是"三鹤"六堡茶的代理商。陈茶世家的老茶品种应该是六堡茶行中比较齐全的，在这里我第一次看到0101、0211和0212的外盒，这几款外包装均是"三鹤"商标，不是"三鹤牌"商标。我请教温总，温总说这几款经典老茶均是2000年后重装的，所以竹箩和包装外盒都比较新的。我突然想起多年来放在我家客厅、现在藏在老家的那几盒"不知名"六堡茶，特别是盒子的款式和颜色，让我有熟悉感和亲切感。

大约在2007年吧，我在南宁石乳香茶庄也收藏一些三鹤0211和0212六堡茶，但那时候我记得是没有包装外盒的，直接的竹篓包装，重量为1kg每篓。所以，朋友送的那几篓"不知名"六堡茶我也不太在意，也没有进一步去探究。自从在陈茶世家看到那几款0101、0211和0212的包装外盒后，就产生了强烈的好奇感，但无奈工作繁忙，暂时没空回老家看个究竟。

我将在陈茶世家老茶行看到的这几款茶的包装外盒和竹篓内包装，拍下来存放在手机相册中，每当一个人在茶庄里独饮时，总是忍不住打开手机照片，出神地反复观摩这些照片，试图从记忆中打开曾经的尘封，让记忆与照片中的包装外盒进行对接和重合，随着这些对接和重合的反反复复，我越来越感觉贮藏在老家的那几盒"不知名"六堡茶，就是这几款经典老六堡。后来，我又找来了广西梧州茶厂出版的新旧两版介绍历史产品的"葵花宝典"反复比对，试图从记忆中找到期望中的惊喜。忽然，我想起梧州那位朋友还送过几件茶给北京的王总，王总拿到北京的四合院了，我那几盒就是当时留下来的。王总对六堡茶不太在意，这么多年过去了，我想多半是在四合院中用作招待茶了。在三番五次的纠结中，我还是忍不住打了电话去问一问王总，说那些茶还有吗？王总说那时期朋友送过几次六堡茶，好像四合院中还有一两盒，改天再去看看。过了几天，王总打电话给我说找到了一盒，包装外盒不见了，竹篓内包装的编号字迹也不太清楚，不知道是不是我要找的那款，还说三月份要回南宁一趟，他会带回来给我。今年三月的某一天，王总打电话说茶拿回来了，我约他到顺茶缘茶庄喝茶，一起看看这竹篓是哪一款六堡茶。

这竹篓包装六堡茶为1kg装，竹篓外的编号也是四位数，字迹比较模糊。后来我们拿到室外去仔细看，再打开看茶叶条索，应该是2007年广西梧州茶叶进出口公司生产的"7302"小竹篓茶，而且这竹篓茶放在北京已经十年以上了，茶叶转化得很不好，一股异味很难闻，口感也很青涩，估计是北京太干燥，这茶没有得到很好地"陈化"，我有些许失望。更让人失望的是，王总十分肯定地说，当初梧州那位朋友送给我们的六堡茶一直都"中茶牌"的。听着王总这么说，这些日子那些反复对接和重合的画面一下子又变得模糊了。也许王总说的是对的，在这之后我又把贮藏在老家那几盒茶逐渐淡出记忆，认为即使找到了也不太可能是"期待"中的那几款三鹤牌经典老六堡茶。

既然这么认为了，就没有了专门回一趟老家"揭开它们神秘面纱"的冲动。直到今年五一节，父亲教的1977年第一年恢复高考考上大学的学生，要在家乡母校组织同学聚会，还说当年考上北京大学的得意弟子也要从北京回来参加。学生们热情邀请，父亲很想回去参加。但父亲80多岁了，我不放心他自己回。刚好又是五一节放假，于是我陪他回去，也顺便找找那几盒我已经不太期待的"不知名"盒装六堡茶。

　　这次回老家我们没有开车，是先坐动车到桂平，再坐班车回去的。我送父亲到聚会地方，回到老家也不急着去翻那几盒六堡茶，睡了一觉起来才去慢慢地翻看。当我打开一个长方形的纸箱时，几盒熟悉的包装外盒出现在我的面前。幸福有时候来得真的很突然，我迫不及待地打开其中的一盒，内竹篓包装上显赫地印着"0212"四个数字，我心中一阵狂喜，以为这五盒都是"0212"或"0211"。我又迫不及待地打开另一盒，内竹篓包装上印着"0802"字样。最后，五盒中有一盒是"0212"，其余四盒是"0802"。三鹤"0802"也是20世纪90年代末的一款经典老茶，2003年包装的，在梧州茶厂的"葵花宝典"中有介绍，排在一款叫"远年金花"的老茶的后面。在新版的"葵花宝典"中，各编号的老茶排位是5801、6301、0101、0212、0211、远年金花和0802，0212排在第四位，0802排在第七位。

　　我小心翼翼地把这五盒三鹤经典老六堡茶拿到我的房间，放在书桌上，让它们一起陪我度过这次故乡行的难忘之夜，第二天我就将它们带回了南宁。

　　前些时候，有个老茶行的老板知道我寻回了这几盒失落了多年的经典老六堡茶，说现在市场上0211和0212六堡茶还有些货卖，0802六堡茶却不多见了，有茶客想买这个茶。我说我的理想是将六堡茶收藏成古董，这几盒就不卖了，这么有故事的经典老茶还是留着与茶客们分享吧。

前几天，我从小箩筐中拿了一泡"0802"来喝，槟榔香纯正，口感清悠，典型的三鹤老茶风格。只是这几年尘封在老家的纸箱中，有些许仓味，它们需要醒醒，再适应适应南宁的天气。

当茶艺师将一股滚烫的开水冲向这款三鹤"0802"经典老茶时，一阵浓郁的槟榔香扑鼻而来，弥散在寂静的茶室中。在茶香氤氲中，我分明闻到的是悠悠的岁月味道和温暖心房的缕缕朋友情谊。

这就是我的寻茶故事，除了茶香，更多的是感动。

三鹤牌经典六堡茶

第五章

闲情话趣

那些年　那些事

那年我13岁，从罗秀中心校小学部五乙班毕业了，要升入初中部。

那时候罗秀中心校还属于罗秀大队办的学校，校长是莫达春，我母亲是副校长，主管小学部的工作，但罗秀中心校的领导也兼管着全公社的其他学校相关教学管理工作，好像那时候还没有专门的教育组。

说起那年我从小学升初中，还有一段小插曲。当时是要发录取通知书的，临近开学了，我却没有收到录取通知书。我去问我母亲，我母亲说要我去找莫校长，那时候我很腼腆，我不太敢去找莫校长，不过没办法，最后还是硬着头皮去了。记得莫校长和我说，"七八一班是重点班，本来你是不太够条件的，勉强把你安排进去了，你要珍惜这个机会啊"过后我才知道，并不是我不够条件，而是我母亲和莫校长说好的，让我去找他，要锻炼我一下，因为我那时候太内向了。当时初中部招四个班，学校有意把学习好一点儿的同学编入七八一班，算是重点班吧。

1978年党召开了十一届三中全会，上一年又恢复了高考，邓小平同志提出了"科学技术是第一生产力"。有着悠久历史、优良传统学风的罗秀中心校刻苦学习的热潮蔚然成风，七八级也是恢复初中三年教育的第一届，所以设立了这个所谓的重点班，希望三年后有更多的同学考上玉林高中和浔州高中，并安排了年富力强、经验丰富的李朝宣老师担任班主任。

班主任李朝宣老师，个子不高，但动作敏捷，慈祥的脸上有着一种不易觉察的严厉，她还教语文。我小学时候的语文课基础确实不牢，特别是拼音的基础很差，记得上初中后第一次语文考试，有拼音翻译成汉字，其中就有"语文"这两个拼音，我却没有能够拼出来，之前的语文背诵也很差，所以朝宣老师就要求我们每天上课前争取提前半个小时到一小时到教室，大声地朗读和背诵课文。那时候七八一班教室在西廊，学校的厕所也在西面，大家都把它戏称为"西大"。她每天早上去"西大"以后，总要转到我们教室来，看哪个同学在大声地朗读和背诵，她就是这样的严格和执着。刚开始我的语文成绩也考得不好，后来我发现，考试往往考书页下面注解，我就很认真地关注页尾的那些注解，加上进行了大量的背诵，结果语文考试成绩明显提高。记得在初二的时候，父母带我去桂平西山旅游，我还写了一篇作文《西山游记》，被评为班里的作文范文。正因为初中时打下的这些基础，我高考时的语文成绩也不差，参加工作以后，也能得心应手地替领导写一些工作报告之类的文章。这几年担任了一家金融企业公司的负责人后，工作报告是不用亲自写了，但是手还是很痒，总喜欢写一些杂文之类的文章来自娱自乐。说真的，这些都是初中时培养的兴趣和打下的语文基础。

数学老师应该是庞杰贞老师，一个长得较瘦削但脸上总挂着微笑的年轻女老师，但不久后她就考上桂平师范学校读书去了。那时候我母亲担任副校长主管小学的工作，她却来代七八一班的数学课，我母亲毕业于桂平师范学校，学的就是数学，她来代这个班的数学课，是不是因为我在这个班里，还是那时候实在没有找到合适的老师来代课。数学本来我就不差，我母亲担任数学老师后，数学课我就更不敢怠慢了，那段时间我的数学成绩应该是全班最好的。记得有一次考平面几何，最后一题非常难，我母亲巡视了一遍，发现全班没有一个人做得出来，她就在我的卷子那道题的图形上用手指画了一下，我马上理解是要在这里加一条辅助线，好在我的基础也不差，思考以后我还是把这道题做出来了，那一次考试我得了100分。因为要专心于小学部的教学和管理工作，我母亲只教了一年，由刚从桂平师范学校毕业的一个个子高高的李杰英老师来接替，李老师也只教了约一年，就生孩子去了。初中三年级时的数学由黄有为老师教，黄老师也是学校的副校长，是数学科的骨干教师。

英语课就难了，这是一门陌生的课程。那时候学校没有受过系统教育的英语老师，教英语课的黄翠霞老师是临时抽出来教英语的，她要先到桂平师范去学几个月英语，再回来教我们几个月英语，再去学几个月，再回来教。那时候我记得英语最难的是发音，由于没有教过音标，一个单词拿出来，我们要死记硬背地记下它的发音，再记住这个单词的拼写。为了记下一个单词的发音，我还往往在这单词的旁边标注上中文发音，用中文的发音来辅助英文的记忆。更被动的是，在黄翠霞老师到桂平师范学习期间，被迫停掉英语课，由于没有连续性，很多知识她回来重新教的时候又已经忘记了。我还真佩服莫达春校长，他不知道从哪里打听到了植棠村有一位民国时期的老师叫李破礁，现赋闲在家养鸭嬗。于是莫校长把李破礁请出山来教我们英语课。那段时间，由于我随母亲住在学校，和李破礁老师接触得比较多，每晚晚自习后我还经常到他房间里去请教英语。

我和李破礁老师接触多了，发现他的一些单词的发音，特别是人名和地名的发音与黄老师教给我们的发音有些不同。有一次我就大胆地问他这是为什么，他就告诉我，英语发音音标有国际音标和韦氏音标，在民国的时候，普遍用的是韦氏音标，解放以后就普遍采用国际音标了。我恍然大悟，长大以后我才发现，真有美式英语和英式英语之分，美式英语多采用的是韦氏音标。

之前我知道李破礁老师是在家养鸭婆的，会英语，民国的时候当过教师。最近我查阅罗秀的历史人物，从民国广西省政府公报发现了李破礁老师的委任状，他曾担任平南县立初级中学教导主任。我还发现他有个妹妹叫李淑媛。直到20世纪90年代，我在广西大学读研究生时，李淑媛还在广西大学担任教务处处长。

对于语言类的课程来说，初中时期是最好的打根基的时期。英语基础不好，特别是英语口语的基础不好，一定程度上还是影响到了我未来的一些工作。考上玉林高中以后，我在口语上也没有得到提高，大学我学的是工科课程，口语上也没有长进，好在我在英语写作上还有一定的基础。研究生毕业后，我进入保险公司国际部从事进出口货物运输的保险工作。本工作要有较强的英语能力，往来函电和商务报告我都没有太大问题，我最怕见外商，好在我的同事里面有几个漂亮的女孩是英语专业毕业的，外商一般都是她们应付。记得是2001年的时候，我和国际部的一位同事到美国去，刚好遇到"9·11"事件，当时我们的飞机就在纽约上空，后来被迫降到加拿大多伦多机场，旅行团推选我和随团导游一起去交涉住宿、改签等有关事宜，刚好遇到这个随团导游是国内一家旅行社经理充当的，口语也不行，而我的口语也不行，好在我的书写能力还可以，最后只能"手舞足蹈"，附加写便笺，最终还是把这个事应付过去了。

到了初中二年级的时候，学校又决定组建一个公社重点班，将全公社优秀的学生集中在一起。最先是有两个方案的：一个是将现在大队重点班七八一班也拆掉，和其他村优秀的学生一起组建一个重点班；另一个方案是保留七八一班大队重点班，将原二、三、四班部分学习好的学生调到七八一班，其他村的优秀学生组建一个班。最后学校经过反复商议和权衡，采取了后一个方案，这样就有了一个公社重点班七八五班和一个大队重点班七八一班。学校最后选择这个方案，看来是希望两个班在后两年的初中学习过程中，真正的能比学赶帮超吧！

20世纪70年代末，改革的春风吹遍神州大地，这个社会呈现着一种朝气蓬勃、积极向上的社会氛围。恰同学少年，风华正茂，我们除了努力地学习外，也积极地参加各种体育活动。那些年除了物质生活还相对匮乏以外，可以说我们的生活充满着阳光。

记得教我们体育的是黎志新老师，他除了打篮球以外，还热衷于各种技巧类的运动，他搞了一个"木马"来跳，还弄了一个垫子，有时把"木马"横过来，快速助跑后越过"木马"完成空翻动作然后落在垫子上。那时候我热衷于这项运动，觉得这样的动作非常潇洒、非常帅气。要现在看来，觉得也是很危险的，因为没有太多的防护措施，动作也不够标准。那时候跳高的运动一般采用的是跨越式，黎老师也教我们用俯卧式，说用俯卧式跳得更高。记得好朋友阿军佬，人长得高高的，一表人才。一次中午我在练俯卧式跳高，他吃过中午饭从家里来经过操场，也想顺势"威"一下，由于没有做准备运动，手撑到沙池里把手给弄骨折了。40年过去了，见阿军佬的机会也不多，也没得问他的手现在还疼不疼。篮球是罗秀传统的球类运动，记得我们班有我、阿军佬、海文、志钦和光达都是篮球队的，当时篮球队还打得不错，还到麻垌高中去参加了全县中学生篮球比赛南赛区的预赛，最后好像也得到资格参加在桂平县城举办的决赛了，只是那次我没有参加决赛。

十四五岁正是青春涌动的年龄，那时候学校还时不时在"三县五社运动会"时将小学部的校园开辟成的灯光球场，请一些杂技团来表演，请一些粤剧团来唱戏，有时候也放一些电影。记得那时候最有名的电影是印度片《流浪者》，电影里面的女主角丽达，让我们这些情窦初开的少年充满着新奇和向往。初三的时候我好像还有些懵懂，似乎好朋友阿军佬比我成熟一些。有一天阿军佬神神秘秘地和我说，后廊有一个低年级的女同学长得很像"丽达"，要带我去看一看。我和他去看了两次，长得还是有点像，记得那女同学长得有些胖，眉目之间确实有一些印度美女的神秘和丽达的忧伤。他只带我去看了两次，我自己再也没有去过，之前和之后阿军佬自己去过几次，我就不得而知了。后来我们都忙于学习，很快就读高中去了。也不知道现在的"丽达"生活得如何了，是谁为她绾起的长发，又是谁为她做的嫁衣。

这几个班的物理课好像都是覃家祥老师教的吧，采用的打法就是"题海战术"，每天晚上自修，他都出一些物理题进行测试，最后再进行讲评。那时候我的物理课考试成绩还不错，有一段时间晚上他多半有事情来不了，他就出好题目，让我帮他分发到各个班，有时候也让我上去讲评。尽管我有些烦，也很无奈，不过我做完了题目后，又去讲评，收获还是不少。世界上有些事情，真的是冥冥之中你很难去解释。记得那年中考的考场是在罗秀高中，那时候我的父亲在罗秀高中做物理老师，考物理的那一天上午开考前，家祥老师早早就来到考场，考试又未开始，就到我家里来坐一坐，和我父亲聊天。有一道物理题，前一天晚上我还感觉有些模棱两可，因为我父亲平时对我是很严厉的，所以我有时候很胆怯也不好意思去问他。那天上午我父亲和家祥老师坐在我家门口聊天，我还在犹豫，要不要再去问一下老师这道题目呢，最后还是鼓起勇气去问了。后来证实，这道题原来我的做法是错误的。更蹊跷的是，当我进入考场，拿到物理考卷的时候，竟然发现了这道题目。最后我的物理成绩考得还算不错的，到现在我都在想，如果我做错了这道题目，是否还有机缘考上玉林高中呢。

那年中考，七八一班有两个同学考上了玉林高中，我是其中的一个，有一小批同学考上了桂平浔州高中，成绩最好的女同学考上了广西幼儿师范学校。七八五班有一中批同学考上了桂平浔州高中，成绩最好的女同学考上了桂平师范学校。

40年过去了，弹指一挥间，这就是那些年的那些事。时光匆匆如流水，有一句诗写得好：愿你出走半生，归来仍是少年。

现罗秀中心小学门前那对石狮子是唐代之物，为目前罗
秀镇最古老之物

那年高考

33年过去了，弹指一挥间。又是一年高考季，想起那段青葱岁月，我们更多的是怀念和感激。怀念那段蹉跎岁月，感激岁月对我们这代人的厚爱。

那年高考是要先参加预考的，要选过一轮才能正式参加高考。

那年玉林高中还不能设考点，要到玉林镇三中参加高考。学校租车让我们去考试，每个班一辆车，中午也回学校吃午饭，下午再去考场，这样一天跑四趟。估计那时学校也没钱租或是租不到班车，只好租了六辆卡车，每个班一辆，卡车上放些凳子，有些坐着，有些站着，同学们凝气屏神，狭窄的卡车里弥漫着紧张的氛围。

我有些记不清那年各科的考试顺序了，第一天上午是语文，下午好像是物理，我的班主任王老师是语文老师，他为同学们准备了小粿小粿的人参，有需要的同学可以到他那儿去拿。那年我的座位刚好就在走廊的窗口，准备开考了，他还在窗外问我要不要人参，我说不用。第一天考下来基本算正常发挥，信心满满的。

第二天上午考数学，发试卷之前我们依然信心很足。试卷发下来了，我按照顺序先浏览一遍，题目不多，只有八题，第九题是附加题10分，心开始有些发毛，这些题目基本都是茫然不解。我还是定了定神，开始做填空题和简答题，结果没有一题是一看就会的，都要在草稿纸上反复运算才能完成，磨磨蹭蹭的，草稿纸都快用完了，一看时间差不多快过去一半了，填空题和简答题还未完成，而且完成的各道题都没有绝对的把握。那就先放一放，做下面的题目吧。继续往下做，做一题做不下去，再做一题又做不下去。最后全蒙了，这题做做，那题做做，该到交卷的时间了。我好在按照考试前老师教的，不会做的题目就把想得起来的公式都写上去，这点倒是做到了。现在回想起来，还没有完全一败涂地。也许真的是由于有了这点坚持，人生才有今天的成就。

记得那天考完数学后，中午坐卡车回到玉高，我看到一位不记得是哪班的漂亮的女同学在哭鼻子，好像老师在安慰她。我也考得一塌糊涂，我失望到极点，一度还以为自己数学可能得零分呢，都有要放弃的想法了，更别提之前规划的北京大学那个冲刺目标了。可没有人来安慰我，我只能自我消化我的失望。那一年，我的父亲在桂平带他的高中毕业班参加高考，后来听他讲起，考完数学后，他的学生吃不下饭，他在不断地安慰他们："你考得差，别人可能考得更差呢！"可惜，我听到父亲的这些话时，已是大学毕业了好多好多年，都成为一家企业的高管了。

数学考不好，下午还要连续考两门，可想那年高考我们面临多大的压力，但我们只能面对。那年我们三天要考七门课，第二天的下午要考两门课。好在当年玉林高中的老师真是很敬业，尽最大的努力为同学们做好后勤服务工作。下午考两门课，中间休息时，学校食堂给我们送来豆浆、面包和蛋糕，以补充能量，把其他学校的考生羡慕死了。

第三天的考试还算顺利，那年我们的高考就这样结束了。当年我弟弟也在玉林高中，比我低两届，那天回到玉高遇见了他。他关心地问我考得如何，我不敢正面看他，只说了句"还可以吧"。过后他和我母亲说，他还是很关心我考得如何的，主要是担心我如果考得不好，录取通知被写在小卖部那一面的黑板上，他没有面子。因为那时玉林高中总把重点大学写在传达室那面黑板上，普通大学密密麻麻地写在小卖部那一面的黑板上。

那年高考不等成绩公布就要填报志愿了，要先估算分数，再根据估分填报志愿。当我估数学分数时一片茫然，好像是胡乱估了30分吧，最后分数公布时，我的数学成绩是39分。尽管数学只考了39分，但总分还是超过了重点大学录取分数线，录取通知写在了传达室那面黑板上，没有太让弟弟丢脸。两年后，这小子还真的又为我们家族长了一次脸，考取了1986年玉林地区理科第一名的成绩。

不到长城非好汉，尽管考得不太好，但理想总是振翅高飞。记得当年与"团长"兄弟做了一次深入的关于理想与人生的辩论后，我选择了校址在沈阳的东北工学院（现为东北大学），他选择了校址在天津的中国民用航空学院。

这就是那年我们的高考故事。

食为天

常言道"衣食住行"，但自古"民以食为天"，在人们的审美追求层次上，食应为第一位，应称"食衣住行"。但中国文人总能矫情，认为食是不登大雅之堂之事，故改为"衣食住行"。这里可能也有尊严和道德层面的意义，认为"饿死事小，失节事大"，可能衣不附体，也算失节也。

不管如何，食依然为老百姓的第一要务。在物质生活相对贫乏时期，人们见面的问候总是"你吃了吗"。家里孩子不听话，最大的处罚就是不给饭吃。20世纪六七十年代，家里再穷，来了客人也要尽量做点好吃的，免得"失礼"。为了食，也闹出不少笑话和心酸。听我母亲说，以前她家村子里有一户人家很穷，常年都是吃稀饭和红薯。大年三十晚，别人家家都吃鸡吃鸭，他家小孩在门口玩得很高兴，见人就说，今晚我家煮饭还有豆腐，路人听着都心酸。

大概七八十年代，单位里大都住平房，厨房是公用的。我妻小时候，有一次其母亲带她去做客，客人家也是共用厨房。她瞄准了厨房里正炒有一盘猪肉，待到上桌时却看不到。吃了一会儿，她把碗筷一放坐在那，主人问怎么不吃了，她说我要等那盘猪肉。童言无忌，主人无奈只得去邻居家讨点给她吃，她母亲和主人都很尴尬。20世纪六七十年代，由于物资相对匮乏，乡下人吃猪肉一般喜欢吃肥肉。有一次，一乡下人去做客，主人做了一盘牛肉和用酱油炒了一盘冬瓜，他到厨房瞄了一下，以为那盘冬瓜是酱油炒肥肉，他想多吃点肥猪肉，上桌他就和主人说，他过敏不吃牛肉的，后来夹上一块发现是冬瓜，还算他聪明，他马上改问，你这是水牛肉还是黄牛肉，主人说是水牛肉，他说水牛肉可以吃，黄牛肉不能吃。为了食，老百姓的笑话说也说不完。其实，上到皇帝下到百姓，对吃都很多典故和笑话。

明代洪武皇帝朱元璋，原名朱重八，生长在安徽省濠州钟离孤庄村的一个贫苦农民家庭，是中国历史上出身最底的皇帝。在皇觉寺当过和尚，也讨过饭，艰苦的童年生活经历，让他对吃存有极大的敬畏。1368年，朱元璋当上皇帝后，遇上天灾，各地粮食歉收，百姓生活十分困苦，可一些达官贵人却穷奢极欲，过着花天酒地的生活。生身贫苦、讨过饭的朱元璋，对此非常恼火，决心予以整治。

一天，适逢皇后的生日庆典，朱元璋趁众位大臣前来贺寿之机，有意摆出粗茶淡饭宴客，以此警醒文武百官。当十多桌席位的人坐齐以后，朱元璋便令宫女上菜。第一道菜是炒萝卜，萝卜，百味药也，民谚有"萝卜上市，药铺关门"之说；第二道菜是炒韭菜，韭菜生命力旺盛，四季常青，象征国家长治久安；第三道菜是两大碗青菜，以此寓意为官清廉，两袖清风；最后一道菜是极普通的葱花豆腐汤。宴后朱元璋当众宣布："今后众卿请客，最多只能'四菜一汤'，这次皇后的寿筵席即是榜样，谁若违犯，严惩不贷"，从此"四菜一汤"的规矩便从宫内传到民间。直到今天"四菜一汤"也是廉政建设的基本标准，不过随着时代变化，内容已大相径庭了。

洪武皇帝朱元璋不但对吃敬畏，而且也很任性。在明朝，各地官员每三年都要进京进行一次"朝觐"，即由布政使率其府、州、县官员到京都接受朝廷考核，朝觐官员于上年十二月二十五日进京，要造"事文册"和"纪功图册"，即述职报告和政绩文册。先报布政使司、按察院，再报吏部、都察院。先由布政使司、按察院在城外找一座寺观，集中官员，初步考核，并进行答辩，来年正月分地区进行考核。考核分五类，称职者升职，平常者复任，老疾疲软无功者闲置，浮躁和才力不及者调离，贪酷者为民。老朱皇帝可不管分类，在他看来只有上等、中等和下等。考核结束公布结果后，皇帝往往要请外地进京考核的官员吃顿饭。上等称职无过者赐给座宴，中等称职有过者赐给立宴，下等有过不称职者站立门旁、不赐宴，宴会散后方可离去。

老朱皇帝啊，你不但对食敬畏，而且还任性，真是"治大国如训小儿"哦。

新跑道　新起点

春节前，南湖公园环湖道重修竣工投入使用了，但我公务缠身，一直无缘上环湖道体验。有朋友好心建议，南湖环道大环一圈还是远了点，小心你的膝盖，还是先试试中环一圈吧，我不置可否。

南湖为南宁市区内最大的湖，之前为封闭的湖，周遭生活污水往里排，20世纪90年代变为一潭死水，臭气冲天。后来政府将南湖与邕江联通，活水注入，南湖变得洁净美丽了。南湖为东西窄，南北长的呈月牙形的内湖。分为上湖、中湖和下湖。从南往北至九孔桥为上湖，从九孔桥至南湖桥为中湖，从南湖桥至北端碧湖路为下湖。这些年政府园林部门沿湖边种上了榕树、棕榈树等各式南国树种。之前的沿湖环道为水泥路面，由不同时期建成，随着时光流逝，雨水侵蚀，许多地方路面已出现开裂和凹陷。政府为了满足南宁广大市民锻炼身体的需要，从去年年底开始修建一条塑胶环湖道，于今年春节前修缮竣工。

南湖公园环湖道分为大环、中环和小环，以满足不同人群对不同运动量的需求。以李明瑞纪念馆广场为起点和终点，全程8.17千米，称"大环"。从起点往北，沿中湖和下湖，从九孔桥回到起点，全程5.82千米，称"中环"。从起点出发走九孔桥，沿上湖走一圈，全程3.04千米，称"小环"。

大年初二，我换上运动装和运动鞋，正式走了一次南湖公园环湖道。上午9点，以李明瑞纪念馆广场作为起点出发，南国的早春，暖暖的阳光洒在湖面上，周遭的建筑物倒映在水中，仿佛在享受喧嚣后的一觉难得的熟睡。晴日的上午，湖面波光潋滟，路上树影婆娑，一派南国葱茏景色。南湖环湖道由红色和黑色塑胶铺成，中间由白线分开，红色道为慢道，黑色道为快道。每1000米用白色横线标出里程，并写有"每千米消耗70卡路里"的字样，每1000米还写有一些如"运动是快乐的源泉""脚踏实地，心无旁骛"等的励志的口号。

尽管是大年初二上午，来南湖环湖道锻炼的人也不少。有并肩慢跑的对对青年男女，有三五成群的在快道上疾跑的小伙子，有相互搀扶踽步前行的风雨伴侣，有推着轮椅

的相濡老人，也有几个小朋友在穿着旱冰鞋滑行，父母跟
在后面边喊边快步跟上。走在新修好的洁净的环湖道上，
我时而慢跑，时而快步走，明媚的阳光照得后背暖暖的，
心中荡漾着丝丝惬意。从中湖到下湖的路旁的榕树起码有
20年了，枝繁叶茂，虬须在阳光照耀下熠熠发光，仿佛美
丽青春少妇的秀发，在氤氲的暖风中飞扬。我边走边欣赏
着这般静谧的湖面，边跑边沐浴着这般温暖的阳光，有一
种"老骥伏枥，志在千里"的豪气在心头涌动。

　　从起点往北走到碧湖路再回到南湖桥这一段是环湖道
最美的一段，湖边建筑物鳞次栉比，湖水清澈明净，从碧
湖路一端远眺，南湖桥像一条玉带横陈在湖面上，映着阳
光下湖水的波光，安静中有一种生机的灵动。路面上那些
充满正能量的励志话语，每读一段都让人步履更加坚定。
第一个1000米写着"运动是快乐的源泉"，生命在于运动，
静止只是相对的，运动才是永恒的，这就是世界万物的本
性，事物只有在运动和发展中，才会解决问题和推动向前。
我崇尚的理念是"我运动，我快乐！我选择，我喜欢"。
后面的句子更励志，如"脚踏实地，心无旁骛""终点不
是梦，重点是突破""瞬间努力，瞬间提升"和"坚持到底，
胜利归你"等激发生命感悟的共鸣的句子。是啊，我们既
要仰望星空、志存高远，更要脚踏实地，锁定目标。万事

开头难，只要脚踏实地解决一个个的困难，才能实现短期的突破，为实现更高远的目标打下坚实的基础。

我们既然选择了远方，就要风雨兼程。突然想起钱钟书先生《围城》中写的："城里的人想走出来，城外的人想走进去。职业也好，婚姻也好，人生的愿望大都如此。"有时候人的想法真的好奇怪，外人看来很好的东西，自己却要毅然地放弃。正如庄子与惠子游于濠梁之上的对话，庄子曰："鯈鱼出游从容，是鱼之乐也？"惠子曰："子非鱼，安（焉）知鱼之乐？"庄子曰："子非我，安（焉）知我不知鱼之乐？"是啊，子非鱼，安知鱼之乐？其实即便是鱼，也不见得会知道做鱼的乐趣。且看世间庸庸大众，又有多少人懂得做人的乐趣呢？有朋友对我说过，他有时觉得自己如果不是头脑不正常一定就是愚不可及，因为在平常人看来舒适美满的生活方式对他来说就如同毒药一般难以忍受，而唯一能够让他尽情享受的除了娱乐就是工作，因为只有这两样东西可以完全地占据他的心灵，让他达到物我两忘的境地。我比较认同王阳明之"心学"，即"天理即人欲，人欲即天理"。但也有朋友多次对我说过，人追求快乐、追求美好是没有错的，但对于我们这样的人，还得承担起一定的社会责任。是的，古人说得好："穷则独善其身，富则兼济天下。"

伴着春日的阳光，踏着树影的斑驳，我一会儿慢跑，一会儿快步走，终于快走完"中环"，到达九孔桥与环道的交汇处。走了近5000米了，身体已有些累了，膝盖也有些酸感。突然想起朋友那好心的建议，从九孔桥回到起点，先完成一次"中环"，下次再完成一次"大环"，心里有了矛盾。但转念一想，新征程新起点，又是第一次上新修环湖道，能克服走完一个"大环"，也是很有意义的。我于是咬了咬牙，继续走完了上环。回到起点时，尽管膝盖有些酸痛，但毕竟实现了一个完整的目标，尝到了坚持和努力带来的快乐。我心想，其实"大环"也不是想象的那么的远啊。

回到起点，手机"S健康"计步器显示："11 559步，11.33千米，消耗667卡路里"。而南湖环湖道实际距离只有8.17千米。也许，不管生活中跑步也好，还是公司经营管理也好，目标的设定和目标的实现始终存在差距。

我不禁想起环湖道上写着的那句话："脚踏实地，心无旁骛"，让这句话与我们的伙伴们在新一年的新征程上共勉吧！

跑偏

尽管立秋已过，邕城的天气似乎比盛夏还要炎热，天还时不时下着阵雨，大地像一个蒸笼，这就是南宁人所说的"秋老虎"吧。

最近我总喜欢选傍晚时分去喝茶，因为这时候人比较少，可以和茶艺师慢慢地分享和品鉴，如果能遇到一两个知己茶友，那就是好茶缘了。今天是周末，没吃晚饭，我6点就到了"古韵茶香"老茶行喝茶，本想喝到8点左右就回家，但天突然下起了大雨，我只好在茶庄旁边的粉店吃了一碗粉，继续喝茶。

尽管天下着雨，茶庄的大板台旁还是坐着三五个茶客，今天是小邓姑娘坐大台，小陈姑娘正在包厢里忙。我坐在大板茶台的正中央位置，青姐坐在我的左边，青姐的女友坐在靠门的那一头，小林子坐在靠里的一头，我旁边的位置是空着的。大概在 9 点半的时候，我们正在喝着一款叫五星的六堡茶，外面突然又骤降大雨。这时候茶庄门口突然出现了一个人影，不知是从哪里冒雨跑过来的。茶庄的门是掩着的，他在外面哆嗦了一会儿，推开了茶庄的玻璃门。我们以为他是来喝茶的，但他进来了就问厕所在哪里，原来是借用厕所的。小邓姑娘热情地告诉他直走向左。一会儿工夫他出来了，小邓姑娘请他喝杯茶再走，他很自然地坐到了我右边的位置上。也没有谁问他怎么称呼，我们也不知道怎么叫他，在这里姑且叫他"七爷"吧。

"七爷"坐在我右边的位置，静静地品着茶，先不出声。这时候五星六堡茶已泡到了第五六道。我说今天的五星好像香气不够扬，是不是外面下雨，天气闷热的原因。之后"七爷"看了我一眼，再望着小邓姑娘开口了，他说香气不扬可能也和冲泡有关系，这样闷热的天气不能点冲，要沿着茶壶边平冲。我听着蛮有道理的，也表示了赞许。我们又喝了一两道茶，也许是得到了我的赞许。"七爷"终于打开了话匣子，他首先说这个茶还是不错的，应该可以泡到七八道茶。青姐嘴快，说七八道算什么，可以泡到二十几道呢，七八道才刚刚开始喝，他不再接话。我转身端详了他一下，这人中等身材，身体微胖，相貌有点偏北方的模样，但却操着地道的广西口音，他今天的穿着似乎不太合时宜，

穿着一条背心马褂和一条短裤，露胳膊露腿的，后背显赫
地露着一个心形的肉团，还好相对白净。

又过了一会儿，"七爷"说了一句让我们很诧异的话，
他说这个茶的产量很大，我们都很纳闷他为什么这么说。
也许是感觉我们都不太懂茶，于是他的演讲开始了。他说
这个茶的产量是很大的，起码有一个茶园的产量。这个茶
园有三块茶地，一块在北面地势比较低洼，面积也比较大，
产量也比较高，品质相对差些。一块在南面地势稍高，产
量和品质次之。一块在东面，是这片茶园最高的地势，产
量最少，但品质最好。这款茶就是这个茶园的三块茶地产
的茶拼配起来的。

听到他这么说，我转个身，肃然起敬地看着他的脸，
诚恳地问他：你为什么这么说呢？他说从口感就可以喝得
到了。他说刚开始喝的时候，这个茶口感有点向右"跑偏"，
再过几道又向左"跑偏"，最后口感相对集中地压着舌头
的中央。我谦虚地问他"跑偏"是什么意思，他一边用手
比画，一边和我们说，刚开始喝向右跑偏，就是茶的口感
在口腔的右边，说明这款茶北面低洼处的那块地产的茶量
比较大。过了几道向左边跑偏，茶的口感在口腔的左边，
说明那是南面产量次之的茶的感觉。当喝到刚才比较淡了，
茶汤、茶气和茶韵都压在舌头的中间，还有一股浓郁的松

油香。他一边说一边用力地用手比划着，一股得意扬扬口沫横飞的样子。我抓住他的破绽说，我没听过松油香，是松烟香吧。他正色而又严肃地说，是松油香，不是松烟香，主要是东面那块地势最高的茶地，旁边种着一小片松树，是茶树在生长过程中与松树的香气的传递。

小林子在静静地听，一脸的淡定，不知道他是认同还是不认同。青姐的女友在一个劲儿地玩手机，好像是没心没肺的，还有意无意地有一句没一句地附和他。青姐的脸上总是挂着诡秘的笑容，一脸的不置可否。我看着他说得这么神乎其神，于是问他你是做茶的啊，他说不是做茶的，他是玩茶的。我心里想，今天终于遇到高手了，这款茶我们喝了这么多年，花了这么多钱来买它。只知道它是90年代三鹤牌的，以参香为主，槟榔香次之，清凉爽口的一款老茶。一个茶园三块地也能喝出来，真是玩茶高手了。茶逢高手，我的心拔凉拔凉的。"十年一觉六堡梦，赢得茶楼六爷名。"茶友们封个"六爷"的称号给我，那是对我热爱六堡茶的认可和鞭策，喝茶嘛图个怡情，叫就叫吧，叫什么还不都一样。十年磨一剑，看来当今的茶江湖高手还是人才辈出啊！青姐就整一个"坏人"，只要有机会就要"整蛊"我，明知道我心里拔凉拔凉的，还一个劲儿地给我吹凉风，说什么六爷十年的六堡茶白喝啦，终于遇到茶江湖高手了吧，赶快回去闭关修炼吧等等风凉话。

看来该是我反击他的时候了，我问他你是玩茶高手，你平时喝些什么茶呢？他说他什么茶都喝，最近主要喝安化黑茶。我问他你喝多少年份的安化黑茶，他说喝八九年的。又是青姐嘴快，八九年的安化黑茶怎么能喝呢，他马上改口说是1989年的。我正想问他是哪一款的时候，他马上转换话题，他说也不一定非要喝老茶，新茶也很好，主要是有药效。你看最近我喝安化黑茶，体重都从200斤减到170斤了。

看着他那面不改色心不跳，还有点得意的样子，我气不打一处来。我盯着他的脸，挖苦地对他说，你真是玩茶高手，之前我也遇到一个和你一样的高手，他说当时我们喝的那款六堡茶，黑石顶的有三片，塘坪村的有四片，四柳村有五片，我们都佩服得五体投地，有机会我约他和你比试比试。听着我这么说，小邓姑娘和青姐都在诡秘地笑。也许他听出来了，我在挖苦他，他马上收敛了许多，悻悻然地再喝了一会儿，就借口明天要出差溜走了。

"七爷"溜走以后，小陈姑娘也从包厢里出来了。我们对刚才的那场戏，又重新回味和演练了一次，大家少不了捧腹大笑。

我们都该撤了，回家休息了。我走出了"古韵茶香"

老茶行门口，雨是停了，但天气比刚才更闷热了，想着刚才经历的那些美妙的场景，我忽然有了更深的感悟，喝茶不能跑得太偏，人生更不能跑得太偏啊！

随便

昨天又接到总部进京的会议通知，今年不记得是第几次进京"朝觐"了，一接到通知头就发麻。清代李渔有诗曰，"名乎利乎道路奔波忙碌碌，来者往者溪山清净且停停"，我怎么只见"露露"，却不见"婷婷"呢？

头皮发麻归头皮发麻，今天上午还得5:30起床，6:00直奔机场，7:40的南航CZ3227准时起飞。南宁昨天一场暴雨后，雨过天晴，今晨天朗气清，惠风和畅。

早班的飞机人不算多，我订的高端经济舱的座位是32H，靠过道。我到时靠窗的32K已坐了一位先生，姑且叫他K先生吧，中间的座位J没人坐。K先生略显兴奋，与空乘小姐问这问那，一眼可知他不常坐飞机。高端经济舱是南航的特色服务，自从北京定了那八条规定后，很多正厅级领导都挤到这来了。上次进京，不知北京开什么会，七八个正厅挤在一起，都认识，似乎比经济舱还要拥挤。

今天我起得早太困了，刚坐下就眯上眼睛补觉，当我睡了一会儿醒来时，飞机已升空摆平了，窗外晴空万里，彩霞满天。K先生头贴窗口，在拿着手机拍照，空乘小姐坐着没发现。我正想干涉他一下，看着他一脸的得意和兴奋，再说他偷拍了几张就知趣地关机了，我话到嘴边就收回去了。

一早的航班，相信没有几个旅客能吃上早餐，反正我是饿了。终于等到空乘小姐送早餐了，先是送饮品，我要了一杯热茶暖暖胃。当问到K先生要什么饮料时，他用英语说了句"coffee（咖啡）"，我听着至少有一半是南宁音。

送过饮料就开始送早餐，今天的早餐主食有牛肉饭和猪肉面，我要了猪肉面。空乘小姐问K先生："先生，你是要牛肉饭还是猪肉面？""随便。"K先生说。由于K先生南宁白话音太重，空乘小姐听不明白，又问了一次，又说"随便"，显然这一次空乘小姐又未明白。空乘小姐不便再问了，肯定以为他吃过早餐了，只给他一个面包和一只蛋糕。K先生满脸的矜持，想说什么，却是欲言又止。反正我是饿了，我知道南航的烤面包很香，吃完我那份猪肉面，又多要了个烤面包，吃完了心满意足。K先生吃完了面包和蛋糕还直吞口水，显然没吃饱。其他旅客都吃好了，空乘小姐都准备再添饮品了，K先生终于忍不住了，当穿着蓝色上衣的乘务长小姐过来时，他开始略显生气地抱怨："美女，喂美女！牛肉饭又不给，猪肉面又不送，我这早餐怎么吃吗？"乘务长小姐说："先生，对不起，可能是刚才那空乘小姐没听清楚。有牛肉饭和猪肉面，您选哪一样？""我说随便就随便嘛。"K先生嘟哝着，就是不选其中一样，还是乘务长小姐经验丰富，反正今天客也不满，一会儿给他送来了牛肉饭和猪肉面各一份。K先生肯定是饿坏了，一阵风卷残云之后，一份牛肉饭和一份猪肉面下肚。一只脚的皮鞋不知什么时候脱掉了，正跷着二郎腿在剔牙齿呢，还一个劲儿地和我搭讪，"这饭和面都不错，……啊！"

那只脱掉皮鞋的脚实在让人难忍。我起身要上卫生间，总之要远离他一些。当我侧身要让过餐车时，我贴着乘务长小姐的耳朵说，"早知道我也要一份'随便'就好了。"乘务长小姐轻"咯"一声，我们相视会心一笑。

生活可以随意些，但千万别太随便了。

先上车

这次到柳州出差，按照计划要拜会若干个客户。有一个客户会谈时间确定不下来，直到昨天下午才定下来，答应晚上吃个便餐一并沟通会谈。

由于这个客户临时约定时间，也不好让办公室提前订票。等会谈后送走客户上车，已接近夜里11点了，忽然发现明天回程的动车票忘订了，可明天还想赶回办公室处理几个紧要文件呢。

回到宾馆，太晚了也不想打扰公司办公室人员。我在互联网上看了一下动车票情况，由于第二天是周末，柳州回南宁的动车票已全部订完了。看一下柳州站到来宾北站的车票，还有一张一等座位票，于是订了一张柳州站至来宾北站的车票，先上车再说吧。

D8405动车为桂林北站至北海站，上午9:50动车准时徐徐驶入柳州站，柳州站上车的人很多。上车坐好后，我站起来一看，真的坐得满满当当的，一个空位都没有，一些小孩还得坐在大人的大腿上。

乘务员小姐过来查票，我让她补张从来宾北站到南宁东站的车票，她说要自个儿到5号车厢办。不一会儿来宾北站就到了，从一等座车厢下车了一小批人，却只上来了一家三口。我的座位始终没有人坐，车厢还多出了一两个空座位。

动车从来宾北站继续前行，下一站是宾阳站，我赶紧到5号车厢补票。这趟动车只有1号车厢是一等座，从2号车厢到5号车厢均是二等座，想必后面的车厢均为二等座吧。从2号到5号车厢果然坐得满满的，还有不少人站着。到了5号车厢，有一群男男女女在服务台旁站着，七嘴八舌的，谈桂林旅游的趣闻，并慨叹周末票太难买了，每人多加50元才抢到无座票。我找到票务员，补了来宾北站到南宁东站的票，票价45元。票务员一边给我打票一边叮嘱我，补票会没有座位的，我说我站着就好了。

我回到我的座位，休息了一会儿动车就到了宾阳站。我估摸着这个座位应是宾阳站买了，我站起来等着是否有人坐。从宾阳站上来一两个旅客，也没有坐我那座位。恭敬不如从命，那就继续坐着回南宁，睡会儿吧。

两岸猿声啼不住，轻舟已过万重山。睡了一会儿，等睁开眼睛时，动车已徐徐驶入南宁东站。由于D8405动车终点站为北海站，南宁东站下车的乘客不算太多，我轻松走到了出站检票口。由于中途补票为红色车票，不能从自动闸口出站，只能从人工闸口出站，也不碍事。我往南广场走，一会儿就到了地铁站，上了地铁一溜烟就回到了家。下午终于能准时回公司处理文件了。

其实无论是在生活中，还是在职场上，信息不对称的现象是时常存在的，在以往年代，信息不对称的现象更突出，即使在互联网时代，始终存在信息不对称。另外，就是行动力问题，往往书读得越多的人，越喜欢想得更周全，思维越容易被信息不对称遮盖，失去了行动的最佳时机。我在回来的地铁上，还在回想大学时那段有趣的故事。二十几年前读大学时，娱乐活动除了打球、看电影，就是跳交谊舞。师兄带我们这些小愣头去参加交谊舞会，那时最常见的舞曲是慢三步、中三步、快三步、慢四步、中四步、快四步和探戈等。那时候工科大学本身女生就少，女舞伴更是稀缺资源。刚开始，每次舞曲响起时，我总是要听清楚是哪个三步或四步舞曲，才敢向前邀请女舞伴。那时女舞伴本身就稀缺，往往等我听清楚舞曲节奏时，连相貌平平的女孩都被请完了。我向师兄请教，师兄向我支了一招，

"管他三步四步，舞曲响起你就邀请看上的，搂在怀里再说。"我按师兄教的，后来果真曲曲如愿。其实，后来才发现，跳舞是三步或四步不是最重要的，跳得如何也不重要，关键是双方在一起愉快地分享了这一美妙的舞曲了。

生活中如此，职场上也不例外。双方不建立合作关系，很多信息都是不对称的，讲什么都是假的。只有"先上车"才会知道车上旅客的流动情况，也只有"先上车"才会更了解合作双方的取与舍，只要你有一颗真诚的合作之心，最终一定会一起分享到那首"美妙的舞曲"。

很多时候，不是我们想得太多，而是我们做得太少。

种瓜记

我家有个露天阳台小花园，原是一个大的平台，由四户人家不均等地分出来的，我家的有四五十平方米，我用防腐木将空间隔出来，我家的这个小花园好多年都空着没有种植什么东西。

2016年我刚好负责一家新公司筹建工作，想着是不是在这个露天阳台小花园种点东西，最主要是想怡情放松一下，减轻一些工作压力，于是我在露天阳台小花园搭了一个瓜棚。记得那年清明节回老家拜山时，从二嫂那里要了一些小白瓜和丝瓜的种子，回来后就买了两个大的塑料瓜盘，装上一些泥土和肥料，就把种子点上去了。本来谷雨是点瓜的最好时节，但那年清明以后才点瓜，应该是过了最好的时间了，但是种子依然能够发芽并茁壮成长。

两个塑料瓜盘装着大半的泥土和肥料，一个瓜盘里长出了两株小丝瓜苗和两株小白瓜苗，另一个瓜盘里长出三株小丝瓜苗和两株小白瓜苗，看着它们可爱的样子，我都不忍心拔掉它们，于是让它们在盘里面一起成长，瓜苗开始攀到了瓜棚上，瓜藤瓜叶绿油油的，长势很好。可是除了一开始长了三个小小的丝瓜以外，就再也不长瓜了，小白瓜一个都没有长。我在盘里也补充了泥土，也追加了不少的肥料，可瓜藤瓜叶都在蓬勃地生长，就是不长瓜，其中的原因我也不解，就当作绿化吧，看着也好看。

记得那年的国庆节我外出旅游，七天都没有给它们浇水，天也没有下雨，那几株丝瓜就枯萎了。两个瓜盘里面各剩下一株小白瓜藤还活着，我继续施肥浇水。尽管已经到了暮秋了，但那两株小白瓜藤却奇迹般地开花结果，那年我也奇迹般地收获了七个小白瓜。后来，我自己总结反思，可能是这么小的瓜盘，泥土肥料也不多，养的瓜藤太多了，所以养分供给不够。看来种瓜也是有门道的，不能太贪心，要不舍那就不得。我想着来年也不种丝瓜了，就种家乡的这种小白瓜吧，而且每盘只留一株瓜藤。

2017年我早早就和二嫂打了招呼，叫她留一些小白瓜的种子给我，到春节的时候，二嫂告诉我只找到四颗小白瓜的种子了，原来是留有不少的，不小心被孙子拿去玩弄丢了。我早早就把那四颗小白瓜种子拿回到南宁，用棉纸包好放在小木箱中。谷雨前后，我就把种子点下了，四颗种子成功地长出了四株新芽，我吸取了去年的经验教训，每个瓜盘只留一株瓜苗，那年的瓜苗长得很好，肥料也很充足，我还从老家拿来了两袋猪屎灰，瓜长得早，多的时候一周可以摘两次瓜，最多的一批有二十几个，记得那时候刚好是暑假，儿子带着他奶奶去广州看望妹妹，还给妹妹带去了七八个小白瓜，儿子回来说，妹妹很喜欢吃这种小白瓜，吃到最后连一片小瓜末都捡起来吃完。据不完全统计，那一年两株瓜藤最少收获了100多个小白瓜，是一个小丰收年，那年我还专门留了两个瓜做种，总共积攒了几十颗小白瓜种子。

留下的两个瓜种，青涩中透着红黄两色，红颜色多一些，黄颜色少一些，非常地赏心悦目。母亲把这两个瓜种剥开，总共得到了五六十颗种子，她一边剥着种瓜，一边说这些红色的囊是可以吃的，很甜的。我们把五六十颗瓜种子放在簸箕上，在阳台晾晒，记得晾晒了很久很久，过了几个月才收起来。

今年我准备多种一些小白瓜，又多买了四个瓜盘，其中有两个瓜盘是原来瓜盘的一倍大，从花鸟市场买了泥土和肥料，在谷雨前后信心满满地将小白瓜的种子点下，结果过了一周，还没见长出新芽，又再过了一周，还没有长出新芽。于是我和母亲说是不是那瓜种子出问题了，母亲突然想起，那瓜种子是不是放在阳台太久，胚芽被晒坏了，我想多半是这个原因。不知不觉已过了清明节，赶快补种吧，再找种子播种，看来是来不及了，于是急呼七哥从老家里找了一些瓜苗补种上。我看着补种上的瓜苗长势不错，又有些不舍丢弃。于是决定在小的瓜盘里留一株瓜苗，在大的那两个瓜盘面留两株瓜苗。瓜苗都长起来了，依然是藤苗茂盛，不仅长满了瓜棚，还长满了和隔壁邻居间隔的栏栅上，甚至瓜藤都攀缘到邻居家的果树上去了。由于留的瓜藤太多了，瓜藤没有太多的地方攀缘，加上藤叶长得太浓密了，阳光照射不足，瓜的长势反而不好。特别是留着两株瓜藤的大瓜盘，养分明显不足，长出的瓜都偏小。我看着没办法，只好再一次忍痛割爱，果断地剪掉一条瓜藤。经过这一番折磨，已过立秋和处暑时节了，今年邕城秋季天气还是很炎热，加上几乎每天一场的骤雨，那几株瓜藤，蓬勃生长，瓜瓟连绵，收获颇丰。

小白瓜，这是我家乡的叫法，也有人把它叫作"老鼠瓜"，可能是形状像老鼠的缘故吧，但瓜皮的颜色青里透着灰白色，所以我愿意叫它"小白瓜"。南宁的琅西菜市也偶有得卖，但似乎南宁人不太熟悉也不太爱吃这种瓜。小白瓜最大的特点是躲着长，假设你数着小瓜仔是五个的话，等收获的时候你可以收获到七八个，因为有好几个是躲着你长的，只有等它长大以后你才会发现它。我的夫人每次去小花园，总爱一边录像一边数这些小白瓜，每次数的数量都不一样。她也很爱吃这种小白瓜，不过她不太爱浇水，也不太爱施肥。

一分耕耘就有一分收获。这几年公司在成长，小花园里的小白瓜也一年比一年有更多的收成。种这种小白瓜，除了得到生活的快乐以外，也得到了一些生活的感悟，做什么都要一步一个脚印、一步一步地往前走，不可能一蹴而就，公司的成长也是如此。一个瓜盘就这么大，它只能种植一株瓜苗，不能太贪心。一个小花园只有这么大，它也只能放下几个瓜盘，不能太好大喜功。小白瓜的种子不能晒太久，不然胚芽被晒坏，耽误了点瓜的好时节。要勤浇水勤施肥，还要剪叶剪枝，保证养分供给小瓜仔成长。看似简单的农活，却蕴含着很深的道理和规律，正所谓"道可道非常道"。天有天道，地有地道，人有人道，瓜有瓜道。

种植小白瓜除了带来生活的快乐和感悟以外，也生出了一些烦恼和不爽。去年的某一天，我正在小花园里修剪瓜藤瓜叶，邻居的大姐出来浇花。她好奇地问这是什么瓜能吃吗，我告诉她这是我家乡的小白瓜，很好吃的，甜脆爽口，清热解毒，我还送了两个给她。

　　去年我种的小白瓜的瓜藤攀到了她家的花园里，有一只瓜长成熟了都没人摘，最后瓜种子掉到了她的花盘里，今年也长出了瓜藤。她家的瓜藤和我们家的瓜藤都缠到了一块，根本就分不清是谁家种的瓜。但我知道她家的瓜藤不施肥，也很少浇水，是不会长出瓜的。也许是去年我给她的两个小白瓜她吃上瘾了，今年她就时不时过来摘瓜。今年我已经遇到她两次了，她见到我就和我说摘瓜啰，她总以为这瓜是她们家花盆里长出来的。有一次我告诉她，你家那一盆瓜藤，是去年我家的种子掉到你的花盆里长出来的，你不施肥也不浇水，是长不出瓜来的，只有茂密的瓜藤和瓜叶。她不服气地告诉我她也有浇水，但是她不知道这种瓜是要经常施肥的，还要到花鸟市场去买一些含磷钾的肥料回来"补钙"。她既然这么说了，我也不想再和她解释，也许还说不清楚，我就跟她说，你就摘去吃吧。我说是这么说，但心里面还是有些不爽，毕竟是我自己劳动的成果，再说她摘去吃也无所谓，关键是她以为是她劳动的成果。遇到这种情况，你只能无语，谁叫你家的瓜藤攀到别人家的花园里去呢。

　　之后，我干脆在阳台小花园用竹子建起一些篱笆，让我家的瓜藤攀到自家的竹篱笆上，尽量避免误会，邻居的大姐如果想吃瓜，我都可以给她，但关键是她要知道那是我种的瓜。

　　这就是我的种瓜经历，凡此种种，也许这就是生活吧！

我家小花园里已是瓜瓞连绵

后记

　　故乡是什么？有人说，故乡就是你年少的时候天天想离开，年纪大了天天想回去的地方。

　　我的故乡是广西桂平市罗秀镇，是桂平市最南端的偏远乡镇。罗秀镇离桂平市60多公里，山路崎岖，山道弯弯，从前罗秀到桂平坐班车要三个多小时。故乡从小在我的印象中就是山区和偏远。记得小时候，每年暑假母亲都要到桂平县城去集中学习，我外婆只好带着我和弟弟跟着到桂平去，住在母亲的外婆家里。母亲的外婆家住在解放街，那时候几乎我的整个暑假就在桂平解放街那里度过。由于是从罗秀偏远的山区来，街坊里的小孩都把我叫做"山佬儿"。总之在大学毕业之前，我对故乡罗秀镇的了解是很少的，总感觉我的故乡落后而且偏远，多少有一些自卑感。尽管罗秀镇离桂平县城很偏远，但罗秀每年考上大学的学生都很多，我母亲常和我说，罗秀镇是个"书乡"。我总是很纳闷，这么偏远的地方，读书的气氛却很浓厚。大学毕业后我分配到南宁市工作，接触到了很多在南宁工作的罗秀镇老前辈。记得大概是二十年前了吧，有一次在罗秀镇南宁老乡聚会时，当时担任广西广播电视厅厅长的邓生才老乡贤和我说，在唐、宋时期罗秀镇是一个县，称"绣州"。邓老前辈的这句话，让我对研究罗秀的历史产生了浓厚的兴趣。后来也听说罗秀中学卢尚文老师收集了不少关于罗秀的历史资料，于是主动去请教，卢尚文老师给了我不少罗秀的历史资料，后来我也翻看了一些桂平县志，特别是我的母亲，给我口述了很多罗秀的历史。于是，我开始写关于故乡罗秀镇的一些历史散文，从此满怀深情地开始了故乡足迹的探索之路。随着对故乡认识的了解和加深，我对故乡的热爱之情与日俱增。我在个人微信公众号"呆子杂文"上陆续发表文章，也引起了罗秀镇各位同乡的关注和热议。

从《故乡的足迹》开始，我开始了我的写作旅程。我将我的诗和远方记录在了《人在旅途》这一章节中，特别是由桂林南越民俗民居文化研究院组织的桂林市周边的几次古村探索活动，我都曾试图从山环水绕、饮烟袅袅的古村落中，找寻那历史的足迹和印记。历史是一面镜子，可以借鉴；历史也是一门艺术，可以欣赏。我比较爱读史，在读史过程中，那些曾经拨动我心弦的历史音符，在《历史的回音》章节中记录了下来，也希望这些历史的回音，能引起广大读者的共鸣。人如小舟，或搁浅，或行走，皆有意义；人生如茶，或端起，或放下，皆是岁月。不知道从什么时候起，我爱上了出产于广西苍梧县六堡镇的六堡茶。这些年来，我品六堡茶、藏六堡茶和研究六堡茶，从中分享到了爱六堡茶的快乐，也感悟到了藏在茶里的人生哲理和人生意义，我将这些分享和感悟写到了《茶藏故事》这一章节中。我常常鼓励我的朋友，要做一个有故事的人，其实故事就隐藏在我们每天点点滴滴的生活和工作中，我观察到了、感悟到了，于是我便将我的故事，写到了《闲情话趣》这一章节中，希望这些小故事，能给读者朋友们带来分享和快乐。

我热爱我的故乡，我热爱我的工作，我热爱我的生活。我更加感激我处在的这个伟大的时代，一个人永远走不出他所处的时代。一个时代有一个时代的故事，一个时代有一个时代的长征。我希望通过我的笔去描写这个时代中最细小的故事，通过这些最细小的故事，去感动这个时代的最强音符。

这是我写的第一部散文集，我要感谢所有曾经支持过我的散文写作和发表的朋友们。我最想感谢的是我的夫人、一名小学英语教师，她默默地支持我的写作和欣赏我的散文，就像散文里额济纳胡杨林中的那个土尔扈特蒙古族女孩，默默地守望着我的人生旅程。

我将继续做一个有故事的人，我的故事中有我、有你、也有她。